ちくま文庫

森の文学館

緑の記憶の物語

和田博文 編

筑摩書房

もくじ

1 深い迷路の奥で

2 森の音に耳を澄ます

6　森林限界とアルピニズム

7　アルプスの少女と山ふところ

森の文学館　緑の記憶の物語

・本書は文庫オリジナル・アンソロジーです。
・各作品の文字づかいは底本の表記に従いましたが、正字は新字にしています。
・また、ところどころルビを補いました。
・一部に今日の人権意識に照らして不適切と思われる語句や表現がありますが、作者（故人を含む）が差別を助長する意図で使用していないこと、時代背景、作品の歴史的価値を考慮し、初出のままとしました。
・掲載にあたり、著作権者の方と連絡が取れなかったものがありました。お心当たりの方は恐れ入りますが、編集部までご一報いただきますようお願いいたします。

1　深い迷路の奥で

「まっくら森の歌」

村田沙耶香

小さいころ、私はこの歌が一番好きだった。この歌が大好きなことを、誰にも秘密にしていたくらい、私にはこの歌が大切だった。

ＮＨＫ「みんなのうた」でこの歌の題名が告げられる瞬間、現実世界のスイッチが切れるような感覚があった。静止した現実世界から、私は画面の中のまっくら森に歩み寄り、画面の端に生えた植物、音楽の中の小さな楽器の音、この異世界から零れ落ちる小さな欠片を一つも逃さないように、全身でこの音楽を聞いた。

空を飛ぶ魚、水の中の小鳥、そしてまっくら森の中を歩く不思議なおじさん。私は、おじさんに誘拐されたような気持ちだった。優しくて柔らかい誘拐をされて、おじさんと手を繋いで、森の中を彷徨《さまよ》っているようだった。

音楽が終わっても、身体半分、まっくら森に置いてきたみたいに、私はなかなか現実世界に戻ることができなかった。さっきまで握り締めていた透明なおじさんの手のひらが、もう一度森の奥深くまで連れて行ってくれる気がして、テレビの前を動けずにいた。

今でも、持ち歩く音楽プレイヤーの中には必ずこの曲が入っている。たまに夜、外を歩いているときに再生すると、音楽と共に、昔見た映像が頭の中から夜道まで溢れ出し、ビルが不思議な形の木々に見えてきて、森の中で道に迷っている気持ちになってしまう。それは少し怖いことでもあるのに、どうしてこんなに安心するのだろう。

私は音楽を聞くときに、少し変な癖がある。何度も繰り返し同じ音楽を聞きながら、いろいろな映像を想像して遊ぶのだ。それはこの曲のせいではないかと思っている。私は今でも、音楽というものの中に、異世界への入り口を探しているのかもしれない。そしてそれが見つかったとき、私はまっくら森のおじさんと、そのときこそ本当に手を繋いで、戻ってこられないほど森の奥深くまで、一緒に歩いて行くのかもしれない。自分が、その日を未だに待ち望んでいるような気がしている。

※「まっくら森の歌」白と黒　谷山浩子ベストより　二〇〇五年ヤマハミュージックコミュニケーションズ

村田沙耶香（むらた・さやか）　一九七九（昭和五四）年〜。小説家・エッセイスト。千葉生まれ。横浜文学学校で宮原昭夫に学んだ。二〇〇三年に「授乳」が群像新人文学賞優秀作に選ばれて、文壇に登場する。『ギンイロノウタ』が野間文芸新人賞、『しろいろの街の、その骨の体温の』が三島由紀夫賞、『殺人出産』がセンス・オブ・ジェンダー賞少子化対策特別賞、「コンビニ人間」が芥川賞を受賞した。「「まっくら森の歌」」は『Feel Love』二〇一一年冬号に発表されている。底本は『となりの脳世界』（二〇一八年、朝日新聞出版）を使用した。

谷

古井由吉

深山に読経の声が聞える。その音色の尊さに惹かれて山じゅうをたずね歩いたが、声の主はどこにも見あたらない。半年して来てみると、声はまだほのかに聞える。念入りに探し求めるうちに、谷の底に、麻縄を両足にかけて断崖から身を投げたとおぼしき白骨死体が見つかる。さらに三年経って、読経の声はまだ消えずにある。怪しんで白骨をつぶさに調べると、髑髏の中に舌がいまだに朽ちずに残り、一心不乱に経を誦している。

谷の無人小屋の暗闇の中で寝袋にくるまって、私はこの古い物語の、谷底から沢音に乗って昇ってくる読経の声の怪しさを、むかし教室で聞いてからじつに十七、八年ぶりに思い出した。山のほうから時雨が樹の枝を叩きながら速足で寄せて来て谷の上におおいかぶさり、沢音とひとつに混りあい、逆に地の底から湧き立つように上げてきた時である。そのざわめきの奥につつまれた麻痺感に似た静かさの底から、重い艶のある読経の声がほとんど朗々と響き出てくる気配があった。耳を澄ますと、何ひとつとして定まった声はなかった。しかし谷のざわめきはそれまでと違って、およそさまざまな人の息づかいをはらみはじめたように感じられた。

　山の中で幻聴めいたものに悩まされることは、以前にもないではなかった。たとえば秋も深く、雨風の吹き荒れる夜に、蝉の声を聞く。遠い林の中でニイニイ蝉が痺れるような声で鳴いている。谷向こうからも幾重にも冴してくる。耳を澄ませば澄ますほどはっきり聞える。おそらく過度の疲労から来る耳鳴りのようなものだろうが、頭を起して確かめようとするとぱったり止むほかは、外界の音と区別がつかない。自分一人だけの幻聴だと私は長いこと思っていた。ところが、小池が死の直前に病院で、彼もしばしば山で夜中の蝉の声に悩まされたと言った。中村も、覚えがあると言う。二十代には三人して頻繁に山に登っていたのに、そのことについてはその時までお互いについぞ確かめ合わずにいた。

　中村がときどき寝袋の中で躰を動かしては、溜息とも呻きともつかぬ声を洩らした。昼間山で打った腰が眠りの中でもやはり痛むらしい。十月ももうなかばで、私たちは小池の四十九日を過して、意識のなくなるその朝までむかし三人で山に登った時のことを話していたという彼のために、いわば追悼登山に来ていた。二人とも三十の時から五年ぶりの登山であり、その間に運動らしい運動もしなくなり、躰つきもすっかり変っていた。小池もこの春までは同様に腹の出すぎを会うたびに嘆いていたが、四月から三カ月ほども見ない間に二十代の頃よりもっと瘠せ細ってしまい、五十日の入院の末、夏の終りに妻と五つと三つの子供を残して、黒っぽく干涸びた躰で悶え死んだ。この年齢で胃癌だった。

考えて見れば、この追悼登山の計画は最初から、生き残った二人の奇妙な気持の昂ぶりに運ばれてきた。まるで友人の死のうそさむい息に触れられて、心身ともに若返って浮き足立ったように、私たちは自分もまだ山に登れるという思いつきにすっかり夢中になった。忙しい仕事の合間に何度も会って準備をてきぱきと進め、心の底では自分の体力を危うんで、妻子もある三十五の男としてはいかにも非現実な思いつきに走らされているような気恥しさを覚えながら、二十代と変らぬ日程と重装備で実際に山まで来てしまった。一日目の昨日はさすがに日頃の鍛練が足りなくて、麓からこの谷の奥の小屋まで荷物を運び上げるだけで体力を使いはたしてしまい、小屋に着いてからも飯をこしらえて喰うのがようやくで、汚れた食器を土間に放り出したまま、酒だけは忘れずに飲み、明日も疲れが取れなかったら頂上には行かずにおこうじゃないかと笑いあって寝袋にもぐりこんだ。ところが今朝は目覚めが爽やかで、私たちは朝食を済ませて後片づけをするのももどかしい気持でナップザックひとつを肩にかけて小屋を発ち、自分の体力をたしかめたしかめ、針葉樹林の朝の香りの中を登っていくにつれ、意外にしっかりした足に有頂天になり、山の眺めのひとつひとつに、自分の動作のひとつひとつに昔を思い出し、酔ったような気分で四時間の道を苦もなく頂上まで登りきってしまった。

その帰り、雨もよいになった空に追い立てられてガレ場まで下って来た時、中村が足を滑らせた。ちょっと足を取られただけなのに中村は仰向けにひっくりかえり、身をひねって落下を止めようともせずに、ただ呆気に取られた目で私の顔を見つめながらずるずると五米ほども滑り落ち、やがて横向きになり、鈍い音を立てて腰から岩にぶつかって止まった。べつに危険な状態でもなかったが、人並みはずれて敏捷だった中村の、あまりの無抵抗ぶりが、私には薄気味悪かった。

「びっくりしたわけじゃないんだ。とにかく、とにかく躰が何をしようともしないんだ」と中村は私のところまで這い上がってきて困惑したように言った。

夜に入ると谷は急に冷えこんで、時雨が昼間私たちの登ってきた山のほうから、川下に向かってひっきりなしに走った。谷の夜は平地の夜と違って、小屋の中にいても、聴覚が水平にひろがらずに上下にはたらく。沢音が谷底から空へ響いていたかと思うと、なにかの加減で、空からさあっと降りかかる感じに変る。風が尾根から針葉樹の海鳴りに似た響きを段々に送って近づき、小屋のトタン屋根を叩いて谷のほうへ渡っていくと、その揺りかえしのように、枝の軋む音が押し上げてくる。ただ闇の重さだけがひたすらに沈んでいく。やがて時雨がなにもかもひとつにつつみこみ、ひとしきりざわめいて通り過ぎると、つかのま頭の芯まで沁みとおる静かさの中で、自分自身の意識が、山の中腹にぽつんと意味もなげに点っている黄色い光のように感じられる。

夕飯の後片づけを終え、残り火にあたってウイスキーを飲みながら薪の燻る芳しさをうっとりと吸っているうちに、中村が腰の痛みを訴え出した。私たちはそのことで冗談口を叩きあった。私たちの年ではまだ、腰の痛みは滑稽な苦痛でしかない。話は自然に、中年にさしかかった自分たちの性のことへ流れていった。猥談めいた話の最中に中村は急に腰を伸ばして顔をしかめ、しかめ面のままにたにたと笑った。火の消えたのを汐に、私たちは板床に寝袋を並べて横になり、頭までフードをすっぽり被り、急速に冷えていく空気に顔だけ晒して、死んだ小池のことをしばらく話した。話がいくらか重ったるくなった。

「見舞いに行って、いちばんつらかったのは、あいつがこちらの躰に触りたがることだった」と中村がもう睡気のこもる声でつぶやいた。「話をしているうちに、急にこちらの腕だとか胸だとかを見つめて、細い手をすうっと伸ばしてくるんだ。うらめしそうな顔をして、いつまでも触っていた。まだ夏の暑い頃だったろう……」

話は重くなりすぎて跡切れた。私も小池には何度か同じ目に遭っていた。小池は私たちの健康を羨むというよりも訝っていた。まるで不可解なもののように、手を触れてみなくては納得のいかないもののように、しげしげと眺めていた。そんなふうに眺められ、時には瘠せ衰えた手で触られるたびに私はいつでも、自分は生き残る人間の愚かしい傲慢さにつくよりほかにないのだ、いまは小池の立場でないことを喜ぶよりほかにないのだ、と胸の中で一心にくりかえしてこらえていた。それは、私が小池にたいしてもっとも薄情な時ではなかった。

「消すよ」と中村に声をかけて蠟燭の火を吹き消すと、小屋は谷の音の中へじかに漬たされた。こんな夜にもほのかにこもる光が小さな窓から長いことかかって床の上に灰色にひろがって来て、食器や水筒やザックを寝袋のまわりに黒く浮き立たせた。中村が腰をよじって呻くたびに、私は低い笑い声を立ててひやかした。中村も苦しそうに笑った。そうこうするうちに中村は寝袋から頭を起して、戸口のほうへ精悍な顔を向けた。

「誰か登って来はしないか」

時雨もちょうど止んでいて、沢の音と、ときおり地面に落ちる枝の音のほかには、何も聞えなかった。

「耳のせい、らしいね」

無責任にそう言って中村は仰向けにもどり、また低い呻きを規則正しく間遠に洩らしていたが、やがて、こちらが笑い声を立てても答えなくなり、呻きながら眠っている様子だった。私のほうが、中村の聞き耳役をあずけられてしまったみたいに、眠りに入りそこねた。睡気を誘い寄せるために、私は小心な野獣の眠りを思いやった。我身に関わりのある物音を感じ取るやいなや、熟睡がただちに完全な目覚めに移る。そのためにも、まず眠りが深くなければならない。物音を夢うつつの中で聞いているようでは、とっさの反応はできない。目をぱっと開いて、間一髪のところで死の爪から飛びのき、ひとまず安全なところまで逃れてくると、仲間の悲鳴が聞えようとどうと、すぐにまた眠りに入る。救かったという意識もない。

そんなことを考えながらうつらうつらしかけると、谷のほうから、重い荷をかついで急坂を登る人間の押し殺された息づかいが聞えてくる。こらえきれなくなって心臓まで吐き出すような生温い喘ぎが、無表情な樹々のざわめきの合間に立つ。そしてやや近づいたかと思うと、沢音の中へ紛れてしまい、長いこと経ってまたさっきと同じあたりに聞える。夜遅く小屋に着いた登山者を迎えた経験は何度かある。他のパーティーの者とはみだりに親しくしないのが登山者の心得であるが、こういう場合には、遅れて着いた者は見ず知らずの同宿者からそれとはない歓迎を受けるものだ。眠りかけていた者たちが寝袋から起き出してきて、たまたま目を覚ましたからという顔で、消えた火をもう一度焚いてやったり、夕食の残りを温めてやったり、時には夜半までとりとめもないことを話して過すこともある。足音はやはり近づいて来なかった。

それから後はしばらく夢の中のことである。私は耳を澄ましたまま眠りこんだ。眠りながら、沢の音と中村の呻き声はたしかに耳にしていた。遠くで梟のような声が一点洞ろに立った。まもなく足音が近づいて来て小屋の前で止まった。私と中村は同時に頭を起した。外から扉を開けなやんでいる。土間に降りて内から力を貸してやると、長身の男がぼんやり敷居をまたいで小屋の中に立った。一見して、道に迷って闇の中を長いあいだうろつきまわっていた顔だとわかった。中村は後ろにまわってザックをはずしてやり、私は濡れたアノラックを脱がせてやろうと前に立った。とたんに男は目と口を大きく開いて、声にならない叫びを上げながら私の胸にもたれこんで来て、私の胸ぐらを両手でつかんで全身を痙攣させはじめた。男をかかえて私は後ろへよろけ、板床の上がり縁に腰をついてやっと重みを支えた。それから両足をふんばって、硬直した躰を抱き上げ、とりあえず二人の寝袋の間に寝かせた時には、男はもう死顔になっていた。

「死んだな」と私たちは顔を見かわしてから、あわてて介抱に取りかかった。中村は男のそばに膝をつき、湿気のとおった上着と肌着を剝ぎ取り、乾いたタオルで男の蒼い胸を強くこすり出した。私は薪を積んで火を焚き、何のためか大鍋に湯を沸かしにかかった。しかし私たちが働きまわるほどに、男は急速に面変りしていった。そして中村の乾布摩擦が赤みをほんのりとも呼び覚まさぬままやがて胸から首すじにさしかかった時、仰向けになっていた男の頭が中村の力に押されてぐらりと横に倒れ、こちらに向いた口と鼻から、黒く凝りかけた血が流れ出した。

「もう寝ようや」と中村はタオルを床に放り出して、屍骸の隣の寝袋にそそくさと足からもぐりこんで、また規則正しく呻きはじめた。

私たちはホトケを間において暗闇の底に横たわった。中村が呻くたびに、私はつい錯覚を起して、「おい、まだ生きているぞ」と中村のほうへ顔を向けた。そのたびに蒼白な顔が口と鼻から血を垂らして間近から私に笑いかけた。あわてて顔を仰向けにもどすと、骸《むくろ》が私のそばで冷い物体の質感をずっしりと帯び、どこか嘲弄的な苦悶の笑いを顔に永遠にはりつけたまま、闇の底へ際限もなく沈んでいくのが感じられた。その重みを両側から私たちの呼吸がかろうじて支えた。力をゆるめると、骸の沈んでいく勢いに吸いこまれる。呼吸にもひそかな意志がはたらいていたことに私は呆れた。いつのまにか屋根の覆いも、床の支えもはずされ、私たちは骸を間に吊り下げて谷の宙に浮んでいた。流れ落ちる水の音は骸の無表情な重みとじかに通じあい、樹々のざわめきはただ途方もない時間のひろがりを響かせた。温みを小さくひろげて、その中で生きているものは、谷間では私たち二人よりない。私は沢音の中にひたすら人の気配を求めた。声でも足音でも、呻きでも喘ぎでも、断末の叫びでもいい、とにかくこの谷の無表情をほんのすこしでも揺すってほしかった。

そこへ時雨が降りかかって来て、谷じゅうが湧きかえり、私は読経の声を耳にしながら、救われた気持で目を覚ました。

小池の通夜から四十九日までの間に、中村と並んで何度も聞いた読経の声が耳に染みこんでいて、谷底から昇ってくる声のように聞えたのにちがいない。それにしても、いかにも人間臭い声だった。人間の肉体そのものが響きへと鍛え上げられたような、重苦しくて艶やかな声だった。あれは死の沈黙の下から最初に響き出てくる人間の声の尊さを想像して模したものではないか、と私は思った。耳を澄ますと沢音の底にまだこもっているような気がする。それほど自然の音と紛らわしく、しかも紛れもなく人間の肉声であり、あらゆる情念の響きを内に宿していた。

時雨が通り過ぎ、谷は沢音を残して静まりかえった。しかし私にとって、その静かさの質がすでに異っていた。私をつつむ谷の闇の隅々まで、人間の肉体のさまざまな息づかいの気配が満ちわたって豊かな静かさを織りなしていた。女の声の顫《ふる》えのような気配さえあった。むろん、すぐ隣で呻く中村の声と私自身の息のほかは、どれも嵐の夜の蟬の声と同様に現実ではなく、私の小さな生命が鼓膜か耳の奥の毛細管でかすかな脈搏を打って、ひろい闇の中に無数の生命を欺いているにすぎなかった。しかしそれも生命の動きには変りない。そうつぶやいて私は病院のベッドで動かなくなった小池の姿を思い浮べた。

小池は意識のしるしがなくなったあとも、肉体だけの存在となって、二時間も呻きつづけた。私と中村は小池夫人に呼ばれて病室に入り、壁ぎわから小池の苦悶を為すすべもなく見まもっていた。小池の息が絶えて、医者たちが引き上げると、小池夫人は夫の額をハンカチでそっと拭い、そのハンカチを自分の目もとにあてて深い溜息をついた。それと同時に、病室の中へ遠い市街の音がさあっと流れこんできた。柔かな嗚咽がその中を流れた。その声を私は耳で聞くというよりも、凍えた胸の中へ貪るように吸いこんだ。生き残った人間の安堵感につつまれて、友人の死を哀しむゆとりもなかった。中村も壁にぐったりもたれこみ、危かった岩場をやっと登りきった後のように、目をつぶって天井を仰ぎ、肩で荒い息をついていた。

女の深い吐息が闇の中でふくらんだ。白い喉のふくらみが闇の中のいたるところに潜んで、死のこわばりをほぐしていく。読経の声のはたらきと通じあうところがある。風に軋む枝の音さえ、女めいた表情をひそかにこもらせた。ありとあらゆる物音が吐息を伴って、声のない部屋の中の衣ずれの気配のように、漠と誘いかけてくる。

死んだ友人の細君の声だと思うと、さすがに気が咎めた。しかしそれはもう一人の女の声でもあった。小池も一緒にその声を聞いた。死の直前まで、その声の誘いを心に留めていたようだった。二十歳になった年の初秋のことで、私たち三人はめずらしく海岸に来ていた。ちょうど昼頃、私たちは海へ押し出した広い丘陵の上で、山にくらべてあまりにもゆったりした時間をもてあまして芒原の中に寝そべり、重い陽ざしのはたらきを全身に受けて、まだ女を知らない者どうし、女の話をしていた。

その最中にいきなり近くの叢から女の吐息が暗くふくらんだ。「ああ」と喘ぎ声がそれにつづいて、つらそうな肉感をあらわに響かせた。三人はそろって躰を起して声のしたほうを見つめた。まもなく白いワンピースを着た女が繁みの陰から道に現われ、海から来る風に向かってゆったりと伸ばした躰に両腕をみぞおちのあたりで組み、一歩一歩踵から地面を踏みしめる長い足取りで三人の前を横切り、こちらへ顔をぼんやり振向けかけてまた繁みの陰に見えなくなった。私たちより年上のようだが、いましがたの深い吐息がいったいどこから出たのかと思わせるような瘠せこけた躰つきで、黒いベルトを腰のくびれに喰い入らせるみたいにきつく締め、頭には麦稈帽子をかぶって額から鼻を濃く翳らせ、ゆるく開いた唇と細く尖った頤《あご》を陽の光の中へ突き出していた。振向いたのも頤と唇だけで、目は私たちの頭を越えて遠くへ無造作に注がれていた。首も腕もふくらはぎも生白くて艶がなく、あたりの明るさの中で白濁して見えた。

吐息に掻き立てられたざわめきが躰から引くのを待って、私たちは腰を上げた。繁みから道に出た時には、女はもうずっと先のほうで、ゆるく曲がる一本道にそって芒原の中へ隠れるところだった。そのあたりまでやって来て私たちは女の行く方を完全に見失い、なにか中途半端な気持からてんでに足を止め、空と海の光の中に身をさらして立った。目をつぶると全身が薄赤く透け、目を開くと闇が油みたいに内にたまってくる。その繰り返しが気怠い呼吸のようだった。

小池がいきなり繁みの中へ駆けこんだ時にも、私は鈍い驚きしか呼び覚まされなかった。小池の行く手を眺めやると、黒く輝く海のひろがりの前に、女の上半身が草の穂の間から、妙に白く締まった横顔をこちらに向けてぽつんと浮き出ていた。三十米は離れていただろうか、遠近のつかみにくい姿だった。私は小池の疾駆を、まるで自分自身の情欲がまっしぐらに飛んでいくような快感を覚えながら見送った。女は足音に気づいて顔をこちらに向け、険しい目つきでそのまま後ろへ沈んでいく感じで姿を消した。「死んではいけない」と叫んで小池の姿も躰で草を掻き分けて見えなくなった。私と中村は顔を見合わせてから、はっとして後を追った。

崖縁に向かって小池は追いつめられた獣みたいに背をまるめて低く身構え、躰じゅうを細かくふるわせて金縛りになっていた。

女はもう低い鉄柵のむこうに出て、あらあらしく紅潮した顔で小池を睨みつけながら、崖の縁ぎりぎりに腰をほとんど淑やかな感じで沈めて横坐りになり、両脚をゆっくり縁から押し出していった。

「やめてくれ」と懇願しながら小池が二、三歩ずつそっとにじり寄り、身をさらに低く構えて、飛びかかる呼吸を測った。

二人は長いことまともに睨みあった。釣合いがどちらの気力の優勢によって破れるかの問題だった。中村が斜めから無造作に飛びかかろうとするのを私はかえって危険と感じて制止した。小池はだんだんに金縛りをほぐして、逆に女をすくませていくように見えた。

もう一歩で、柵の手すりを握る女の手に届くところまで来た時、小池は柵に向かって身を躍らせた。ほんのひと呼吸、間合いがはずれて、女は柵から手を離し、背を天にのけ反らすようにして、横坐りの恰好のまま岩の縁を滑って見えなくなった。

「待て」と小池は叫んで柵をまたぎ、左手で手すりを握って躰を支え、右手を岩のほうへ伸ばした。

岩の縁に女の顔が、顔だけが現われ、蒼白な死相を海の光の中に浮べた。

「なに、あなた」と女は小池に向かって細いはっきりした声でたずねた。そして紫色の唇に、笑いのようなものを浮べた。

「やめてくれ」と口ごもって小池は女から飛び退き、柵をまたぐと、四つん這いになって私たちのところへ転げもどって来た。それと同時に女の顔が天を仰いで岩の縁から消え、重い砂袋のような質感が岩をずり落ちていき、男とも女ともつかぬ太い悲鳴を上げて宙に投げ出され、長い長い唸りを引いて、気の遠くなるような深みで、水を鈍く叩いた。小池が地面に両手をつき、身をよじって吐いた。そして反吐の上で首をはげしく左右に振って声を立てずに泣き出した。

小池を中村にあずけて私は入江の漁村まで坂道をひと息に駆けおりた。つづら折れを曲がるたびに、重い光をたたえた水平線がこちらへ傾きかかってくるような感覚に、私は苦しめられた。駐在所に飛びこんで知らせると、もう馴れた事件らしく、人がすぐに呼び集められ、この前の時のことなどを喋りながら小さな埠頭から漁船に乗りこみ、焼玉をのどかに響かせて断崖を沖寄りからまわりこんで消えた。ホトケを水の中に引いて連れて来るのだと言って、魚を獲るのと変りのない網を積みこんで行った。しばらくして中村と小池が互いに負けず劣らず蒼い顔でやって来て、私のそばに黙って立って海を眺めた。

「いま舟で引き揚げに行ってる」とだけ私は答えた。

「最初に迷わずに、まっすぐ突進していればよかったんだ」と小池が気落ちした声で言った。

「ここは魚のにおいがきついね」と中村がつぶやいて岸壁にしゃがみこみ、水の中へ吐いた。嘔吐物が澄んだ水の中へ細かくひろがって沈んで行き、小さな魚が集まってきて、横腹を光らせてつついた。

三十分もして船が岩陰から戻って来た。船尾のほうへ目を凝らしたが、何かを引っぱっている様子もなかった。船の中の男たちは出がけと打って変った気むずかしげな顔つきで煙草をふかしていた。まもなく近寄って来た船の中を、怖いもの見たさに、岸壁から身を乗り出してのぞきこむと、舟底の茶色い網の上に、水に濡れて小さく崩れこんでいるものがある。紫色に血の透けた白いふくらはぎが、異様に長いうなじが、それから、頭を抱えこんでいる両腕が見分けられた。

「生きとるわ」と男たちの一人がなにか憮然とした声で私たちに言った。

それでも瀕死の状態か、すくなくとも重傷は負っていると思ったら、船が埠頭に着いて男たちが声をかけると、女は頭を起して、頰に張りついた濡れ髪を両手で掻き上げ、頭の体裁をつくりながら、身を物憂げにくねらすようにして立ち上がった。そして両手を支えられて岸壁に上がると、やや腰をかがめ、濡れて躰についたワンピースをウエストから裾まで指先でつまんで整え、視線を素足にしおらしく落して歩き出した。

「怪我、怪我はありませんか」と小池が女の通る前から後ずさりしながら、上ずった声でたずねた。

「有難うございます。どこも悪くありません」と女は断崖の上と同じ声で答えてやんわりと頭を下げ、小池には目も呉れずに、男たちと並んで砂浜を駐在所のほうへ歩いて行った。駆け寄ってくる子供たちには、恥しそうに笑ってみせていた。

その時になって私はようやく冷い恐怖感にまともに取り憑かれた。あの蒼白な死相をあらわした躰が、洞ろな音を立てて宙に吸いこまれていったあとも、まだ生きている。ずぶ濡れではあるが、普通の女とすこしも変らない姿で、のどかな入江の漁村を歩いている。子供たちにやさしく笑いかけさえする。魚臭が急に鼻をさしてきた。陽のふりそそぐ浜がすうっと目の前で暗くなった。砂を踏む女の素足がなまなましかった。呆然と見おくっている小池と中村の後ろで、私は物陰にかがんでそっと吐いた。

女が結局は無事だったのだから、あとはその時の自分たちの狼狽ぶりを笑って思い出しあえばよいはずだった。山で危いところを切り抜けた時にはいつでもそうしていた。ところが私たちは女の運の強さを感嘆しあうだけで、それ以上のことは語らずに、そこからバスでまっすぐに街に出て、予定を一日早く切り上げて夜行で帰ってきた。

「こういう時に、天に祈るかたちがないことが、われわれの弱みなんだなあ」と小池がバスの中でつぶやいた。「それだもんで、何もかも、自分の負いきれないものまで、負いこんでしまう」

「そうかねえ。俺は女が舟の中でまっすぐ立ち上がった時、ああ有難やと思って、あとはそれきりだけどね。それで祈ったことになるんじゃないか」と中村が答えた。

祈るなら、俺は女の凄さに祈るね、怖いものには祈るんだ、と私はふいに頭に浮んだことを口にしようとして、その祈りの光景のおぞましさに怖気をふるい、言わずにおいた。

最後まで私たちはそのことでは口が重かった。中村と私だけの時にはそれでも、結局知らずじまいになった女の素性や自殺の理由やその後の人生のことについていろいろ憶測しあうこともあったが、小池もいるところでは、あの出来事のことはいっさい口にしなかった。小池は女の目をまともに見れない男になっていた。

その小池を後の小池夫人と結びつけることに真剣になって協力しあったのは私と中村だった。惹きつけられれば惹きつけられるほど逃げ出そうとする小池に、私たちは友人として見ていられないという以上の危惧を覚えた。あの海岸で私たち二人がはじめ鈍感であったばかりに、小池一人に怖い思いをさせてしまった。その後でも私と中村はおおむね平気で女性とつき合ってきたのに、小池一人があのことの後遺症を三十歳近くまでまともに持ち越してしまった。そんな負い目も私たちの気持にはたらいていた。それに、小池の恋人つまり後の小池の細君にも、あの頃、私たちはいささか脅威を感じていた。求めるかと思うと避ける小池に彼女は業を煮やして、それならあなたのいちばん親しいお友達に会わせてほしい、その人にあなたという人のことを聞いて納得することにしますから、と小池に迫って、私と中村の名前と勤め先を聞き出し、ある日、私のところに電話をかけてきた。余計なお節介はしてくれるなと小池に言われながら私は小池があきらかに彼女に惹かれているのを見て取って、彼女に呼び出されるまま、おもてで何度か会って話してみたが、自分自身が小池からいくら気持を説明されてもよく納得できずにいるのに、彼女を納得させることができるはずはなかった。彼女は小池に女としての誇りを傷つけられ、離れるに離れられなくて憔悴していた。私が説明するほど彼女は苛立って、私を詰《な》じるような口調で質問をたたみかけてくる。結局は私のほうが彼女の愛情の烈しさを納得させられて口をつぐむことになる。

ある夜、私は彼女にまた問いつめられて、とうとう海岸の出来事を話した。彼女は私の目をまともに見つめて聞いていた。話し終えて、あれ以来小池は女性にたいしてあんな風になってしまったのだと私はつけ加え、はじめて説明らしい説明を彼女にしてやったと思った。ところがその説明が彼女を激昂させた。あなたたちはそんな気持で女とつき合っているのですか、と彼女は言ったきり斜め横を向いてしまって、あとはこちらがいくら弁明しても、返事もしてくれなかった。しばらくして、まわりから痴話喧嘩と見られているふうなのに私は気がついて彼女を促がして外へ出た。

駅に向かって並んで歩いていく途中、私は誰と一緒にいるとも意識していない様子でぼんやり涙ぐんでいる横顔をちらりと見て、いっそ自分がいまこの女性を抱きよせてしまったら、事は友人どうしの三角関係になって、男女の事柄としてむしろはるかにまっとうになるのではないかという奇怪な思いにふいに誘われかけた。もちろん出来るはずもないことだった。たとえ小池のことを考えないとしても、この女性と二人きりになったら、さっきの事でどこまで責め立てられるかわからなかった。駅で彼女に別れたあと、私はその足で中村のところに行ってそれまでのことを話し、このままでは小池に悪いことになると言って、あとのことを彼にあずけた。

一週間して中村が浮ぬ顔で私のところにやって来た。

「あれはどうしたって小池が悪いよ。何だかんだと手前の気持ばかり述べ立てて、好きな女のために自分の怖れを棄てようともしないんだ。あの人を行かせてしまうようでは、あいつは男の資格がないよ」と中村は彼らしい調子で言ったが、どことなく困惑の響きがこもっていた。

私たちは二人を結びつけるよう尽力しなくてはならないということに意見が一致した。余計なお節介だなどと考えもしなかった。

さいわい小池の結婚生活はうまく行ったようだった。会うたびに小池は自由豁達になり、神経剝き出しの感じだった小池夫人はふっくらと肉につつまれ、肌も澄んで艶やかになった。子供も生まれた。そして小池の結婚の首尾を確かめるような間合いで中村が結婚し、つづいて私も世帯をもった。

小池の死ぬ五日前に、私は病院を訪れた。やはり雨のひどく降る日で、病室にはどこから流れて来るのか沢のにおいが、濡れた岩と森の下土のにおいがかすかに漂っていた。小池は私を枕もとの椅子に坐らせて、黒っぽく瘠せこけた顔でまぶしそうに見上げながら、むかし三人して谷で迷った時のことを細かに話しはじめた。あの海岸の出来事から一年以上経っていた。私たちは以前二度も来たことのある沢筋の道を取り違えて、見も知らぬ谷の中へずんずん入りこんで行った。

沢を溯るにつれて谷の様相は険しくなり、私たちは以前見た時には出遭った覚えのないはずの岩棚をいくつか登り、それでも道を間違えたという結論も出せずに、ほとんど依怙地になって進みつづけた。そしてもう尾根道へ取りつくところまで来たと思われた頃、かなり高い滝に行く手をはばまれ、その中段の棚まで強引に攀じ登り、そこから上の岩場の陰惨さを見上げてようやく考えこみはじめた。ちょうど谷の内懐に入りこんだような地点で、視界には、頭上から奇妙に緩慢な感じで水を送り出す滝と、壺のようにほぼ四方を囲む黒っぽい岩と、急速に曇っていく空しかなかった。私たちは長いこと黙って岩を見上げていた。いままでどおり強引に突破すれば突破できそうな岩場だったが、ここまで来て私たちの中に精気のようなものがひとつ失われていた。私たちは登るルートを探すよりも、精気の失われた分量をそれぞれ感じはかっていた。小池が一人で苛立っていた。感じの悪い場所は迷わずに一気に登ってしまうほうが危険がすくない、長く考えていればいるほど心理的に崩れが出てくる、というのが彼の意見で、呆れたことに、道が正しいかどうかということはまるで考えに入っていなかった。そう呆れる私自身も、道を間違えたということにはあの時でもまだ半信半疑だった。しばらくして中村が、いずれにせよ最初の分岐点まで引き返すのが正道ではないか、とあっさり言った。いったん口に出されれば、これ以上に妥当な判断はなかった。私たちはザイルを使って岩場を下り、往きと変らぬ時間をかけて沢の出合いまで戻り、谷がだいぶ暗さを増したので、そこでテントを張った。翌朝、テントから出てみると、その分岐点が誤りであることは一目でわかった。正しいコースよりもひとつ手前の沢の出合いから、最後には滝となって屛風岩へ喰いこんでいく谷に入りこんでいた。

「なぜ、あんな間違いをしたのだろう」

それがまるで昨日のことのように、あの誤りがまるで重大な結果でも招いたように、小池はベッドの中からもどかしげに私に訴えかけた。

「谷では後から考えるとわけのわからない間違いをよくやるものだよ」

「それにしても、以前に二度も来たところだろう。こんな陰気な谷ではなかったと、すぐに気づきそうなものじゃあないか、三人もいて」

責めるような口調だった。目が恨みがましく遠くを見つめていた。それから右手が毛布の下からわなわなと出て来て、私の右の手首をゆるく握った。かさかさに乾いた掌が私の右腕を手首から肘のほうへ順々に撫ぜた。その気色悪さと、急に意識されてきた自分自身の腕の脂気の気色悪さを同時にこらえながら、私は平静な声で答えた。

「疲れのせいだよ。もう長いあいだ歩いて来ただろう。疲れて来ると頭で判断しなくなって、躰で感じ分けるようになるんだね。これぐらい歩いた感じがあるから、この辺がもう分岐点だろうとか。それで疲れたその分だけ早目に……」

「脇道に入ってしまうわけだ」意外にも皮肉な笑いを小池は口もとに浮べた。「しかしそれよりほかに、しかたがないんだよ。躰の中が暗くなると、谷全体も暗くなるしね。前に来た時にはもっと明るかったの暗かったのと言ったって、何もなりやしない。谷はそのつど初めてくるのさ。それにしても、見覚えのあるような、ないような谷の奥へ入っていく気持なあ、途中でいきなり進めなくなる感じなあ……」

そうつぶやきながら小池は私の手首をつかみなおして、毛布の下へ、平たい胸のほうへ引き寄せた。そして引っ張られるままに私が顔をすこし近づけると、私の目を見つめて、重大な秘密を打明けるふうに、声をひそめてささやき出した。

「思い出したよ。あのケルンだ。沢の出合いの、ほらちょっと曖昧なところに、小さな石を五つ六つ無造作に、いましがた行きずりに積んでいったというふうに積んであったやつな。あの道しるべはたしかに、見ようによってはまっすぐに行けとも、左の沢へ入れとも取れるような、そんな位置に立っていた。陰険な悪戯だ。俺たちはたちまち河原の右寄りから来たので、あのケルンが左の沢を指しているように見えたんだな。しかし、思い出したぞ。俺たちは左の沢へ入った時すぐに、これは変だぞ、これは違うぞ、とたしかに思ったんだ。なあ、お前もそうだろう、な」

「ああ、そうだったね」と私は返事を促がされたので逆らわずに相槌を打ったが、そう言われてみれば、私も最初、これは違うという印象を強く受けながら、二人にたいしてそれを言い出す気力もなく、三人揃った足並みに運ばれて左の沢へ入っていった気がした。

「俺たちは誘いこまれたんだよ、分岐点のところでちょっとぼんやりしていたばっかりに」そうささやく声がすこし差し迫っていた。目の芯がゆらゆらと燃え上がり出した。「だから後はわかっていても、黙々と進むよりほかになかったんだ。そういうことなんだ。実際に俺は見たよ、岩棚にさしかかるたびに、上から招き寄せるのを、棚の縁からこっちをのぞいてやがるのを、女の顔……」

「女の顔なら、なんで、俺たちにも教えてくれなかったんだ、友達甲斐のない」

冗談にもならない冗談で紛らわして私は思わず顔と手を小池から引いた。その力に引かれて、小池が頭を枕からふわりと起し、私の腕に両手でしがみついてきた。笑っているような泣いているような顔、暗いお堂の中の羅漢のどれとも通じあう顔、あきらかに死相の現われているのを、私は母親をなくした時の体験から感じ取った。冷い狼狽感におそわれて椅子から腰を浮した時には、小池は私の胸まで手を伸ばし、胸ぐらをつかんで躰じゅうをふるわせたかと思うと、太い呻き声を胸の底から絞り出した。

「お前たちも一緒、谷に入る時はいつも三人、一緒だったじゃないか。お前は気の配り方が細かいし、中村は判断が確かだし……」

小池夫人が飛んできて二人の間に割って入り、小池の手を私の胸からもぎ取って私を背中にかばい、こちらにちらりと顔を向け、こめかみのあたりに人差指をそっと当てて目配せしてから、小池を胸に抱きこんで、自分の上半身を押しかぶせるようにしてベッドに寝かせた。

「死にたくない、俺ひとり、死にたくない」と小池は妻の胸の下で叫んだ。くりかえし泣き叫んだ。

小池夫人はベッドに片肘をついて、透けるように白い膝の裏をこちらに見せて左脚で伸び上がり、右脚を床から浮せてベッドの縁にかけ、仰向いて泣いている夫の顔の上に胸をそっと寄せた。そしてあらあらしく伸びた夫の髪を指先で撫ぜながら、自分も柔かな声で啜り泣き出した。

雨の音の中で、豊かな嗚咽が呻き声をつつんでふくらんでは跡切れた。

「死にたくない」と小池はさらに何度か思い出したように呻いたが、不思議に、妻の嗚咽に宥められていくようだった。

しばらくして小池の呻き声が止むと、小池夫人はベッドから躰を起して、白いワンピースの裾の乱れをそっとなおし、額から髪を掻き上げ、ほのかに赤みのさした顔を私のほうに向けてうつむけて、「失礼いたしました」とややかすれた声で詫びた。

小池は目をつぶって静かな寝息を立てていた。

私は昂奮の後で物も考えられなくなり、壁ぎわにただ棒杭みたいに立って雨の音を聞いていたが、生きているのも堪えがたいような死の陰惨な表情を前にして、いましがたの二人の声に心を打たれていた。自分が心を打たれていたことに、小池の四十九日を過ぎた今になってようやく、谷の音の中にひそむ無数の声の、呻きと吐息の気配に耳を澄ますうちに、気がついた。


古井由吉（ふるい・よしきち）一九三七〜二〇二〇（昭和一二〜令和二）年。小説家・ドイツ文学者。東京生まれ。立教大学助教授を辞職して、小説家に転身する。「内向の世代」を代表する一人である。「杳子」で芥川賞、『栖』で日本文学大賞、『槿』で谷崎潤一郎賞、「中山坂」で川端康成文学賞、『仮往生伝試文』で読売文学賞を受賞。「谷」は『新潮』一九七三年一月号に発表された。底本は『古井由吉作品三』（一九八二年、河出書房新社）を使用している。森や山に関連する他の作品に、「単独行の夜」「山上に聖ありて」「山に行く心」「杳子のいる谷」などがある。

そこなし森の話

佐藤さとる

1

むかし、上州《じょうしゅう》（群馬県あたり）否含山《いなふくみやま》の山すそに、うす暗いほど木の生い茂った森がありました。

この森にいちばん近い村でも、十里《り》（四十キロぐらい）ほど離れていましたし、その村とのあいだには、深い谷川があって、ろくな道もありませんでした。おかげで、炭焼きも木こりも、まだ森へはいったことがなかったのです。

ただ、獲物《えもの》を追いかけてきた猟師《りょうし》が、ときたま、まぎれこんでくることはありました。ところが、鹿でも狐でも、この森に逃げこんだが最後、めったなことでは見つからなくなってしまうのです。そこで、猟師たちも、森の奥まではいらず、あっさりあきらめてしまうのでした。

「あの、そこなし森に逃げこまれたら、もうおしまいじゃ」

猟師たちは、よくそういいました。

☆

ある年の秋のことです。

どこをどう迷いこんだのか、その、そこなし森の真中《まんなか》で、汗をふいている旅人がいました。ただの旅人ではなく、六部《ろくぶ》の姿をしていました。六部というのは、ほうぼうのお寺や神社をお参りして歩く人たちのことです。でも、この人がほんものの六部かどうかはわかりません。

背中には、大きな縦長の箱のような荷物を背負っていました。これは仏さまをかざる厨子《ずし》です。持ち歩きのできる、仏壇《ぶつだん》のようなものです。手に持っているのは、〝六部笠《かさ》〟という、浅い編笠でした。かぶっていると、木の下枝に当って、じゃまになるのでしょう。先ほどから、こわきにかかえていたようでした。

お坊さんのように、つるつるにそった頭をふいて、六部は元気よくまた歩きはじめました。もうかなりの年寄りのようでしたが、旅には、なれているらしく、日にやけた顔が、まるっきりのんきそうに見えました。こんな森に迷いこんだのに、ちっとも困っているようすは、ありませんでした。

背中の荷物をゆすりあげると、ガサガサと下草《したくさ》をわけて、森の奥へ進んでいきました。今まで、そんな奥のほうまで、人がはいってきたことはありません。そのことを知っているのかどうか――。年をとった六部姿の旅人は、むりやり森の中にもぐりこんでいって、やがて見えなくなりました。

まるで、そこなし森に、のみこまれてしまったようでした。

2

たしかにこの人は、そこなし森にのみこまれたのでした。

森の中を泳ぐようにして進んでいくと、ぽっかりと開《ひら》けた場所にでたのです。どういうわけか、深い森の中に、一本も木のないところがあって、足もとには、やわらかなかれ草が、秋の日をあびて光っていたのです。

「やあ」

旅人は、びっくりしたように、ぐるぐるっとからだを回して、空を見あげました。梢《こずえ》のはしに、否含山《いなふくみやま》のてっぺんがのぞいていました。

「ほほう」

六部姿の年寄りは、ひとりでうなずきました。どっこいしょ、と、背中の厨子をおろすと、この思いがけない草原を、あちこち見て歩きました。それから厨子のところへもどって、扉を開けました。持ち歩き用の仏壇ですから、観音開きの扉がついているのです。

中から、布きれに包んだものをとりだしました。くるくるとほどいていくと、大きななたがころがりでました。

一振り二振り、そのなたを振ってから、ぐいっと腰にさしました。そして、ひょこひょこと、森の中へもどっていったのです。

やがて、カツン、カツンという、木を切る音が、草原までひびきました。いったい、この年寄りは、なにをするつもりなのでしょうか。

——三日たつと、このそこなし森の草原には、掘っ立て小屋《ごや》が建ちました。屋根もかべも、笹や小枝で作ってあります。床にはかれ草がいっぱい敷いてありました。小さないろりもつくってありました。片すみには、仏さまもかざってありました。

その小屋の真中に、きちんとすわって、その年寄りはとてもうれしそうでした。

「なんとも、わしにふさわしい場所が見つかったもんじゃ。ここなら、もう一生動かなくてもいい。思いきって、筑紫《つくし》（九州）の山をでてきてよかった」

そんなことをつぶやきました。どうやら、ずっとここで暮らすつもりのようでした。

次の日から、そこなし森の住人は、毎日木の実を集め、枯れ枝をひろって、冬の支度をはじめました。

夜になると、油をともして本に読みふけりました。背中に背負ってきた厨子の中には、難しい本が何冊もはいっていたのでした。もしかすると、もとは学者か、お侍《さむらい》だったのかもわかりません。

きっとこういう人を〝世捨て人〟というのでしょう。世の中がいやになったり、人に会うのがきらいになったりして、山にひとりでこもってしまう人が、むかしはあったのです。

とにかく、そこなし森は、こうして、人をひとり、すっぽりとのみこんでしまいました。

そのことを知っている人は、どこにもいませんでした。

いちばん近い村の人たちも、もちろん知りませんでした。

3

一年たって、また秋になりました。

ある日のこと、すっかり仙人《せんにん》のようになってしまったそこなし森の年寄りは、うす暗くなるまで本を読んでいました。油がもったいないので、戸をあけました。入り口ににじりよって、夕焼けの赤い光で本を読みつづけました。

そのとき、小屋の前を、なにかが走りぬけました。目をあげて見ると、大きな鹿でした。あわてててまた森の中へかけこんでいくところでした。

「ほう」

年寄りはつぶやきました。森でけものを見るのは、めずらしいことではありませんでしたが、この小屋の前にでてきたのは、はじめてでした。

「あれは、けがをしているな。びっこをひいていたぞ」

そういっただけで、もう鹿のことは忘れたように、本を持ちなおしました。そしてしばらくたちました。

いきなり耳の近くで、パン、と、やきぐりがはぜたような鋭い音がしました。年寄りは、左肩に手を当てて、草原を見すかしました。いまの音といっしょに、肩がちくんとしたのです。虫にさされたような感じでした。

すぐ立ちあがって、はだしのまま草原におりました。すると、いたちのような小さな生物《いきもの》が、草むらからとびだして、あわてて逃げるのが見えました。けれども、枯れ草に足をとられたのか、いくらも逃げないうちに、ころがりました。ばたばたもがいているところに近よって、年寄りは、そっとのぞきこみました。

「ぎゃあっ」

その生物《いきもの》が叫びました。年寄りは一足とびさがって、それから大急ぎで小屋にかけこみました。戸をしめると、片すみにおいた仏さまに向かって、目をつぶったまま手を合わせました。

なにかぶつぶついっているのは、たぶんお経《きょう》をとなえているのでしょう。

年寄りは、いったいなにを見たのでしょうか。

さっきの生物は、人の形をしていたのです。着物をきて、たっつけばかまをはいて、足には、沓《くつ》のようなものまでつけていました。けれども、そんなことって、あるはずはないのです。

お経をとなえながら、年寄りはすこしずつ落ちついてきました。ひとりで山にこもるくらいですから、もともときもの太い人だったのです。

「まさか猿ではないな。あんな小さい猿はないから。とすると、やっぱり見まちがいだろう。本の読みすぎ――うん、そうじゃ。目がつかれたんじゃ。あれはきっと、そうだ、がまがえるかもしれん。がまがえるを、人間の姿と見まちがえたんじゃろう」

そんなひとりごとをいいました。けれども、もう外へでるのはいやだったので、はやばやとねることにしてしまいました。

次の日は、朝早く目がさめました。そこで夜が明けるのを待ちかねて、草原へでてみました。

きのう、妙な生物を見たあたりを足でけっていると、コツンと当たったものがありました。手で枯れ草を分けて探してみると、三寸（九センチぐらい）ほどの棒きれのようなものがみつかりました。

「ややっ」

ひろいあげたまま、年寄りはぽかんとしたように空を見あげました。

その棒きれは、小さな鉄砲だったのです。猟師が持って歩く、火縄銃とそっくりにできたひな型で、みごとな作りでした。

「まてよ」

年寄りは、二本の指で、その小さな鉄砲をつまみながらつぶやきました。よく見ると、糸のような火縄もついていましたし、引金も動くのです。筒先をかぐと、かすかに火薬のにおいまでするではありませんか。

(そういえば、あのとき、パン、と、音がしたっけ。あれは、この鉄砲の音だったんじゃろうか)

そうすると、きのう見た人形《ひとかた》の生物《いきもの》は、やっぱり人の姿をしていたのでしょうか。それとも、がまがえるのばけものだったのでしょうか。

「どうもいけない」

明るい朝の光の中で、年寄りは首をふりました。

「いけない、いけない」

口の中でもぐもぐといいました。

「せっかく、ここで骨になろうと思ったんじゃが、こんなことがあると、また、よそへいきたくなるわい」

そして、大きなため息をついたのでした。

4

ちょうどそのころ、もうひとり、大きなため息をついた人がありました。この森から十里ほどはなれた、村の若者でした。

「まあ聞いておくれったら、おやじさん。おいら、たしかにわるかったんだ。それはわかってるよ。でも、しかたがなかったんだ。あんな目に会えば、おいらばかりか、おやじさんだって――」

若者の前で、あぐらをかいていたおやじさんが、じろりと目をむきました。それで、若者は話をかえて続けました。

「そりゃ、そこなし森にふみこむなんて、素人《しろうと》のやることとさ。だが、あの鹿は、すごいやつだったんだ。いくらそこなし森だって、傷ついた鹿が、そうそううまくかくれられるもんじゃない。そう考えたから、おいらは追いかけたんだ。ほんとだぜ。それに、ぐずぐずしていると、日が暮れちまいそうだったからな」

若者は、またため息をついて、自分に自分で返事をしました。

「うん、そうなんだよ。たしかに、へんなこともあったさ。いきなりすごい草むらにはいっちまってよ。身の丈ほどもある、枯れ草のやぶの中だった。そこから、山ほどもある家が見えて、つまりそこがやつの住処《すみか》だったんだ。おいらは、思わずねらいをつけて、引金をひいちまった」

おやじさんは、またじろりと息子の顔を見返しました。

「そこに、その大入道《おおにゅうどう》がいたっていうのか、ばかばかしい」

「ほんとうだよ。おやじさんの前《まえ》だが、きっとあいつがほんとの大入道ってやつだ。のっしのっしと、おいらのほうへやってきたときにゃ、もう、無我夢中だった。なにしろ——」

若者は、両手をいっぱいに拡げました。

「足の裏だけでも、このくらいはあった。うそじゃない、うそじゃないんだ」

おやじさんも、すこしずつ若者の話にひきこまれてきたようすで、なにもいいませんでした。

「おいらの撃った弾丸《たま》は、当たったはずだよ。ところが、あいつは、けろりとしていやがった」

「そんなときは、だまって逃げるんだ。ばけものにむかって、てっぽぶつなんぞ、自慢にもなにもならんわい」

「そうだったよ。そうすりゃよかったんだな。つかまえにきたとき、おいらはあわてていたんで、草に足をとられたんだ。鉄砲は、そのときどこかへ落としたんだろ。おいらがもがいていたら、その大入道のやつ、上からのぞきこんだんだ。ああ、あの顔は、一生忘れられないだろうな」

「ばかな話だ」

「でも、そのとおりだったんだよ、おやじさん。おいらは力いっぱい叫んだ。もう助からないと思ったんだ。ところがどういうつもりか、そいつは住処へひきかえしていってしまった。おいらは、やっとのことで立ちあがって、あとも見ずに逃げてきたんだ。鉄砲なんか、ひろうどころか、命をひろうだけで、せいいっぱいだった」

「ふん」

おやじさんは、それでも、息子が無事だったのを、よろこんでいるようでした。

「まあ、鉄砲がなければ、猟師はできんぞ。猟師をやめて、百姓になるんだな」

「ああ、おいら、そうするよ。あんなおそろしいめにあったら、もう猟師にはなりたくなくなった」

「ふうん」

おやじさんも、息子の若者も、そこでだまりこくってしまいました。

☆

次の日のお昼ごろ、六部姿の旅人が、この村を通りぬけました。あのそこなし森に住んでいた、年寄りにちがいありませんでした。

鉄砲をなくして、百姓になることにした若者と、村はずれですれちがったとき、旅人が、日光街道《にっこうかいどう》へでる道をたずねました。若者は、どこかで見た人だと思いながら、道を教えてやりました。

佐藤さとる（さとう・さとる）一九二八〜二〇一七（昭和三〜平成二九）年。児童文学者。神奈川生まれ。コロボックルのシリーズで広く知られる。『だれも知らない小さな国』で毎日出版文化賞・国際アンデルセン賞国内賞、『おばあさんのひこうき』で児童福祉文化賞・野間児童文芸賞を受賞した。児童文学界にファンタジーを根付かせた業績に対して、巌谷小波文芸賞が授与されている。「そこなし森の話」は『そこなし森の話』（一九六六年、実業之日本社）に収録された。底本は『そこなし森の話』（一九七六年、講談社文庫）を使用している。森や山に関連する他の作品に、『赤んぼ大将山へいく』などがある。

森と言葉

辺見庸

1

熊笹《くまざさ》が群れて、よからぬうわさにざわめくのも知らぬ気に、鉄砲百合《ゆり》がぽんと一輪、ねっとりと汗かき、生あくびしてはあだっぽいにおいを吐いている。

かたわらの木の枝で、あちらにそろり、こちらにそろりと触手をうごめかせているのは藤蔓《ふじかずら》だ。さっき見た緑色のくちなわの残像にそれは重なって、ふたつながら脳裏でからまりひとつに結ぼれる。

蔦《つた》がしきりに樹肌を這《は》いずる音に隠されてはいるけれども、耳を澄ませば、樹液の流れる音だって、わずかにさわさわと鼓膜をなでてくる。

いや、楢《なら》の樹液はさわさわなのだが、樫《かし》のそれはとろとろなのだ。

清澄なようでいて、そのじつ、しどけない音の連なり。これほどの具象はないはずなのに、仮象と感じてしまうもどかしさといったらない。
いま盛んに蒸れて、悩乱する八月の樹林である。

こんもりと青みわたる熊野の森に久しぶりに分け入ったら、遠目の心安さが裏切られ、もの狂おしい瘴気《しょうき》を浴びてたじろいだ。葉叢《はむら》にも湿土にも、青ぐさく土くさく性がみなぎっていて、木の間にのぞく碧天《へきてん》さえ、陽に水飴《みずあめ》のように溶けてふくれあがり、石黄色《せきおう》に変じたエーテルを絶えず滴らせているから、森は、ひとかたまりの生き物として、いかにも感応しないではいられないのだ。

せめてはと、素水《さみず》を探す。

森にはどこかに水の緒《お》がある。音をたぐり進めば、湿り廃頽《はいたい》した千年の闇《やみ》の奥底に、水脈《みお》は密《ひそ》やかな音立てて湧《わ》いてあり、葉擦れの音とかそけき重奏をしている。

岩にしゃがみ顔を寄せると、むっと鼻を撃つほどにたちこめる水のにおい。遠い記憶を、森の水が照り返してくる。木洩《こも》れ陽《び》には金の小紋《こもん》をこしらえ、風には銀の鱗《うろこ》をならべる水面に、私の顔は、無意味な書き込みだらけの古紙に似て、揺らめき浮かび、歪《ゆが》み流れる。

水のきらめきに眩《くる》めいて、刹那《せつな》、はたと思いいたったのは、なぜだか、言葉の不実だ。貧寒とした、私の言葉の洞《ほら》だ。贋金《にせがね》のように安っぽく光る言葉の表皮だ。

深山の、これこそ水の教えである、とひれ伏すほど私は素直ではないから、ふふんと笑ってみたら、水面の男の顔は、波紋に割れ散らばった。喉《のど》を鳴らし、その水を飲む。

森を抜けてから、そばだつ斜面に陽焼けした男たちを見た。チェーンソーで樹齢八十年ほどの杉を伐《き》り倒している。鋸《のこぎり》の刃が根かた深くに食いこんで樹の肉を激しく挽《ひ》くと、それまで凜《りん》としていたはずの樹心は、木くずを血煙のように噴きだしながら、ひぇーん、ひぇーんと尾を引いて、身も世もなく泣き叫ぶのである。

頂を天穹《てんきゅう》深くに突き立てる大樹はやがて、みしみしと軋《きし》み、葉先をわなわな震わせて、午後二時の陽を背にして、分針よろしく宙にゆるく弧を描く。

杉の眩暈《めまい》が私の立ち眩《くら》みを誘う。樹冠が空気をこすり、ぐらりとさらに大きな弧を切ると、太陽はいとど凄《すご》みを帯びてぎらぎらと眼を剝《む》くのだ。

杉の全身がずずーんと地響きたてて、ついにうち倒れたとき、谷底も遠くの稜線《りょうせん》も、きなくさい煙のようなものに霞《かす》んだ。臓腑《ぞうふ》がひしゃげるほどの鈍いずずーんの音は、いく重にも谺《こだま》して果てず、もうそれが幻聴かどうかもわからない。

ほどなく訪れたしじまに、私は世界の静止画像を見る。まがまがしく杉がにおう。根を失い悶絶《もんぜつ》した大樹はなおもなにかを分泌していた。樹脂のにおいが脳に沁《し》みて、すんでのこと昏倒《こんとう》しそうだった。そのとき胸をかすめたのも言葉のこと。言葉の原質がここにあると思った。

鋸《のこ》くずを吸うだけ吸うものだから「小便が木いくさくなるのう」と男たちのひとりがいった。しゃがれた声はさらに、これから「玉切《たまぎ》り」にかかる、と無愛想につぶやいた。伐り倒した杉を適当な長さに切るというのだ。気韻生動《きいんせいどう》というのでない。古拙《こせつ》というのでもない。私の触れたのは、たぶん、男の言葉の芯《しん》なのである。においたつ髄《ずい》なのである。大樹は横倒しになり、まだ焦げくさい気を発している。

2

熊野は大塔山系の歯朶《しだ》の海を、まるで立ち泳ぎするようにあえぎあえぎ歩く。べつに高くもない山だけれど、素人にもそれとわかる山道は少なくて、上りの坂にも下りの坂にも登山らしい序破急というものがない。切り立った頂を目当てにするというのでもなく、万象の湿った息づかいを肌に受けて、暗い樹海の底にただ黙々と潜るおもむきだから、心もちも次第につられて陰にこもっていく。森に溺《おぼ》れていく。

ふと気がつくと、案内役の猟師の声も水のなかのように潤《うるお》っていて、麓《ふもと》にいたときと別人のようなのだ。

　倒木と濡《ぬ》れた下草がこしらえる二等辺三角形の闇《やみ》の相に、頭を抱えてじっとうずくまる人の輪郭を見て、いや、それは疲れのせいだろうと首うちふり、木洩れ陽にのみ強いて眼をやれば、こんどは山毛欅《ぶな》やら樫やらの樹肌の斑《ふ》が、やおら小さな牛や馬の形となって、柔らかな光の輪に踊りだす。森ほど狂おしい内面はない。

　これは椎《しい》であろうか、洞《うろ》を無残にさらした大きな倒木があった。

　ああ、樹の精が抜けてでていったのだと思った。樹の精は蒼《あお》い牛、という中国の説話を読んだことがある。梓《あずさ》の樹を伐りはじめたら、一天にわかにかき曇って、大風、大雨が襲う。翌日また伐ると、幹から蒼い牛が飛びだし、駆け逃げていくという話。

　別のバージョンだと、梓の樹は神樹となっている。これを伐ると、血潮がほとばしりでて、見る間にそれは一頭の牝牛《めうし》に変じて駆けだしたという（松村武雄編『中国神話伝説集』）。樹が倒れるや、蒼い牛や赤い牛が抜けでて眼の前を疾駆していく、その色と形の妙に私は酔ったものだ。

　精を失い、いま洞にくらぐらと闇を溜《た》めている倒木は、牛の抜け去った後の形骸《けいがい》なのである。またまた私は言葉のことを考える。牛の抜けた言葉のことを。

　その倒木のあたりで、昨年暮れ、集団で登山の最中にひとりだけ行方不明になった男が発見されたのだ、と先導の猟師は指さす。見た目二十歳ほどのその男は、裸足《はだし》で一昼夜そこに潜《ひそ》んでいたという。

さぞや怖かったろう、つらかったろう、という猟師の声が葉叢《はむら》ごしにくぐもって聞こえてくる。ぎょっとするほど直截《ちょくせつ》に、しかし特段の嫌みもなく、いまは差別語とされる昔の常用語で、彼は男の人となりを説明している。私はそれを、知的障害などと無感動に翻訳してみるのだが、深い原生の樹林に生身を置けば、これはかえって無礼で酷薄で不正確な下界の分類にすぎない。

言葉はせめて無骨な樹肌のようなほうがいい。ないし、樹液のようなほうがいい。私は樹陰に隠れ、想像にふける。樹液のような言葉を、倒木の根かたのあたりに隠れて助けを待っていたという若者は、ときおり、たらたらと赤く薄い唇から吐いていたのではないか。

ここで夜っぴて、彼はなにに眼を見開き、なにを聞き、なにを嗅《か》いだのか。皆がら樹と草と獣だけの夜の深みに沈みこみ、その身が足先あたりからいっとき樹化するのを感じはしなかったか。樹化すればしたで、心はほっとしはしなかったかしらん。

それらすべては、久しく私が探しあぐねている、苔《こけ》色の心象である。

猪の鼻ずりの跡を見つけたと猟師はいう。どんぐりを漁《あさ》って、ぶはぶはと落ち葉を鼻で押し分けた跡。これも森の夜の気息、夜のなごり。

「雑食での、めめずも食えば蛇も食う」と猟師がひとりごちたとき、足もとから乳色のガスがわいてきた。

濃い緑がこの霧に溶けるとどうなるのか、心待ちにしていると、はじめは青磁の、あの秘色《ひそく》の色、やがては半透明のオパール・グリーンの幻に覆われる。視界はもう身まかる者のそれ、足の裏はまだ生温かな死体の腹でも踏んでいるようにおぼつかない。霧をかきわけかきわけ、あの青年の網膜に映じたものを推理する。彼は牛を見たにちがいないと思う。

おそらく、蒼い牛か赤い牛が樹心から躍りでて、麓に駆けおりていくのを眼にした。猛々《たけだけ》しい牛の抜けたその一瞬に、大樹《は》はどうど倒れ伏したのだ。

いまは静かに牛の夢のかけらでも食んでいるだろう。あの青年は、下界のだれよりたしかに、樹の精のことを語ることができるにちがいない。言葉の牛を知っているかもしれない。

3

山の人が、喉《のど》にわく記憶をぶ厚い舌でねぶりねぶっては、ぼろっ、ぼろっと草団子出。

のような言葉にしている。伐った樹を人力で谷川まで運び、下流まで管流《くだなが》しした思い

　遠い日の骨のきしみ、肉の悲鳴。

　爺さまの躰の川に、樹が流れだしている。陽に焼けたちりめん皺《じわ》の皮膚一枚下で、記憶の川がいま水かさを増し、樹々は奔馬《ほんば》のように暴れている。

　喉もとにごんごんと突き上げてくる、えがらっぽい樹皮つきの野太いものが、この男の言葉なのだ。

　しゃれてみせたって、爺さまの言葉はせいぜいが皮剝《は》いだ丸太。ごんぎり、ごんぎりと私の肋骨《ろっこつ》にぶち当たってくるのに変わりはない。

　斧《おの》と鋸で伐った樹を、昔はトロッコでもトラックでもなく、木馬《きんま》で運んだ。川流しする個所まで、木組みのレールをこしらえ、丸太を橇《そり》のようなもので搬送するしかけ。肩で滑走のぐあいを調整し、止まれば膝《ひざ》つき這《は》いずって木馬を引っぱる。

　丸太をはるか崖下《がけした》の谷川に突き落とすのは「修羅《しゅら》」といったという。空気を切って落ちていき、着地しバウンドすると、大砲のような音が森に谺《こだま》したという。男は胸底のその残響を喉で鳴らしてみせるのだ。ずどーん、ずどーん、と。

　下流域には木材の流出を阻む堰《せき》があった。鋼鉄のワイヤを何本も束ねた、堅固な阻

止線。網場《あば》とそれは呼ばれた。

ところが、雨で増水すると川は丸太の群れとともにもりもりと盛り上がり、丸太の激流と化した。丸太同士鈍い音たててぶつかり合い、岸をごりごりとこすり、宙にしぶきを上げて鯱《しゃち》のように跳ね上がったりして、しまいに黒い巨大な怒濤《どとう》となり網場を襲う。

話がこのあたりにおよぶと、しょぼくれていた古老の眼にちろちろと不逞《ふてい》の火が燃えるのである。「ワイヤはたまらず、みしみしゅうて撓《しな》うのですわ」と語るとき、口元はもう御法度《ごはっと》破りのそれだ。

夜、そのワイヤが切れた瞬間を彼は見たことがある。きしむ音が果てた刹那《せつな》、ずばーんと地軸が罅裂《かれつ》したかのような音がとどろき、水中に陰火にも似た青白い火柱が立ったという。鉄の切断。これは眩瞑《げんめい》であろうか、聞きほれる私のまなかいにも青白い光が走る。

いく千、いく万の丸太は乱舞して喜び、ごうごうと鯨波《げいは》上げて突進し、下流の二の堰も、さらには三の堰も突き破って河口へ向かう。悲劇なのである、それは。丸太は海にでて流木となり、潮に乗って、遠く伊豆半島へ、あるいは九州へも散じていったというのだから。

そのような事故を、「網場《あば》切れる」といった。あばきれる。蝟集《いしゅう》し、山河とともに鳴動して、突進する丸太。絶対の阻止線をぶち切る恐怖と恍惚《こうこつ》。古老の話は、四散した丸太を沿岸各地に回収しにいった苦労談でおしまいとなるのだが、クライマックスはあくまで、あばきれた一瞬なのだ。

樹々を財とするなら、失意の時であるべきそれが、その後二度とはなかった絶頂の体感、恍惚の記憶のごとく語られるのはなぜか。

閉塞《へいそく》の突破である、突破。鉄の埒《らち》を破り抜く自然のデュナミスを見て、失意さえ粉々に割れ散らばる昇華を感じたのだ。爺さまにとって、丸太は自身の肉体の原質そのものであった。

無量の丸太を、私は無告の人、無告の言葉に見たてていた。

堰にぶつかっていく丸太の急流を、ありとある私憤と公憤の言葉に見たてた。なにも容易にまつろうことのない、えらく樹脂くさい言葉、水吸ってごろっと重くなった言葉の激流に……。

商いの、投機の、政治の、提灯《ちようちん》記事の、風蝕《ふうしよく》され、鬆《す》のたった言葉、プラスチック片の言葉では、とても堰は切れまい、と思った。切るどころか、それらはいま、こぎれいであざとい芥《あくた》の堰をなしている。

だから、ひとり念じた。この上は、大口開けて、樹を食らえ。丸太を尻《しり》までぐいと呑《の》みこめ。躰に一本、幹を通せ。樹になって語れ。丸太として流れよ、荒れよ。そしていつかずっぱーんと一気に、あばきれろ。あばきってやる。

辺見庸（へんみ・よう）一九四四（昭和一九）年〜。ジャーナリスト・小説家・詩人。宮城生まれ。共同通信社で北京特派員やハノイ特派員を務め、「近代化を進める中国に関する報道」で新聞協会賞を受賞した。『自動起床装置』で芥川賞、『もの食う人びと』で講談社ノンフィクション賞、『生首』で中原中也賞、『眼の海』で高見順賞、『増補版1★9★3★7』で城山三郎賞を受けている。「森と言葉」は『眼の探索』（角川文庫、二〇〇一年）に収録された。底本は『闇に学ぶ――辺見庸掌編小説集黒版』（角川書店、二〇〇四年）を使用している。

遺跡訪問——或いは牧歌の領域

中村真一郎

その時、牧歌が彼の内部に立ち拡がって来た……

それは広大な太古の村の遺跡だった。抜けるような青い空のしたに静まり返る円形を並べた住居あとの群落を一望したあとで、復元された藁屋の一軒のまえに立ち、そして虚空に大きく反る千木を見上げた彼が、まるで藁屋根をそのまま地面に伏せたような建物の胴体に、四角く切り抜かれた、小さな軒を持つ入口から、首をかがめて屋内を覗きこんだ時だった。

数本の竹を横に渡した明り取りから射しこむ光線によって、仄かに見渡せる屋内は、裸の土の床が茶色をくすませながら、彼の足もとの地面よりは幾分低い平面を固めていた。

そして彼は屋根の両端から射しこむ光線が地上で交わるあたりに、赤い焔の上る炉を想像した。すると、十八世紀のアルザスの画家の絵のように、その焰に頬を輝《てら》されながら、闇のなかから浮び出ているひとりの少女の顔を幻に見た。

その少女の顔は、住居群の前方に拡がる広い田圃の闇を渡って、遥かに吹いてくる風に揺れる焰のなかで、絶えずその輪廓を変えている。そしてそれが彼女の心の動揺を暗示しているように見える。

（今、腰をかがめて、入口から覗いている現代人の彼の背後に拡がっているのは、あくまでも明るい真昼の公園の眺めである。しかし、今、彼の視線が屋内の薄闇のなかに幻視している、赤く燃える炉から煙と共に立ち昇りはじめた牧歌的空間は、神秘な太古の闇に包まれているのである）

少女はその、時どき死にまた笛のように鳴りはじめる風の音のなかに、村の田圃の向う外れに立ちはだかっている深い森の梢の声を聞こうとしている。そうして更に、その風の流れを遡って、森の向う側に出て、そうしてそこに、大きくうねっている外海の波のうえの風の声まで、聴覚が捉えられないかと、一心に耳を傾ける。

その海のうえを渡ってくる風は、森に入る前に、木立の群を背にして建っている、数戸の海の民の苫屋の、簾を鳴らすのだ。そして、その苫屋のひとつから、風の音に誘われて、ひとりの少年が立ち現れ、海を背にして森の気配に耳を澄ましている。少女は想像のなかに、まだ口もとに微かに髭の痕跡が見えはじめたばかりのその若者の顔が、クローズ・アップされると、稲妻を浴びたように、一瞬、きつく目を閉じた。

そして、彼女の背後に、先ほどから藁を敷いたうえに横たわっている、長わずらいの祖父の寝息を、恐るおそるうかがう。あの海の民の村落の人々を、最も憎んでいるのが、この平野の村の長老である、娘の祖父なのだから。

もう随分昔のことだ。祖父の娘のひとりが、森の向うに抜けた海辺の村の若者と、双方の村のおきてにそむいて愛し合い、そうして若い二人は、丸木舟に身を托して、沖へ出て行ったまま消息を絶ったのである。それは海の村と野の村との感情的対立に火をつけた。双方の村人たちが、お互いに相手の村の哀れな恋人を誘惑者、秩序の破壊者と呼んだのである。そうして、そのような裏切者を家から出したことを恥じたその娘の父親は、娘の母親である妻に責任があるとして、家から妻を追い出して、強情な独居をはじめたのである。

家を出された妻は、実家の地所の囲いのなかに、小さな草屋を作ってもらい、一緒に連れて来た幼い息子と暮しはじめた。そしてその息子が成人して結婚し、生れたのが今、焔に頬をあぶられている少女である。

すべての人の愛情を拒否したかに見えた独居の老人は、この外に生れた孫娘だけは愛した。村の老人たちの噂では、少女にとっては伯母にあたる、彼女の生れる前に海に消えた娘に、この孫娘が生き写しだというのだった。

そうして、老衰から臥しがちになった老人の枕もとに、食料を運んでくる役目だった少女は、この春、田圃で倒れたまま、この藁屋に寝たきりになった老人の看護に、父の家から移ってきて、二人だけの生活をはじめていたのだった。

娘はこの自分を溺愛している祖父が、動物的な直感力の所有者であることを、何度も見て来ている。村にとって貴重品である手斧の柄が、ある朝、折れたままあぜ道に見出された時、そこに神意を読んで恐れおののく村人たちの間で、広場の中央に立った老人は、直ちに若者のひとりを指さして、彼の所業であると指摘した。若者は砂地に身を投げ、そして罪を告白した。彼は過失であると弁疏したが、老人はそれも故意であろうと、更に驚くべき告発を行い、その理由が昨日、この手斧を使っていた男に罪をきせるためであった、というのだった。それはその若者と男とがひとりの娘を争い、そして男が勝った、その腹いせだ、というのである。村の人々は老人の慧眼に敬服を深めた。そしてその哀れな若者は、その夜のうちに村から姿を消した。

老人はまた不思議な予感能力を示すことがあった。冬の異常気象のあいだに、翌年の夏の旱魃を予感して、春になるや否や、村の背後の山裾を流れる川から、村人たちの不平をおさえて、長い水路を田圃まで引くという、つらい労働に駆り立てたのも老人で、そしてそれは忽《たちま》ちその夏、役に立って、村人たちに感謝された。その水路のために、何千本という杭が来る日も来る日も、村の広場で人々によって作られていたのを、娘は幼時の記憶のなかに、今もって賑かな活気のある光景として保存している。しかし、彼女の父はある時、自分を母もろとも家から追った祖父の強情について、酒を飲みながら憎々しげに語り、あの灌漑用水の工事の途中でも、その労役の過酷さと、老人の指揮の容赦なさのために、若者の一部は老人を襲おうと計画を立てたことがあったという秘密を洩らした。その時、その若者たちを阻止したのが、若者頭のような役に押されていた娘の父自身であったのだが、あの時、止めなければよかった、と、酔いに任せて父は呟いたものである。

あの海の村の、まだ少年期を脱していない若者の存在を最初に認めたのも、この神のような眼をした祖父だったのである。

秋の収穫の祭りのために、倉から出された五絃の琴を膝のうえに立て、演奏の稽古をさせられていた娘は、背後から押しかぶさるようにした年長の女が、指をそえて絃を弾かせてくれるのを、一心になって追っていたのだが、突然、傍らの日なたに坐って、眼を細めて孫娘のおぼつかない手先を眺めていた老人は、いきなり手にした杖を、背後の藁屋の柵のうちに、物凄い勢いで投げこんだ。先の曲った杖は、うなりを発して柵の奥に弧を描いて飛んで行き、それから鋭い悲鳴とともに、腰に蓑を巻いた少年が躍り出て、その後姿が一散に田圃のあぜ道を遠ざかり、そして森のなかに消えて行くのが見られた。

用心をした方がいい。海の村の者が何かを盗もうと、斥候にあの少年をよこしたのだ、と老人は、驚き騒ぐ広場の人々に告げていた。しかし娘は、その少年が自分の幼い琴の音に憧れ寄せられて、禁じられた地域に足を踏み入れたのだと直感して、胸がときめいた。

それは去年のことであった。

そして秋の祭りの時、広場に設けられた、稲穂を積んだ祭壇のまえで、少女は思いをこめて琴を弾じた。円陣のなかからは感嘆の声が洩れ、老人は得意げに白い顎鬚をしごいていたが、娘はただあの腰蓑をまとった、どことなく裸の肩のあたりに幼なさの残っている海の少年のために、指を踊らせているつもりだった。あの目路遥かの緑の森蔭で、じっと耳を傾けている少年の聡明そうな横顔が、彼女の眼のしたの紘のあいだから、いつの間にか浮び出て、水鏡のなかの面影のように、かすかに揺れているのだった……

そのお互いに小さな胸を熱く燃えたたせている牧歌の主人公二人を、はじめて出会わせる場面は、どこに設定するのが適《ふさ》わしいか？　——と、現代の遺跡の訪問者である彼は自問する。そうして復元家屋のまえを去り、今では一面の芝生と化している広大な田圃の敷地を、縦横に碁盤目のように走っている、昔の畦道のあとの小路を辿って、遥かの森の入口に到達する。

十戸ほどの丸い藁屋が並んで立っていた、この村の栄えていた頃は、森も鬱蒼として日の光の及ばない杉の林立であったらしい。

今日では杉もまばらで雑木が間に生えていて、すかし見ると、木々の間から遠い海岸の松並木が目に入る。何でも二千年ほどの間に、往古の海岸線が海に伸び、拡がった陸地の帯には中世に街道が拓かれて、松並木が植えられた、ということだった。

さて、訪問者は内面に開けた牧歌的空間を大事に擁《かか》えながら、今は明るい日射しの覗き入っている森のなかへ歩み入る。

そこに、巨大な切株が目に入る。彼はそれに片足を掛けて、ゆっくりと眼を閉じる。すると、忽ち彼の周囲は、昼なお暗い木々の林立が幻となって立ち現れる。その一本の幹の蔭から、少年の顔が覗く。彼の傍らに立った幻の少女の頬が本能的な恐れにゆがむ。少年の額は、一瞬の驚きの後に、忽ち喜びの色が拡がる。

——おれはお前を知っている。琴の娘だ、と、少年は言う。

少女は思わず胸を抱くようなしぐさをする。

ようやく膨れはじめた胸が、白い衣服のしたで少年の眼を引くことを、敏感にも恥かしく感じたように。

しかし少年は、琴の娘のまえに立ったことで、相手が背光に包まれたかに感じられ、その乙女さびた身体の線を目で味わうことなど思いもよらない。

牧歌のなかの恋は、短かい時間のなかで、忽ち花咲き、実を結ぶ。

それからこの少年少女は、お互いの家族を無邪気な嘘であざむいて、月に一度くらいずつ、この二つの村を距てる森のなかで逢引きをする。

といっても、ほとんど二人は口をきくこともない。お互いの顔を認めると、瞳のなかに歓喜の色が輝くだけである。そうして、二人はもう一刻も早く別れたがっているかのように、梢を鳴らす鳥の羽音などを合図に、お互いの村の方へ駆け出してしまう。

この森は双方の村人たちが、夕方、焚木を拾いに入るか、または柱や板を作るために何人かで巨木を倒しにやってくるかで、二人が不意を襲われることは、一度もなかった。焚木拾いなら、真昼の時間は安全だし、大木に縄を掛けて引く作業は、遠くから掛声も聞えるから、間違うことはなかったのである。

時には、娘は焚木拾いにかこつけて、夕方、仲間たちと森のなかに入って行き、相手の声が、梢越しにでも聞えないかと、胸をときめかすこともある。

ある時、森の向う外れの方から、少年の名を呼んで、何か叱りつける声が聞えた。娘が耳を澄ましていると、少年が抗弁をはじめるのが、風に乗ってかすかに流れて来た。娘は頬を赤らめながら、足をその声の方に踏みだそうとした。しかし、仲間は海の村の民たちの現れるのを恐れて、娘の腕を把えると、無理に森から引き出してしまった……

現代の遺跡訪問者は、この村の焚木拾いの娘たちの幻の後を追って、ふたたび森から日向の芝生のうえに引き返してくる。そうして、遠くの道のうえに、陽に光ってまぶしく輝いている石か何かが目にとまった。それは彼の脳裏に、先ほど資料館のガラス越しに覗いた、可愛い透明な、黄色味をおびた玉を甦《よみがえ》らせた。

そして、彼の内部の牧歌的空間では、炉端に坐った少女が、背後の祖父の寝息に耳を傾けながら、そっと隅の柱の裏にいざり寄り、床を囲んでいる羽目板の一枚を、指先で巧みにずらすと、土のあいだからその黄色いガラス玉を掘りだした。そして手で泥をぬぐうと、焰にかざして眺めはじめる。

少女は今、この玉を少年が森のなかで、黙って彼女の掌のなかに押しこんでくれた時の情景を思い出し、そして胸が熱くなる。

このような玉は海の向うから渡ってくる貴重な宝物であり、もし娘が身につけていれば、忽ち村中の評判になってしまうだろう。そうして直観力の異常に鋭い祖父は、その入手経路を見抜くことは間違いない。そうなれば娘はこの村を去らねばならなくなり、そして生れてから一度も、この村のあたりから踏み出したことのない娘は、ひと気のない山道で饑《うえ》に倒れるか、獣に襲われるかすることになるのだ。だから、おのれの思いをそっと胸の奥にしまっておくように、この玉も羽目板の裏に匿《かく》しておくより仕方ない。

しかし、もし、祖父に追われて、少年のもとに秘かに忍んで行ったなら、彼はあの言い伝えの伯母たちのように、丸木舟を出して、二人だけで沖へ乗り出してくれるだろうか。そうして、どこかにあるという、緑の木々の茂ったひと気のない離れ小島に漂着すると、二人だけの新婚の生活がはじまるだろうか。

勇敢な少年は、銛《もり》をふるって魚をとるだろう。そうして少女は、林のなかの果物を摘んだり、野草を煮たりして、焚火のかたわらで少年の帰りを待っているだろう。焚火のうしろには洞穴があり、その奥には枯草の寝床が二人の愛の眠りのためにしつらえられていて……

その時、娘は先ほどから二度ほど、鋭い鳥の鳴声が夜空を横切ったのに、急に気が付いた。

その鳴声は本物の鳥にしては鋭すぎるのである。また地上に近すぎるのである。

少女は足音を忍ばせると、入口の板戸を排した。そして濃い闇のなかに、人の気配をうかがった。

鳥の声は、誘うように遠ざかって行く。娘はそれを追って裸足で柵のそとに出る。

そうして眼を閉じても歩ける、住居のあいだの田圃に通ずるまっ直ぐの道を、獣のように足音をたてずに小走りに進んで行く。

やがて鳥の声が消える。そのあたりまで辿りついた娘は、突然にきつく背を抱きすくめられる。はじめての経験であるが、本能からそれが、鳥をよそおった少年の腕であることが判る。

――明日の夜中から大嵐になる。うちの村の沖見役の者が、雲の動きと海の色から、そう予告している。一度も間違ったことのない予告なのだ。村では舟はすべて岸の岩の奥に引きあげて、綱で堅くゆわえた。お前の村の裏の用水路は大雨にあふれ、そうして村は洪水に押し流されるだろう。明日の朝、直ぐに、おじいさまにそう告げて、村の人々を立ちのかせるのだ。川の向う岸の丘のうえまで避難していれば大丈夫だ。それを急いで知らせに来たのだ。

それから腕の緊めつける力が強まり、海の匂いにまじった男の肌の匂いが顔をおおい、恐れとおののきのなかで、今まで味ったことのない恍惚に失心しかけると、その力は突然に離れ、そして本物の鳥のように鋭い鳴声が夜空に谺しながら、森のなかに消えて行った。

現代の遺跡訪問者は今、村の中央の広場のあとに立ち、暖かい日射しを頭上にうけて、眼を細めながらまわりを見まわしている。

彼の幻想のなかでは、周囲の円形に凹んだ幾つもの住居跡に、次つぎと藁屋が千木をもたげ、そして入口のむしろを排して、そのなかの住人たちが続々と出て、この広場目がけて集ってくる。

今朝早く、集会の合図が鳴らされたのである。

村の老若男女数十人が、神聖な朝の光りのなかに円陣を組む。そして中央には、祖父が娘を従えて、這うようにして進みでる。

――皆の衆、娘が今暁、鹿の夢を見た。

と、祖父は病人らしく痛々しい声で言う。鹿はこの村の守護神の使者なのである。だから、鹿の夢は神告かも知れないのである。

――その夢のなかで洪水が起った。鹿はその洪水を泳ぎ渡って行ったという。娘はこれは今日の夜中に嵐がある予告だと言う。村は川向うの丘に引上げるべきだと言う。

そこでおれは、これを神に問うてみようと思う。

そう辛うじて述べおえると、老人は娘に助け起されて、娘の差し出した鹿の骨を受け取る。

村の者二三人が進み出て、焚火を起す。そして老人は、そこにその骨を投じる。

さて、まきが引かれて、灰のなかから骨が拾われ、そこにできたひび割れの線を、老人は読む。

村の者たちは、黙って老人の口もとに視線を集中している。恐しい沈黙の支配するなかで、老人の病める頬に苦痛の皺が現れて、そして一瞬ののちに消えうせたのを、娘は見逃さない。

やがて老人は背筋を伸ばした。声にも力がこもる。神が乗りうつったようである。

――神は告げる。嵐は来ない。娘は神意をいつわったのだ。娘は倉に閉じこめられなければならない。

村の者二三人が黙って立ってやってくると、娘を捕えて村の外れの高床の倉のまえへ連れて行く。そして一枚板の階段に娘を押しあげると、倉の戸口に外から太い木の閂《かんぬき》をかけた。

屋根のすき間から射しいる光りのなかに、とりいれの済んだばかりの稲の束が、金色に光っているのが見える。まだ、半ばは収穫が済んでいないのである。並んだ幾つかの倉は空《から》の筈である。

娘は隅の暗いあたりにうずくまり、外の気配に耳を傾ける。すると、村は慌ただしい空気に包まれて行くのが判る。緊急の取り入れの命令が下されたのだ。

おじいさまは、私の予告が正しいことをご存じなのだ。神のお告げをいつわったのは、おじいさまの方なのだ。おじいさまは私の予告が海の村の少年から出たことを知って、憎しみのあまり、鹿の骨の割目を、わざと読みちがえて告げられたのだ。そのいつわりの罰を受けて、私が病気のおじいさまの代りに、こうして監禁されているのだ。

愛する祖父の代りに罰せられていると思えば、娘はこの倉のなかの無言の行も苦痛ではない。それに、ここならば誰に顔色を見とがめられることもなく、あの少年の姿を思い描くことが許されるのだ。

娘の胸は熱くなってくる。娘は必ずや少年が、この倉の扉を外から開けに来るだろうと信じはじめた。

倉の屋根のしたの明りとりの隙間から、横なぐりの雨の余波が、しぶきのようになって、風の具合で娘の額にかかる。空は時間より早く暮れはじめている。ようやく嵐の前触れがやって来たのだ。娘は暗いなかに胸をかかえたままじっとうずくまって、次第に強くなる風の音に耐えていた。

と、外の気配が急に慌ただしくなる。人々が屋外に出て叫び合っているのが、風雨のなかに途切れとぎれに聞えてくる。娘はいよいよ強く腕を組み合せて、祈るように眼を閉じる。

突然に扉が開けられ、それは風にあおられて、また閉じた。材木が支えとなって扉が固定され、半裸でずぶ濡れの男が梯子を上って飛びこんで来た。

——老人は村の立ちのきの命令を発した。

と、男は吐き出すように叫ぶと、積んであった稲の束をかかえて梯子のしたの者に手渡しはじめた。

——おじいさまは占いを取り消されたのですか。

——老人は、あろうことか読みちがえたらしい。今、もういちど鹿の骨を見直して、お前の夢のお告げが事実であることを確認した。

娘は祖父が、嵐の到来の確実なのを経験によって否定できなくなると、村の民の安全への責任感によって、あの海の村の少年への憎しみを克服したのだと思う。そうして、改めて村の指導者としての祖父の偉大さに尊敬を覚え、その同じ血が自分にも流れていることに誇りを感じる。が、それと同時に、病気のおじいさまが、広場の風雨のなかに立って指揮をとっている姿を幻に描き、惧れに胸が引き緊まる思いを味わう。

娘は身をひるがえして、倉から地上へ飛び降りた。そして広場へ向って雨を衝いて駆け出した。人々は慌ただしく荷をまとめて家のまえに積み、また入口から駆けこんだりして、お互いに声を掛けあっている。

老人はやはり両股を拡げて、横なぐりの雨を浴びながら、病気とは思えぬ大声を挙げて、手にした杖を振っている。

娘は祖父の後姿に駆け寄ろうとした。それから、彼の命令なしで自分が監禁の場所から脱出したことに気付いた。そして、どうした情況のなかでも、激しい叱責を忘れぬ祖父の性格に思いが及ぶと、ひそかに住居の柵のあいだを伝わって、人眼につかぬようにして、もう一度、倉に引き返した。

娘は濡れた衣服を脱ぎ、敷いてある藁くずで身体をこする。それからその藁のあいだに裸身をすべりこませ、老人の使いの者の到着を待っている。

ここで牧歌の想像力は不思議な作用をする。

現代の遺跡訪問者は、今、再建された倉庫の模造のかたわらに作られた、幅広い見物用の近代的な階段に昇って、倉のなかを覗き見しながら、その光りのとどかぬ奥の方に、藁にくるまれた裸の少女の姿を思い浮べる。彼女はいつのまにか深い眠りに落ちているのである、その小さな胸の盛り上りを抱きながら。それは「森の眠り姫」を襲った眠りや、イソルデを引きこんだ眠りと、同じ無心の、そして運命のように人力を超越した深い眠りである。

その眠りの外で、いよいよ高まる風雨を浴びて、村の人々の川向うの丘への引揚げがはじまっている。

娘を忘れるな、という声が、倉のしたでする。それに対して、先ほど既に娘は脱出したのが見られた、という声が答える。今度の引揚げが最後だ、もう川の水は腰を越した、もう一度、こちら岸へ戻ることはできない。忘れ物はないか、という慌ただしい叫び声が遠ざかって、それであとは自然の暴威の音だけとなる。

そうした時が、ほとんど無限に続いたあとで、日の光りのなかに花が開くように自然に、娘の瞼は開いた。そうして眼のうえに少年の笑顔を見た。

その時、忽ち頭上の屋根が荒々しい音をたてる。二人は思わず裸の胸を合せて、きつく抱き合う。娘はそれがはじめての経験であると思い、そしてその陶酔が永遠に続くような気がする。

が、忽ち不気味な轟音が近付いてくる。そうして、倉は壁もろとも、押しよせて来た泥水に呑まれる。

若い二人は悲鳴をあげる間もなく、太い棟木と梁との下敷きとなって、瞬間的に息絶える……

そうして、二千年の後に、発掘調査団のなかに加わっていた或る中学生が、ひとつの住居あとの腐った羽目板のあいだから、にぶく光っている黄色いガラス玉を発見して、これは彼の先祖のひとりの少女が身につけていたものだと確信し、大事に布で拭いてみる。そうすると、長い歳月の眠りから覚めて、その玉は次第に透明な輝きを増して行く。少年はそこに遥かの昔の少女の笑みが映っていると思う……

そこまで想像が戻った時、その発掘からもう三十年もたった現在、この整備された遺跡をおとずれて、住居や倉庫や資料館や田圃や森のあとをたずねまわるのに漸く疲れたわが訪問者は、胸の奥の闇のなかにゆっくりとまた消え去ろうとしている、牧歌的空間の方に内面の眼を向けながら、その広い敷地から歩み出て、慌ただしい現代生活のなかに戻ろうとしている。

そうして、つい今しがた味わった、少年の胸の匂いのなかでの少女の、心をしめつけられるような、気持のいい、そしてやるせない気分を、彼自身が経験したのは、一体、いつのことだったろうと、ぼんやりと考える。それはもう半世紀も以前のことで、そしてそれを胸の奥に感じた時、それがそれまで本でしか見たことのない「恋」というものの彼の人生へのはじめての訪れであることに思い至ると、幼い彼はほとんど畏怖の念に打たれたのだった。その瞬間から、人生というものが全く異った姿をとって、おれには見えてくる予感がしたのだ。そうして、今、五十年の後に、思いがけなくも、このとうの昔に亡びてしまった、おれたちの先祖の生活の跡に立っているなかで、あの幼い甘ずっぱい、そして胸が押しつけられるような切実な気分にいきなり捉えられてしまったのは、おれの人生が円環的構造を取りはじめている証拠ではあるまいか。

つまりはじめと終りとが出会いそうになっているのさ。老いというものが、あの明るい日射しを頭から浴びて、いい気持になっていたおれのうえに、目に見えない塵のように降りかかって来ていたと言うわけだ。

そう自分に向って捨台詞《すてぜりふ》のように呟くと、彼は嘲笑を口もとに作りあげてみた。しかし、それは外見には、ごく平和で幸福そうな微笑に見えたろう。

それから道端に待たせてあった車のドアを開けて上半身をかがめながら、もう長い間、書斎の隅に読みさしのまま放置してある、十七世紀フランスの牧歌小説『アストレ』の頁を、また翻してやろうか、とふと思った。

中村真一郎（なかむら・しんいちろう）一九一八〜九七（大正七〜平成九）年。小説家・詩人。東京生まれ。戦後派の小説家として活躍すると同時に、マチネ・ポエティックの詩人としても注目された。プルーストと『源氏物語』への関心が、中村の文学世界の基盤を形成している。『この百年の小説』で毎日出版文化賞、『夏』で谷崎潤一郎賞、『冬』で日本文学大賞、『蠣崎波響の生涯』で藤村記念歴程賞と読売文学賞を受賞した。「遺跡訪問」は『文藝』一九八二年一月号に発表されている。底本は『中村真一郎小説集成』第一三巻（一九九三年、新潮社）を使用した。

2　森の音に耳を澄ます

森《もり》の音《おと》（『ニングルの森』抄）

倉本聰

「目《め》を閉《と》じてじっと耳《みみ》をすましてごらん」

父親《ちちおや》のニングルが子供《こども》に言《い》いました。

父親《ちちおや》の歳《とし》は百八十才《ひやくはちじゆつさい》。子供《こども》はまだ幼《おさな》く四十前《しじゆうまえ》です。

「さあ、そのまま指《ゆび》を折《お》って聞《き》こえたものを数《かぞ》えて行《い》くんだ」

「――」

「あわてなくて良《よ》い。ゆっくりでいいよ」

「――」

子供《こども》の手《て》の指《ゆび》が一《ひと》つ折《お》られます。

それからもう一《ひと》つ折《お》られます。

しばらくしてもう一本《いっぽん》折《お》られました。

風《かぜ》がそよそよと梢《こずえ》を渡《わた》って行《い》きます。

木洩《こも》れ陽《び》がやわらかくあたりを包《つつ》んでいます。

そのうちすやすやと子供《こども》の鼻《はな》から、かすかな寝息《ねいき》がもれ始《はじ》めました。目《め》を閉《と》じてじっとしているうちに、あんまり気持《きも》ちが良《よ》いものですから子供《こども》は眠《ねむ》ってしまったらしいのです。

でも父《とう》さんニングルは何《なに》も言《い》いません。ニングルたちは急《いそ》がないのです。

一時間《いちじかん》たち、二時間《にじかん》たった頃《ころ》、子供《こども》ニングルは半分眠《はんぶんねむ》ったまま、ゆっくり四本目《よんほんめ》の指《ゆび》を折《お》りました。そして五本目《ごほんめ》もつづけて折《お》りました。

片手《かたて》の指《ゆび》を全部《ぜんぶ》折《お》ってしまったので、今度《こんど》は別《べつ》の手《て》に移動《いどう》してそっちの指《ゆび》も次々《つぎつぎ》に折《お》って行《い》きます。しばらく気持《きも》ちよく眠《ねむ》ったおかげで耳《みみ》の感覚《かんかく》が磨《と》ぎすまされたらしく、色《いろ》んな音《おと》が聞《き》こえ出《だ》したのです。

両手《りょうて》の指《ゆび》を全部《ぜんぶ》使《つか》い終《お》わると、子供《こども》ニングルは今度《こんど》は右足《みぎあし》の親指《おやゆび》を折《お》りました。それからしばらくたったあと、今度《こんど》は器用《きよう》に右足《みぎあし》の人差《ひとさ》し指《ゆび》を折《お》りました。

みなさん、一寸《ちょっと》やってみて下《くだ》さい。手《て》の指《ゆび》を折《お》って数《かず》を数《かぞ》えるみたいに、みなさん足《あし》の指《ゆび》も一本《いっぽん》ずつ折《お》れますか？　ニングルたちは時々《ときどき》こうやってゲームみたいなことを親《おや》とやるので、二十才《はたち》近《ちか》くなる頃《ころ》には足《あし》の指《ゆび》もまるで手《て》の指《ゆび》みたいに一本《いっぽん》ずつ折《お》り曲《ま》げることが出来《でき》るようになるのです。

森《もり》のはずれに太陽《たいよう》が沈《しず》んで、あたりはすっかり夜《よる》になりました。子供《こども》ニングルはまた寝息《ねいき》を立《た》て父親《ちちおや》ニングルはじっと待《ま》っています。ニングルの寿命《じゅみょう》は三百年《さんびゃくねん》ぐらいありますから時間《じかん》はたっぷりあるのです。急《いそ》ごうなんてものは一人《ひとり》もおりません。

深夜《しんや》。どこかでヨタカがキョッキョッキョッキョッキョッと啼《な》きますと、眠《ねむ》ったままの子供《こども》ニングルの右足《みぎあし》の指《ゆび》が一本《いっぽん》、静《しず》かに折《お》れました。

父親《ちちおや》ニングルはそれを見《み》て「これで十三《じゅうさん》だな」と呟《つぶや》きます。こういうゲームを夜通《よどお》しやっていると、暗闇《くらやみ》でも段々目《だんだんめ》が見《み》えるようになってくるのです。

それからまたどの位《くらい》たったのでしょう。眠《ねむ》ったままの子供《こども》ニングルの足《あし》の指《ゆび》が、何《なに》かの音《おと》を聞《き》きつけては無意識《むいしき》に何本《なんぼん》か折《お》れました。

森《もり》の向《む》うが白《しら》み始《はじ》め、湿《しめ》った土《つち》から朝《あさ》の匂《にお》いがゆっくり立《た》ち昇《のぼ》り始《はじ》めて来《き》ました。その匂《にお》いに反応《はんのう》して子供《こども》ニングルの鼻《はな》がピクリと動《うご》きました。その時早起《ときはやお》きのキビタキが、どこかでチチチと声《こえ》を上《あ》げました。すると眠《ねむ》っていた子供《こども》ニングルは、最後《さいご》に残《のこ》っていた左足《ひだりあし》の小指《こゆび》をキュッと曲《ま》げポッカリ目《め》を覚《さ》まして言《い》ったものです。

「指《ゆび》の数《かず》だけ音《おと》が聞《き》こえた」

父親《ちちおや》ニングルは大《おお》きくあくびをし、「えらいぞ」と子供《こども》をほめてやりました。それからもう一《ひと》つあくびをして「じゃあ、聞《き》こえたものを全部《ぜんぶ》言《い》ってごらん」とやさしく子供《こども》にたずねました。子供《こども》は一本《いっぽん》ずつ指《ゆび》を伸《の》ばし、思《おも》い出《だ》しながら挙《あ》げて行《い》きます。

「風《かぜ》の音《おと》」

「うん」

「風《かぜ》はミズナラの葉《は》っぱをゆすった。トドマツの葉《は》っぱは音《おと》をたてなかった」

「いいぞ。それから？」

「沢《さわ》の音《おと》」

「うん」

「それから淵《ふち》で魚《さかな》のはねた音《おと》」

「何《なん》の魚《さかな》か判《わか》ったかな？」

「判《わか》んなかった」

「あれはヤマメだ。ヤマメのはね方《かた》だ。それから？」

「白樺《しらかば》の小枝《こえだ》の折《お》れた音《おと》。ヤチネズミが落葉《おちば》の上《うえ》を走《はし》った音《おと》。父《とう》さんのオナカが鳴《な》った音《おと》」

「う」

「リスがクルミの木《き》をかけ上《あ》がった音《おと》。それから次《つぎ》の木《き》へ飛《と》んだ音《おと》。スズメバチが一《いっ》疋《ぴき》飛《と》んでった音《おと》。蚊《か》の羽音《はおと》。何《なに》かの鳥《とり》が虫《むし》をつかまえて虫《むし》がチチッて泣《な》いた音《おと》」

「何《なん》の鳥《とり》が何《なん》の虫《むし》をつかまえた？」

「鳥《とり》は——多分《たぶん》、アカハラだと思《おも》う。虫《むし》は——蝶々《ちょうちょう》かな？」

「鳥《とり》はアカハラだ、よく出来《でき》た。虫《むし》は蝶々《ちょうちょう》じゃない、カミキリだ」

「そうか。それからもう一度《いちど》父《とう》さんのオナカの鳴《な》った音《おと》」

「一度《いちど》聞《き》こえた音《おと》は二度《にど》言《い》わんでいい」

「だけど全然音《ぜんぜんおと》がちがったもん。最初《さいしょ》はグウで二度目《にどめ》のはグルルルだった」

「判《わか》った判《わか》った、よく出来《でき》た」

「それから夜《よる》になって――。ヨタカが啼《な》いた。それから――。しばらくして山《やま》のうんと奥《おく》で、雨《あめ》の降《ふ》り出《だ》した音《おと》がした」

「うん、よく判《わか》った」

「狐《きつね》がすぐそばを歩《ある》く音《おと》がした。鹿《しか》が遠《とお》くを走《はし》る音《おと》がした。テンの足音《あしおと》もした。熊《くま》があっちの沢《さわ》のふちを歩《ある》いた。沢《さわ》の音《おと》が少《すこ》し大《おお》きくなった」

「山奥《やまおく》に降《ふ》った雨《あめ》が流《なが》れてきたンだ」

「それから、楊《やなぎ》が目《め》を覚《さ》まして、サアーッて水《みず》を吸《す》い上《あ》げ始《はじ》めた。楊《やなぎ》の木《き》が水《みず》を吸《す》い上《あ》げる音《おと》が聞《き》こえた。それから小鳥《ことり》が目《め》を覚《さ》まして啼《な》き出《だ》した」

「そうか、よし、えらい。良《よ》い耳《みみ》になったな」

父《とう》さんニングルは満足《まんぞく》そうに、子供《こども》の頭《あたま》を撫《な》でてやりました。

こうやってニングルは遊《あそ》びみたいにしながら、聴覚《ちょうかく》をどんどん鍛《きた》えて行《い》くのです。何《なに》しろ普通《ふつう》では聞《き》こえないものがこうやってどんどん聞《き》こえるようになると知識《ちしき》はだんだん拡《ひろ》がって行《い》きます。

匂《にお》いに対《たい》しても敏感《びんかん》になりますし、足《あし》の指《ゆび》だって一本一本《いっぽんいっぽん》、折《お》り曲《ま》げることが出来《でき》るようになるのです。

ニングルたちの、これが教育《きょういく》です。

本《ほん》もテレビもコンピューターもないニングルたちの森《もり》の暮《く》らしでは、むずかしいことは必要《ひつよう》ないし充分《じゅうぶん》倖《しあわ》せに暮《く》らして行《い》けるのです。

それが証拠《しょうこ》に今《いま》この朝《あさ》の森《もり》で、さしこんで来《き》た陽《ひ》の光《ひかり》をあたたかく受《う》けながら、スヤスヤ眠《ねむ》っている親子《おやこ》の顔《かお》は、何《なん》と倖《しあわ》せに輝《かがや》いていることでしょう。彼《かれ》らの頭《あたま》には進《しん》学《がく》も出世《しゅっせ》も、塾《じゅく》も宿題《しゅくだい》もなんにもないのです。

倉本聰（くらもと・そう）　一九三五（昭和一〇）年〜。シナリオ作家・演出家。東京生まれ。ニッポン放送退社後に、フリーの脚本家になる。富良野を拠点として、映画や舞台などで活躍している。代表的なテレビドラマとして、「前略おふくろ様」や「北の国から」がある。前者は毎日芸術賞・芸術選奨文部大臣賞を、後者の小説版は路傍の石文学賞・小学館文学賞を受賞した。著作集に『倉本聰コレクション』全三〇巻（理論社）。「森の音」は『ニングルの森』（二〇〇二年、集英社）の一部で、底本は同書を使用している。森や山に関連する他の作品に、『冬眠の森』『失われた森厳』「山おび」などがある。

狼森と笊森、盗森

宮沢賢治

小岩井《こいはゐ》農場《のうぢやう》の北《きた》に、黒《くろ》い松《まつ》の森《もり》が四つあります。いちばん南《みなみ》が狼森《オイノもり》で、その次《つぎ》が笊《ざる》森《もり》、次《つぎ》は黒坂森《くろさかもり》、北《きた》のはづれは盗森《ぬすともり》です。

この森《もり》がいつごろどうしてできたのか、どうしてこんな奇体《きたい》な名前《なまへ》がついたのか、それをいちばんはじめから、すつかり知《し》つてゐるものは、おれ一人《ひとり》だと黒坂森《くろさかもり》のまんなかの巨《おほ》きな巌《いは》が、ある日《〔ひ〕》、威張《ゐば》つてこのおはなしをわたくしに聞《き》かせました。ずうつと昔《むかし》、岩手山《いはてさん》が、何《なん》べんも噴火《ふんくわ》しました。その灰《はい》でそこらはすつかり埋《うづ》まりました。このまつ黒《くろ》な巨《おほ》きな巌《いは》も、やつぱり山《やま》からはね飛《と》ばされて、今《いま》のところに落《お》ちて来《き》たのださうです。

噴火《ふんくわ》がやつとしづまると、野原《のはら》や丘《おか》には、穂《ほ》のある草《くさ》や穂《ほ》のない草《くさ》が、南《みなみ》の方《はう》からだんだん生《は》えて、たうたうそこらいつぱいになり、それから柏《かしは》や松《まつ》も生《は》え出《だ》し、しまひに、いまの四《よ》つの森《もり》ができました。けれども森《もり》にはまだ名前《なまへ》もなく、めいめい勝手《かつて》に、おれはおれだと思《おも》つてゐるだけでした。するとある年《とし》の秋《あき》、水《みづ》のやうにつめたいすきとほる風《かぜ》が、柏《かしは》の枯《か》れ葉《は》をさらさら鳴《な》らし、岩手山《いはてさん》の銀《ぎん》の冠《かんむり》には、雲《くも》の影《かげ》がくつきり黒《くろ》くうつゝてゐる日《ひ》でした。

四人《よにん》の、けらを着《き》た百姓《ひやくしやう》たちが、山刀《なた》や三本鍬《さんぼんぐわ》や唐鍬《たうぐわ》や、すべて山《やま》と野原《のはら》の武器《ぶき》を堅《かた》くからだにしばりつけて、東《ひがし》の稜《かど》ばつた燧石《ひうちいし》の山《やま》を越《こ》えて、のつしのつしと、この森《もり》にかこまれた小《ち》さな野原《のはら》にやつて来《き》ました。よくみるとみんな大《おほ》きな刀《か〔た〕な》もさしてゐたのです。

先頭《せんとう》の百姓《ひやくしやう》が、そこらの幻燈《げんとう》のやうなけしきを、みんなにあちこち指《ゆび》さして

「どうだ。いゝとこだらう。畑《はたけ》はすぐ起《おこ》せるし、森《もり》は近《ちか》いし、きれいな水《みづ》もながれてゐる。それに日《ひ》あたりもいゝ。どうだ、俺《おれ》はもう早《はや》くから、こゝと決《き》めて置《お》いたんだ。」と云《い》ひますと、一人《ひとり》の百姓《ひやくしやう》は、

「しかし地味《ちみ》はどうかな。」と言《い》ひながら、屈《かゞ》んで一本《いつぽん》のすゝきを引《ひ》き抜《ぬ》いて、その根《ね》から土《つち》を掌《てのひら》にふるひ落《おと》して、しばらく指《ゆび》でこねたり、ちよつと嘗《な》めてみたりしてから云《い》ひました。

「うん。地味《ぢ〔み〕》もひどくよくはないが、またひどく悪《わる》くもないな。」

「さあ、それではいよいよこゝときめるか。」

も一人《ひとり》が、なつかしさうにあたりを見《み》まはしながら云《い》ひました。

「よし、さう決《き》めやう。」いまゝでだまつて立《た》つてゐた、四人目《よにんめ》の百姓《ひやくしやう》が云《い》ひました。

四人《よにん》はそこでよろこんで、せなかの荷物《にもつ》をどしんとおろして、それから来《き》た方《はう》へ向《む》いて、高《たか》く叫《さけ》びました。

「おゝい、おゝい。こゝだぞ。早《はや》く来《こ》お。早《はや》く来《こ》お。」

すると向《むか》ふのすゝきの中《なか》から、荷物《にもつ》をたくさんしよつて、顔《かほ》をまつかにしておかみさんたちが三人《さんにん》出《で》て来《き》ました。見《み》ると、五《いつ》つ六《む》つより下《した》の子《こ》供《ども》が九人《くにん》、わいわい云《い》ひながら走《はし》つてついて来《く》るのでした。

そこで四人《よつたり》の男《をとこ》たちは、てんでにすきな方《はう》へ向《む》いて、声《こゑ》を揃《そろ》へて叫《さけ》びました〔。〕

「こゝへ畑起《はたけおこ》してもいゝかあ。」

「いゝぞお。」森《もり》が一斉《いつせい》にこたへました。

みんなは又叫《またさけ》びました。

「こゝに家建《いへた》てゝもいゝかあ。」

「ようし。」森《もり》は一《いつ》ぺんにこたへました。

みんなはまた声《こゑ》をそろへてたづねました。

「こゝで火《ひ》たいてもいいかあ。」

「いゝぞお。」森《もり》は一《いつ》ぺんにこたへました。

みんなはまた叫《さけ》びました。

「すこし木貰《きいもら》つてもい、かあ。」

「ようし。」森《もり》は一斉《いつせい》にこたへました。

男《をとこ》たちはよろこんで手《て》をた、き、さつきから顔色《かほいろ》を変《か》へて、しんとして居《ゐ》た女《をんな》やこどもらは、にわかにはしやぎだして、子供《こども》らはうれしまぎれに喧嘩《けんくわ》をしたり、女《をんな》たちはその子《こ》をぽかぽか撲《なぐ》つたりしました。

その日《ひ》、晩方《ばんがた》までには、もう萱《かや》をかぶせた小《ちい》さな丸太《まるた》の小屋《こや》が出来《でき》てゐました。子《こ》供《ども》たちは、よろこんでそのまわりを飛《と》んだりはねたりしました。次《つぎ》の日《ひ》から、森《もり》はその人《ひと》たちのきちがひのやうになつて、働《はた》らいてゐるのを見《み》ました〔。〕男《をとこ》はみんな鍬《くわ》をピカリピカリさせて、野原《のはら》の草《くさ》を起《おこ》しました。女《をんな》たちは、まだ栗鼠《りす》や野鼠《の(ね)ずみ》に持《も》つて行《い》かれない栗《くり》の実《み》を集《あつ》めたり、松《まつ》を伐《き》つて薪《たきぎ》をつくつたりしました。そしてまもなく、いちめんの雪《ゆき》が来《き》たのです。

その人《ひと》たちのために、森《もり》は冬《ふゆ》のあいだ、一生懸命《いつしやうけんめい》、北《きた》からの風《かぜ》を防《ふせ》いでやりました。それでも、小《ちい》さなこどもらは寒《さむ》がつて、赤《あか》くはれた小《ちい》さな手《て》を、自分《じぶん》の咽喉《のど》にあてながら、「冷《つめ》たい、冷《つめ》たい。」と云《い》つてよく泣《な》きました。

春《はる》になつて、小屋《こや》が二《ふた》つになりました。

そして蕎麦《そば》と稗《ひえ》とが播《ま》かれたやうでした。そばには白《しろ》い花《はな》が咲《さ》き、稗《ひえ》は黒《くろ》い穂《ほ》を出《だ》しました。その年《とし》の秋《あき》、穀物《こくもつ》がとにかくみのり、新《あた》らしい畑《はたけ》がふえ、小屋《こや》が三《み》つになつたとき、みんなはあまり嬉《うれ》しくて大人《おとな》までがはね歩《ある》きました。ところが、土《つち》の堅《かた》く凍《こほ》つた朝《あさ》でした。九人《くにん》のこどもらのなかの、小《ちい》さな四人《よにん》がどうしたのか夜《よる》の間《あひだ》に見《み》えなくなつてゐたのです。

みんなはまるで、気違《きちが》ひのやうになつて、その辺《へん》をあちこちさがしましたが、こどもらの影《かげ》も見《み》えませんでした。

そこでみんなは、てんでにすきな方《はう》へ向《む》いて、一諸《いつしよ》に叫《さけ》びました。〔〕

「たれか童《わらし》やど知《し》らないか。」

「しらない。」と森《もり》は一斉《いつせい》にこたへました。

「そんだらさがしに行《い》くぞ〔お〕。」とみんなはまた叫《さけ》びました。

「来《こ》お。」と森《もり》は一斉《いつせい》にこたへました。

そこでみんなは色々《いろ〳〵》の農具《のうぐ》をもつて、まづ一番《いちばん》ちかい狼森《オイノもり》に行《い》きました。森《もり》へ入《はい》りますと、すぐしめつたつめたい風《かぜ》と朽葉《くちば》の匂《にほひ》とが、すつとみんなを襲《おそ》ひました。

みんなはどん〳〵踏《ふ》みこんで行《い》きました。

すると森《もり》の奥《おく》の方《はう》で何《なに》かパチパチ音《おと》がしました。

急《いそ》いでそつちへ行《い》つて見《み》ますと、すきとほつたばら色《いろ》の火《ひ》がどん〳〵燃《も》えてゐて、狼《オイノ》が九疋《くひき》、くる〳〵〳〵、火《ひ》のまはりを踊《をど》つてかけ歩《ある》いてゐるのでした〔。〕

だん〳〵近《ちか》くへ行《い》つて見《み》ると居《ゐ》なくなつた子供《こども》らは四人共《よにんども》、その火《ひ》に向《む》いて焼《や》いた栗《くり》や初茸《はつたけ》などをたべてゐました。

狼《オイノ》はみんな歌《うた》を歌《うた》つて、夏《なつ》のまはり燈籠《とうろう》のやうに、火《ひ》のまはりを走《はし》つてゐました。

「狼森《オイノもり》のまんなかで、

　火《ひ》はどろ〳〵ぱち〳〵

　火《ひ》はどろ〳〵ぱち〳〵、

　栗《くり》はころ〳〵ぱち〳〵、

　栗《くり》はころ〳〵ぱち〳〵。」

みんなはそこで、声《こゑ》をそろへて叫《さけ》びました。

「狼《オイノ》どの狼《オイノ》どの、童《わら》しやど返《かへ》して呉《け》ろ。」

狼《オイノ》はみんな〔び〕つくりして、一《いつ》ぺんに歌《うた》をやめてくちをまげて、みんなの方《はう》をふり向《む》きました。

すると火《ひ》が急《きふ》に消《き》えて、そこらはにわかに青《あを》くしいんとなつてしまつたので火《ひ》のそばのこどもらはわあと泣《な》き出《だ》しました。

狼《オイノ》は、どうしたらいゝか困《こま》つたといふやうにしばらくきよろ〳〵してゐましたが、たう〳〵みんないちどに森《もり》のもつと奥《おく》の方《はう》へ逃《に》げて行《い》きました。

そこでみんなは、子供《こども》らの手《て》を引《ひ》いて、森《もり》を出《で》やうとしました。すると森《もり》の奥《おく》の方《はう》で狼《オイノ》どもが、

「悪《わる》く思《おも》わないで呉《け》ろ。栗《くり》だのきのこだの、うんとご馳走《ちさう》したぞ。」と叫《さけ》ぶのがきこえました。

春《はる》になりました。みんなはうちに帰《かへ》つてから粟餅《あわもち》をこしらへてお礼《れい》に狼森《オイノもり》へ置《を》いて来《き》ました。

草《くさ》や腐《くさ》つた木《き》の葉《は》が、馬《うま》の肥《こえ》と一諸《いつしよ》に入《はい》りましたので、粟《あわ》や稗《ひえ》はまつさをに延《の》びました。

そして実《み》もよくとれたのです。秋《あき》の末《すゑ》のみんなのよろこびやうといつたらありませんでした。

ところが、ある霜柱《しもばしら》のたつたつめたい朝《あさ》でした。

みんなは、今年《ことし》も野原《のはら》を起《おこ》して、畠《はたけ》をひろげてゐましたので、その朝《あさ》も仕事《しごと》に出《で》やうとして農具《のうぐ》をさがしますと、どこの家《うち》にも山刀《なた》も三本鍬《ぼんぐわ》も唐鍬《たうぐわ》も一《ひと》つもありませんでした。

みんなは一生懸命《いつしやうけんめい》そこらをさがしましたが、どうしても見附《みつ》かりませんでした。それ〔で〕仕方《しかた》なく、めい〳〵すきな方《はう》へ向《む》いて、いつしよにたかく叫《さけ》びました。

「おらの道具《だうぐ》知《し》らないかあ。」

「知《し》らないぞお。」と森《もり》は一ぺんにこたへました。

「さがしに行《い》くぞお。」とみんなは叫《さけ》びました。

「来《こ》お。」と森《もり》は一斉《いつせい》に答《こた》えました。

みんなは、こんどはなんにももたないで、ぞろ〳〵森《もり》の方《はう》へ行《い》きました。はじめはまづ一番近《いちばんちか》い狼森《オイノもり》に行《い》きました。

すると、すぐ狼《オイノ》が九疋《くひき》出《で》て来《き》て、みんなまじめな顔《かほ》をして、手《て》をせわしくふつて云《い》ひました。

「無《な》い、無《な》い、決《けつ》して無《な》い、無《な》い。外《ほか》をさがして無《な》かつたら、もう一《いつ》ぺんおいで。」

みんなは、尤《もつと》もだと思《おも》つて、それから西《にし》の方《はう》の笊森《ざるもり》に行《い》きました。そしてだん〳〵森《もり》の奥《おく》へ入《はい》つて行《い》きますと、一本《いつ〔ぽ〕ん》の古《ふる》い柏《かしは》の木《き》の下《した》に、木《き》の枝《えだ》であんだ大《おほ》きな笊《ざる》が伏《ふ》せてありました。

「こいつはどうもあやしいぞ。笊森《ざるもり》の笊《ざる》はもつともだが、中《なか》には何《なに》があるかわからない。一《ひと》つあけて見《み》やう。」と云《い》ひながらそれをあけて見《み》ますと、中《なか》には無《な》くなつた農《のう》具《ぐ》が九《こゝの》つとも、ちやんとはいつてゐました。

それどころではなく、まんなかには、黄金色《キンいろ》の目《め》をした、顔《かほ》のまつかな山男《やまをとこ》が、あぐらをかいて座《すわ》つてゐました。そしてみんなを見《み》ると、大《おほ》きな口《くち》をあけてバアと云《い》ひました。

子供《こども》らは叫《さけ》んで逃《に》げ出《だ》さうとしましたが、大人《をとな》はびくともしないで、声《こゑ》をそろえて云《い》ひました。

「山男《やまをとこ》、これからいたづら止《や》めて呉《け》ろよ。くれぐれ頼《たの》むぞ、これからいたづら止《や》めで呉《け》ろよ。」

山男《やまをとこ》は、大《たい》へん恐縮《きやうしゆく》したやうに、頭《あたま》をかいて立《た》つて居《を》りました。みんなはてんでに、自分《じぶん》の農具《のうぐ》を取《と》つて、森《もり》を出《で》て行《い》かうとしました。

すると森《もり》の中《なか》で、さつきの山男《やまをとこ》が、

「おらさも粟餅《あわもち》持つて来《き》て呉《け》ろよ。」と叫《さけ》んでくるりと向《むか》ふを向《む》いて、手《て》で頭《あたま》をかくして、森《もり》のもつと奥《おく》の方《はう》へ走《はし》つて行《ゆ》きました。

みんなはあつはあつはと笑《わら》つて、うちへ帰《かへ》りました。そして又粟餅《またあはも〔ち〕》をこしらえて、狼森《オイノもり》と笊森《ざるもり》に持《も》つて行《い》つて置《を》いて来《き》ました。

次《つぎ》の年《とし》の夏《なつ》になりました。平《たい》らな処《ところ》はもうみんな畑《はたけ》です。うちには木小屋《きごや》がついたり、大《おほ》きな納屋《なや》が出来《でき》たりしました。

それから馬《うま》も三疋《さんびき》になりました。その秋《あき》のとりいれのみんなの悦《よろこ》びは、とても大《たい》へんなものでした。

今年《ことし》こそは、どんな大《おほ》きな粟餅《あわもち》をこさえても、大丈夫《だいじやうぶ》だとおもつたのです。

そこで、やつぱり不思議《ふしぎ》なことが起《おこ》りました。

ある霜《しも》の一面《いちめん》に置《を》いた朝納屋《あさなや》のなかの粟《あは》が、みんな無《な》くなつてゐました。みんなはまるで気《き》が気《き》でなく、一生《いつしやう》けん命《めい》、その辺《へん》をかけまわりましたが、どこにも粟《あは》は、一粒《ひとつぶ》もこぼれてゐませんでした。

みんなはがつかりして、てんでにすきな方《はう》へ向《む》いて叫《さけ》びました。

「おらの粟《あは》知《し》らないかあ。」

「知《し》らないぞお。」森《もり》は一ぺんにこたへました。

「さがしに行《い》くぞ。」とみんなは叫《さけ》びました。

「来お。」と森《もり》は一斉《いつせい》にこたへました。

みんなは、てんでにすきなえ物《もの》を持《も》つて、まづ手近《てぢか》の狼森《オイノもり》に行《い》きました。

狼《オイノ》供は九疋共《ひきとも》もう出《で》て待《ま》つてゐました。そしてみんなを見《み》て、フツと笑《わら》つて云《い》ひました。

「今日《けふ》も粟餅《あはもち》だ。こゝには粟《あは》なんか無《な》い、無《な》い、決《けつ》して無《な》い。ほかをさがしてもなかつたらまたこゝへおいで。」

みんなはもつともと思《おも》つて、そこを引《ひ》きあげて、今度《こんど》は笊森《ざるもり》へ行《い》きました。

すると赤《あか》つらの山男《やまをとこ》は、もう森《もり》の入口《いりぐち》に出《で》てゐて、にや〱笑《わら》つて云《い》ひました。

「あわもちだ。あわもちだ。おらはなつても取《と》らないよ。粟《あは》をさがすなら、もつと北《きた》に行《い》つて見《み》たらよかべ。」

そこでみんなは、もつともだと思《おも》つて、こんどは北《きた》の黒坂森《くろさかもり》、すなはちこのはなしを私《わたくし》に聞《き》かせた森《もり》の、入口《いりぐち》に来《き》て云《い》ひました。

「粟《あは》を返《かへ》して呉《け》ろ。粟《あは》を返《か〔へ〕》して呉《け》ろ。」

黒坂森《くろさかもり》は形《かたち》を出《だ》さないで、声《こゑ》だけでこたへました。

「おれはあけ方《がた》、まつ黒《くろ》な大《おほ》きな足《あし》が、空《そら》を北《きた》へとんで行《い》くのを見《み》た。もう少《すこ》し北《きた》の方《はう》へ行《い》つて見《み》ろ。」そして粟餅《あはもち》のことなどは、一言《ひとこと》も云《い》はなかつたさうです。そして全《まつた》くその通《とほ》りだつたらうと私《わたくし》も思《おも》ひます。なぜなら、この森《もり》が私《わたくし》へこの話《はなし》をしたあとで、私《わたくし》は財布《さいふ》からありつきりの銅貨《どうくわ》を七銭出《しちせんだ》して、お礼《れい》にやつたのでしたが、この森《もり》は仲々《なかなか》受《う》け取《と》りませんでした、この位気性《くらゐきしやう》がさつぱりとしてゐますから。

さてみんなは黒坂森《くろさかもり》の云《い》ふことが尤《もつと》もだと思《おも》つて、もう少《すこ》し北《き〔た〕》へ行《い》きました。

それこそは、松《まつ》のまつ黒《くろ》な盗森《ヌストもり》でした。ですからみんなも、

「名《な》からしてぬすと臭《くさ》い。」と云《い》ひながら、森《もり》へ入《はい》つて行《い》つて、「さあ粟返《あはかへ》せ。粟返《あはかへ》せ。」とどなりました。

すると森《もり》の奥《おく》から、まつくろな手《て》の長《なが》い大《おほ》きな大《おほ》きな男《をとこ》が出《で》て来《き》て、まるでさけるやうな声《こゑ》で云《い》ひました。

「何《なん》だと。おれをぬす〔と〕だと。さふ云《い》ふやつは、みんなたゝき潰《つぶ》してやるぞ。ぜんたい何《なに》の証拠《しやうこ》があるんだ。」

「証人《しやうにん》がある。証人《しやうにん》がある。」とみんなはこたへました。

「〔誰〕《たれ》だ。畜生《ちくしやう》、そんなこと云《い》ふやつは誰《たれ》だ。」と盗森《ヌストもり》は咆《ほ》えました。

「黒坂森《くろさかもり》だ。」と、みんなも負《ま》けずに叫《さけ》びました。

「あいつの云《い》ふことはてんであてにならん。ならん。ならん。ならんぞ。畜生《ちくしやう》。」と盗森《ヌストもり》はどなりました。

みんなももつともだと思《おも》つたり、恐《おそ》ろしくなつたりしてお互《たがひ》に顔《かほ》を見合《みあは》〔〕せて逃《に》げ出《だ》さうとしました。

すると俄《にはか》に頭《あたま》の上《うへ》で、

「いや〳〵、それはならん。」といふはつきりした厳《おごそ》かな声《こゑ》がしました。

見《み》るとそれは、銀《ぎん》の冠《かんむり》をかぶつた岩手山《いはてさん》でした。盗森《ヌストもり》の黒《くろ》い男《をとこ》は、頭《あたま》をかゝへて地《ち》に倒《たほ》れました。

岩手山《いはてさん》はしづかに云《い》ひました。

「ぬすとはたしかに盗森《ヌストもり》に相違《さうゐ》ない。おれはあけがた、東《ひがし》の空《そら》のひかりと、西《にし》の月《つき》のあかりとで、たしかにそれを見届《みとゞ》けた。しかしみんなももう帰《かへ》つてよからう。粟《あは》はきつと返《かへ》させよう。だから悪《わる》く思《おも》はんで置《を》け。一体盗森《いつたいヌストもり》は、じぶんで粟餅《あはもち》をこさえて見《み》たくてたまらなかつたのだ。それで粟《あは》も盗《ぬす》んで来《き》たのだ。はつはつは。」

そして岩手山《いはてさん》は、またすましてそらを向《む》きました。男《をとこ》はもうその辺《へん》に見《み》えませんでした。

みんなはあつけにとられてがや〳〵家《うち》に帰《かへ》つて見《み》ましたら、粟《あは》はちやんと納屋《なや》に戻《もど》つてゐました。そこでみんなは、笑《わら》つて粟《あは》もちをこしらえて、四《よ》つの森《もり》に持《も》つて行《い》きました。

中《なか》でもぬすと森《もり》には、いちばんたくさん持《も》つて行《い》きました。その代《かは》り少《すこ》し砂《すな》がはいつてゐたさうですが、それはどうも仕方《しかた》なかつたことでせう。

さてそれから森《もり》もすつかりみんなの友《とも》だちでした。そして毎年《まいねん》、冬《〔ふ〕ゆ》のはじめにはきつと粟餅《あはもち》を貰《もら》ひました。

しかしその粟餅《あはもち》も、時節《じせつ》がら、ずゐぶん小《ちい》さくなつたが、これもどうも仕方《しかた》がないと、黒坂森《くろさかもり》のまん中《なか》のまつくろな巨《おほ》きな巖《いは》がおしまひに云《い》つてゐました。


宮沢賢治（みやざわ・けんじ）一八九六～一九三三（明治二九～昭和八）年。詩人・児童文学者。岩手生まれ。生前の単行本は、詩集『春と修羅』（一九二四年、関根書店）と童話集『注文の多い料理店』（一九二四年、東京光原社）しかないが、同地の自然や風光を取り込んだ作品のファンは多い。「狼森と笊森、盗森」は『注文の多い料理店』に収録されている。底本は『校本宮澤賢治全集』第一一巻（一九七四年、筑摩書房）を使用した。森や山に関連する他の童話に「鹿踊りのはじまり」「鳥をとるやなぎ」「なめとこ山の熊」「沼森」などが、詩に「一本木野」「小岩井農場」「コバルト山地」などがある。

森番

伊藤比呂美

ヤネクは、わたしの友だちです。仲がいいことは、周囲に知れわたっています。夫にも。二人で歩いていると、夫婦にまちがわれます。いつだったか、コドモがアカンボだったとき、ヤネクと三人で歩いていたら、どこかのおばあさんが、まああかちゃん、とアカンボの顔をのぞきこみました。おそらくおばあさんは、天使というものによく似たハーフのアカンボを期待していたんじゃないかとおもいますが、そのアカンボは、夫とのコドモで、ヤネクのではなかったので、つまり徹底的にアジア人のアカンボの顔をしていたもので、おばあさんはぎょっとした表情で、ヤネクとわたしのことを見直しました。

わたしはヤネクとセックスしたことはありません。でも、夫とつくったアカンボが、ヤネクとつくったアカンボだと一瞬でも人におもわれたりすると、目の前にいるヤネクとの性行為や、見たことのないヤネクの性器を、つい考えてしまいました。それは、見たことのない外人の性器であり、愛撫のしかたであるのです。そのとき、ヤネクは、どんな言語をわたしにささやくのでしょうか。

ヤネクとわたしはニホン語で話します。ヤネクに、わたしのニホン語はとてもわかりやすいそうです。そういわれたのはもう何年も前、まだヤネクがニホンに来たばっかりで、ニホン語が、そんなにうまくなかったころです。わたしは早口なので、非ネイティヴ・スピーカーにはわかりにくいニホン語のはずでしたが、ヤネクには何をいっても通じます。つうじる、つうじる、とヤネクも何度もいいます。慣れてるからだよ、といいますと、いや、慣れもあるけど、わたしはヒロミのニホン語がもっとはじめからよくわかったね、とヤネクはいいました。

数年前、冬のおわりに、ヤネクはこの町にやって来て、うちに、十日くらい居すわっていました。それまでにも、ヤネクとわたしは仲がよかった、よく話が通じあったということはわかっていましたし、だからこそヤネクはこの町に、うちに泊りにやって来たわけですが、でもじつは、ヤネクがわたしのことをとても好きだ、わたしもヤネクのことがとても好きだ、いっしょにいるとたまらなく楽しい、ちょっとしたことを話していても楽しい、おたがいの言語が双方にとっての母語であるかのように、よく通じるということを知ったのは、このときのような気がします。この町へやって来て、うちの二階に居ついたヤネクは、春を目前にしたこの土地のあまりの寒さに閉口して、ほとんど外へ出ずに十日間を過ごしました。わたしもちょうどアカンボの世話に一日の大半を食われていたときで、そこでアカンボの相手をする時間をそっくりそのままヤネクについやすことができたのです。

わたしたちは一日中、わたしのいつもするとおりに生活しました。朝は、夫を送り出すころにヤネクが起きてきました。そしてヤネクに朝ごはんを、夫に食べさせたのと同じようなのを食べさせ、それからおむつを洗濯しました。ヤネクはこたつに入って、わたしとしゃべっています。そして干すだんになると、ヤネクは、男の方が力が強いよ、とおむつを両手でひろげてしわを伸ばしてくれる。それをわたしは受け取って、物干しに干していきました。ヤネクの役目は、もともと夫の役目でした。何回か夫がそれをするのを見ていて、ヤネクはやり方を覚えたようです。

ここは寒い、とヤネクはいいました。南だからもっと暖かいとおもって来たよ、ちがったね、とヤネクはいいました。ヤネクの国はだってもっとずっと寒いところなんでしょ、とわたしはいいました。そんなんじゃ冬が越せないじゃない。だからわたしはあそこを出てきた、わたしは暑いのはだいじょうぶ、とヤネクはいいました。でもここは夏はものすごいよ、てんぷらみたいに暑くなって、ヤネクなんか想像もできないくらいだよ、ぜったいに耐えられないよ、とわたしはいいました。だいじょうぶ、とヤネクはいいました。暑いのはどんなのでもだいじょうぶ、トーキョーも暑いけど、わたしは好き、冬はきらい、とヤネクはいいました。

そして午後になると、わたしたちはアカンボをつれて商店街へ買い物に行き、トーキョーの一人暮らしでは食べられないニホン的なもの、トーキョーとはちがうここ独特のもの、ヤネクの生まれ育った土地の気候風土とはちがうもの、照葉樹林をあらわすようなもの、そしてヤネクの好きなものを、毎日手を替え品を替え、ヤネクに食べさせたい。これはわたしの欲望でした。ヤネクにおいしいものを食べさせたい。

ヤネクを太らせたい。

そこで、てんぷら、すきやきはいうにおよばず、ひじきの煮物、わかめ、やまいも、さといもの煮っころがし、いもの芽、いもの茎、切り干し大根、干し柿、みかん、ぽんかん、名前は知りませんがアカンボの頭ぐらいある大きなカンキツ類、桜もち、草もち、だいふく、いろんな獣肉、いろんな魚肉、いろんな貝、なまこ、手巻ずし、ごもくずし、茶わんむし、ありとあらゆるもの、おいしいものを、ヤネクのためにせっせとつくり、せっせと食べさせました。

ヤネクはわたしがつくったものは、なんでも、買ってきただけのものも、なんでも、おいしそうに食べていきました。それは、至福の感覚でした。ヤネクの舌が味わうだろう味覚を想像しながら、わたしは食べものを買いこみ、また料理していきます。それをヤネクが、食べる。どんどん食べる。けっして甘いものを口にしない夫にくらべ、ヤネクは、甘いものも、いくらでも食べてくれました。ごはんとごはんの間に、昨日焼いたケーキの残りを、食べていい？と自分で台所から取ってくるのでした。食べていい？といわれて、おそらくわたしは、ものすごくうれしそうな顔をするんだとおもいます。ヤネクも、食べていい？といえば、わたしがよろこぶということは、気がついていたんじゃないかとおもいます。

うちの二階から西にむかって、山が見えます。まぢかに見たことはありませんが、どの斜面も、ミカン畑でおおわれているそうです。だから、この山はいつでも青々として見えます。その向こうには海がある。海からやって来るすずしい風を、この山がさえぎっています。だからこの町の夏は、たまらなく蒸し暑い。数年前に地元の新聞で、あの山を爆破してしまえという市民の声があがり、もりあがり、立ち消えたそうです。蒸し上がった夏場、あの山さえなければ、とこの町の人間はだれでも考えるでしょう。

ヤネクはあの、青々とした山が、窓をあければ目の前にある、という状況にいたく感動しました。ヤネクの生まれ育った土地には山がありません。山というものが、ありません。はるか遠く、国境のあたりにはけわしい山地がある。けわしいいただきがいつも白い、氷河が一年中みられるようなところから、いきなり、波のようにうねる丘陵地帯になり、それはすっかり耕作されて、規則ただしい麦やビートの畑になり、それから、地面の波はどんどんゆるやかになって、波うちながら、平らになっていって、北の海に面したところまでつづくそうです。ヤネクが生まれて育ったのは、その平地のまん中にある大きな町だそうですが、その大きな町の周辺も、みわたすかぎりの耕作された平原に、あるかないかわからないくらいかすかに地面の波がうっているのが見えると、ヤネクはいいました。

ある日、いつもほど冷え込みがはげしくなく、日ざしだけはぽかぽかと春のように感じるある日、ヤネクは、あの山にのぼってくるといって、うちを出ていきました。すぐそこに山がある、とヤネクはどんどん歩いていきました。わたしは、道路の正面に山がくっきり見えているところまで、アカンボをだいて、ヤネクを送っていきました。

近くに見えたって案外遠いんだから、せめて山のふもとまではバスで行った方がいいわよ、とわたしはヤネクにいったのですが、ヤネクは、だいじょうぶ、わたしは脚が強いんだよ、ぜったいに行ける、と言い張って、山の方へ歩いていきました。見ていると、なんどもふりかえって手を振りました。わたしと、アカンボも手をふりました。

でも、ヤネクは、夜、夫が帰るよりも早くうちにもどって来ました。あの山の手前にもうひとつ、この町全体をへいげいできるようなもりあがりがあり、そこにお城がたっています。ヤネクはそこまでたどりついて、そのまま、山へは行かずに帰ってきたのでした。お城を見たよ、お城のまわりの石垣も森も見たよ、ほんとうにすばらしかった、とヤネクは感動していました。木々はこんなに大きくて年取っていて葉がしげっていた、とヤネクはいいました（クスノキよ、ヤネク、とわたしは教えました）。森は蔓のある草でおおわれていて、キノコや××が生えていて（地衣類、苔類というのよ、ヤネク、とわたしは教えました）、こんなにお天気なのに、日ざしが入っていかなくて、すべてが湿っていて、とてもくらかった、こんな森はわたしの国では見たことがない、とヤネクはいいました。お城まで行けばもうあの山はすぐそこにあったよ、あそこからは山までかんたんに行ける、こんど来たときは、ぜったいに歩いて行ってみたい、あの山ものぼってみれば、あんなふうに緑で、蔓や苔があって、湿っているのだろうか、とヤネクはいいました。

　直線コースを行けば、うちからお城まで、自転車でも二十分くらいです。ヤネクはその距離を行きも帰りも歩きとおしました。

　でもヤネクが外に出たのはそれっきりで、あとはうちの中に、わたしといっしょに生活していました。わたしは台所で、ヤネクといっしょに食べるものをつくり、ヤネクがおいしく食べてくれれば、それで満足でした。

わたしはこたつの中で、アメリカ・インディアンの詩を読んでいました。それは英訳の詩でした。わからない単語がいっぱい出てきました。わたしはそこを、いちいち、ヤネクにたずねました。ヤネクの言語は英語じゃありませんが、彼は、英語をかなり自在に話して読みます。ラテン語系の単語は、ヤネクの言語と英語では共有するものがあるようです。英語からの単語もたくさん入っているようです。

インディアン、とヤネクはいいました。わたしはインディアンの専門家だったよ、とヤネクはいいました。わたしは十歳のときにインディアンについて一冊の本をつくった、ぜんぶ自分で文章をかいて、さし絵も自分でかいたんだよ。

うそでしょ、なんでヤネクがインディアンに興味があるの？　アメリカ人じゃないのに、とわたしがいうと、わたしを信じなさい、とヤネクはいいました。なんで、ヒロミもアメリカ人でもインディアンでもないのに、インディアンに興味があるの？

わたしの国では、ずいぶん早くから、フェニモア・クーパーのインディアンの本が訳されていて、男の子はみんなそれを読むんだよ、とヤネクはいいました。本屋にはかならずフェニモア・クーパーがある。それでわたしたちはインディアンを知る。インディアンにあこがれる。北アメリカの大平原にあこがれて、自然にあこがれて、そこを徘徊するオオカミやコヨーテにあこがれる。何人も白人を殺したインディアンの戦士にもなりたいとおもうし、同時に、インディアンの文化をよく知ってる、よく理解してる白人になるのもいいとおもうんだ、とヤネクはいいました。

ただニホン語ができる外人として知り合ったヤネクでしたが、彼が、インディアンに出会いたい白人であったことは、このときまで知りませんでした。

ヤネクは、アメリカに行ったことある？　とわたしはききました。プレーリーを見たりコヨーテの遠吠えを聞いたりしたことある？

ないよ、とヤネクはいいました。わたしの見たのは雪のある山脈と、波うつ地面、その周辺の森だけだ、そこにいるのは森のシカと野ウサギ、ヤマネコたちだ、むかしはオオカミもいたけど、今はいなくなった、とヤネクはいいました。

ヤネクとわたしが、台所でぺちゃくちゃしゃべっているところに、いつも勝手口から、夫が帰ってきました。「ぺちゃくちゃ」というのは夫が形容しました。夫が帰ってくる時間には、必ず、ヤネクは台所で夫のアカンボを抱いて、ごはんをつくるわたしと話をしていました。入ってくるやいなや、「ぺちゃくちゃ」しゃべっているヤネクとわたしと、ヤネクに抱かれたアカンボを見て、夫が不機嫌になるのが、わたしにはわかります。でもわたしはすでに、ヤネクの世話をする、ヤネクの住みやすいようにする、ヤネクにおいしいものを食べさせるという役割に没頭していたので、夫の不機嫌な顔を取りつくろってやることは考えもしなくなっていました。

嫉妬しているんではない、とヤネクがいなくなると、夫はいつもくりかえしました。

おまえはヤネクがすきだ、おれはむしろいない方が、二人でしっぽりと楽しく過ごせる、ヤネクも、おれがいない方がぜったい楽しいにきまっている、それなのに、おれはつい帰ってきてしまう、それが自分でもなさけない。ヤネクのことしか考えていないおまえは、おれからみたら非常にみにくい。

ヤネクは、冷えきったうちの二階で、十日間、寝起きしました。わたしはそこに小さなストーブとアンカを用意しておきましたが、ヤネクは、ちっともそれを使いませんでした。階下で、ごはんを食べ、食後をすごし、わたしたちがアカンボを寝かしつけるころに、ヤネクは二階にあがって、朝まで降りてきませんでした。アンカはいらないよ、とヤネクはいいました。寒がりのくせに、とわたしがいいますと、寝るときはぜんぶぬいではだかで寝るよ、そうするとすぐ体温で暖かくなって、アンカはいらない、とヤネクはいいました。パンツは？　ぬぐよ、とヤネクは答えました。

帰る前日に、ヤネクとわたしはアカンボをつれて、近くの丘に散歩にいきました。暖かい日でした。家々の庭に植えられたミカンの葉も日ざしにかがやいていて、塀や木々にからみついた蔓草もあおあおとしていました。竹やぶがありました。きれいね、とヤネクはしきりに感動しました。そのそばで、ヤネクは、おしっこしたいといいました。待ってる？　それとも見たい？

見ててもいいの？　とわたしがききかえしますと、いいよ、とヤネクはいいました。

そこでわたしは、ヤネクが、竹やぶにむかって放尿するようすを一部始終見ました。ヤネクのペニスはきれいなピンク色のペニスをしていました。おしっこする男ははじめて見た、とわたしはいいました。白人のペニスもはじめて見た、とわたしはいいました。おもしろいね、とヤネクもいいました。

昨日、ヤネクから電話がかかってきました。

電話はよくかかってきます。夫のいない時間帯にかかってくることが多いのですが、きのうは、夫もコドモもいるときでした。

このごろどうも胃がわるい、風邪もなおらない、とこの前の電話でヤネクはいっていました。からだの具合はどう、とわたしはききました。あんまりよくない、とヤネクはいいました。でもぼくはやっと信頼できる医者を見つけたよ。

ニホン語がうまくなって、「わたし」はこのごろ「ぼく」です。

検査したの？　とききますと、うんぜんぶしてもらっちゃったんだけどね、とヤネクはいいました。今までの医者はぼくがいくらうったえてもなにもしてくれなかった、でもこんどの医者はきちんとしてくれた、それで、気管支炎と胃炎と、肝臓もなにかちょっとよくないことがわかっちゃったよ、とヤネクはいいました。

ぼくが今、つきあっている女の子は、ぼくと英語で話す、とヤネクはいいました。

知りあったときに、彼女はぼくのことをアメリカ人だとおもってたから、そうなっちゃったんだよ、彼女はぼくと英語でしゃべりたいんだ、でもぼくはニホン語の方がよくしゃべれるから、とってもたいへんだ、とヤネクはいいました。どんなつきあいなのか、それ以上は知りません。きいては、失礼だとおもいます。

でもわたしは不愉快でした。ニホン語がこんなにできるのに、わざわざ英語なんかでしゃべる必要ないじゃないの、とわたしはいいました。そのいらいらした調子をヤネクも聞きとったようでした。うん、ぼくもそうおもうから、こんどから英語はやめちゃうよ、とすなおにヤネクはいいました。

聞き耳をたてていた夫は、わたしが受話器をおくやいなや、ヤネクの病気なんて、ただの風邪とただの慢性胃炎とただの飲みすぎじゃないかと一蹴しました。夫こそ、ひっきりひまなしにからだの不調をわたしにうったえています。虚弱体質を売りものにしてるみたいに見えることもあります。わたしはそれにまともに取りあう気がおこりません。でも夫の言い分とヤネクの言い分がそっくりなのは、知っています。たいしたことのない胃炎と慢性の風邪。でも、ヤネクの方が新鮮です。新鮮な胃炎と風邪。新鮮な心身症。新鮮な尿を放尿する新鮮なペニス。

ニホン語ができても、ヤネクはほとんど就職のあてがありません。何も保証されずに大学でニホン語を専攻してこの国にやって来ました。帰ったら森番になりたいね、と、いつか、ヤネクはいいました。

インディアン語をしゃべれるスカウトたちみたいに、森に入ってくらすんだよ、でもむずかしいね、森番になるには森番の勉強もしなくちゃいけないんだよ、動物の生態も知らないといけない、足跡を見て、動物のようすをちゃんとわかるようにするんだ、森の中で、オオヤマネコの足跡もみられるかもしれない、とヤネクはいいました。たいへんだよ、それでも、森番しながら、ニホン語の翻訳もできるしね、とヤネクはいいました。

森番？　チャタレー夫人みたいじゃない、と夫は笑いました。

ちがうのよ、森林監視官みたいなことをヤネクはいってるのよ、とわたしは夫に説明しましたが、どうも腹をたてたようです。その場にいなかったヤネクじゃなく、わたしがです。森に入ってくらすという意味をわからない夫に。

ヤネクがこのまま独身でいるのだったら、いつかヤネクのところに行って、いっしょに住みたいとおもうことがあります。ヤネクだったら、あのアジア人の顔をしたコドモをつれていっても、継父としてもうしぶんありません。あるいは、ヤネクの放尿したペニスから精子をえて、もうひとり、コドモをうむぐらいの余力ならのこっているような気がします。それは森番のコドモとして育つでしょう。朝晩、ヤネクと放尿を見せあって、それこそがわたしたちの性行為として、おたがいがなっとくしあいながら、ヤネクとなら、いっしょに暮らしていけるような気がします。でも、そのためには、夫には、ほんとに、死んでもらわなきゃなりません。

伊藤比呂美（いとう・ひろみ）　一九五五（昭和三〇）年〜。詩人。東京生まれ。アメリカと日本を行き来しながら、言葉を編み続けている。『ラニーニャ』で野間文芸新人賞、『ビリー・ジョーの大地』で産経児童出版文化賞ニッポン放送賞、『河原荒草』で高見順賞、『とげ抜き 新巣鴨地蔵縁起』で萩原朔太郎賞・紫式部文学賞を受賞。翻訳書も多く、樋口一葉の現代語訳もある。「森番」は一九八七年二月〜八八年八月に『野性時代』に連載された「家族アート」の一作で、『家族アート』（一九九二年、岩波書店）に収録された。底本は同書を使用している。森や山に関連する他の作品に、「森の中」がある。

きつねの森

多和田葉子

　蒸し暑い夕暮れだった。あなたは冷房の涼しさを求めて、角のパブに足を入れた。住宅地の中に埋もれた目立たない箱形のコンクリートの建物で、看板文字の橙色が面白い具合にかすれていなかったら、あなたの目にとまることもなかっただろう。ドアの把手が無気味なほど生暖かかった。ドアを開けたとたんに冷房で冷やされた空気と客たちのざわめきがどっと流れ出してきた。中はそれほど混んでいるわけではなかった。同じ色のジーパンをはいた男女が数人、止まり木に尻をのせてジョッキを傾け、誰も煙草を吸っていないというのに煙たい空気の中で時々咳をしながら冗談を飛ばしあっている。奥には丸いテーブルがいくつか置いてあって、客が三、四人ずつすわって飲んでいる。背中をまるめた顎のとがった一人の男を除いては、みんな椅子の背にゆったりともたれ、お腹を突き出し、脚を組んでいる。どの顔も心配事などなさそうに見える。あなたはひとつだけまだ空いているテーブルを見つけて席を取り、あたりを見回し、店の一角が舞台になっていることに初めて気がついた。マイクのスタンドやアンプが雑然と置かれている中で、床に膝をついてコードをガムテープで固定している青年がいる。舞台の背景の壁を覆いつくすようにして巨大な国旗が掛けてあった。もしも長年見慣れた行きつけのケーキ屋の包み紙に戦場でふいに出くわしたら、この時と同じくらいぎょっとするかもしれない。群青色の空にちりばめられた戦火、幾筋にも流れる赤い河。こんなところに巨大な国旗が掛かっていることをみんな不思議に思わないんだろうか。客たちはおしゃべりに夢中で、旗のことなど気にもとめていないようだった。

海苔のように黒くて真っすぐな髪を長く垂らした女性がアルトサックスを手に舞台に現れた。アンプの側にしゃがんでガムテープを固定していた男は顔をあげると、「ハーイ、ジョイ」と挨拶した。ジョイと呼ばれた女はくわえかけたサックスのマウスピースを一度口から離してうなずいてみせた。それからサックスを象の鼻のように真正面にかまえ、走り出そうとするオートバイのエンジンのような音を出した。

舞台には小柄でうつむきがちの男たちが三人現れて、ジョイを囲むようにしてそれぞれの位置についた。三人は兄弟なのかもしれなかった。ドラムの男がぱらぱらと試し打ちし、ベースとヴァイオリンの二人が同時にチューニングをやめて顔を見合わせると、ジョイはマイクをソフトクリームのように握っておいしそうに挨拶し、サックスを吹き、バンドの音がそこに加わって、サックスの旋律が力強い波を形作って聞き手の耳を乗せたかと思った途端に、ジョイはサックスを口から引き離して、しゃべるように歌い始めた。かすかにかすれた声で、息は太かった。あなたは誰も飲み物の注文を聞きに来なかったことを思い出した。口の中が熱く乾いていた。

あなたのすわっていたテーブルには結局ほかには人が来ず、椅子が四つ空いていた。最初のステージが終わるとジョイが舞台から降りて近づいてきて、隣にすわってもいいかと聞く。あなたがうなずくと、ジョイに呼ばれて他の三人のミュージシャンたちも来てすわった。男たちは愛想のない表情でオレンジジュースを注文した。ジョイがあなたを見て、「わたしたちの種族はアルコールは飲まないのよ」と言った。あなたは「種族」という言葉を聞いて、居心地の悪さを感じた。ジョイはあなたに対して長年の知り合いのようにふるまった。あなたが何も尋ねていないのに、この店のオーナーは金持ちのくせにケチで暖房が壊れたままなので冬は店を閉めてしまうのだとか、常連にジョンソンという名前の作家がいて彼の書く小説にはこの店が必ず出てくるのだだとか、この店は去年の夏に放火されて、国旗で隠された壁はまだ真っ黒焦げなのだとか教えてくれた。あなたがジョイはいったい何歳くらいなのだろうと考えた瞬間、ジョイが訊かれもしないのに唐突に「わたし、もう孫が二人いるの」と言った。ジョイには相手の考えていることを見透す能力があるのかもしれない。驚いたあなたの顔を楽しむように目を細めながら、「わたしたちの種族の女は、みんな若いうちに子供を産むのよ」と言った。

第二ステージが終わると、帰っていく客がドアを開ける度に生暖かい外気が店の中に流れ込んで来た。ジョイと男たちは楽器を片付け始めた。ジョイはあなたの隣に立って、長い紐のついた柔らかい布をサックスのマウスピースに何度も通して唾液を拭き取っていた。あなたは沈黙をもてあまして、「この街に住んでいるの？」とか「あなたの種族は何と言う名前なの？」とか「きょうだいは？」などと質問してみた。ジョイは何を聞かれても楽しそうに答え、サックスをケースにしまいながら、「わたしたちの種族のことをもっと知りたいなら、コネチカットの保護地域を見に来ない？」

と誘ってきた。

「親戚のジュリアが用事があって明日、車できつねの森に行くそうだから、いっしょに乗せていってもらえばいい。」

そう言われた途端に、あなたはもう車に乗って森の中を走っているような錯[illegible]われた。それにしても保護地域という言葉の意味が分からなかった。「きつねの[illegible]というのだから、狐を保護しているのだろうか。

「あしたの朝、あなたのモーテルに迎えに行くように言っておくから。」

店の中にはまだ数人、ジョッキから手を離す決心のつかない男女が残っていた。ジョイはその客たちをまるで家具のように無視して、あなたの目をまっすぐに見て、丁寧な発音で話し続けた。

翌朝九時に約束どおりにジュリアという名前の女性があなたを迎えに来た。ジュリアは自分の親戚だとジョイは言っていたが、二人の外見は似ても似つかない。ジュリアは金色の巻き毛に縁取られたふっくらした顔をしていて、胸と臀部は豊かで、雪だるまのように愛嬌があり信頼できそうに見える。車に乗るときつい香水の香りが鼻をついた。あなたがシートベルトを締め終わって襟を直していると、「それでは出発しましょうか」と言ってあなたを見た。その瞳はガス・コンロの炎を思わせる青色をしていた。こんなに似ていなくてもやはりジョイの親戚なのだろうか。

「わたしたちの親戚はほとんどみんなきつねの森に住んでいるの。ジョイのように仕事で都会を旅してまわる人はむしろ例外。」

「きつねの森には仕事があるんですか？」

とあなたが訊くと、ジュリアは驚いたようにあなたの顔を見て答えた。

「大きなカジノがあって、そこの収入が入ってくるのよ。そういう国の政策だから。」

道路はカーブを重ねながら、森林の緑に吸い込まれていった。ジュリアはハンドルから胸をできるだけ離して、腕を伸ばし、カーブの来る度に楽しげに上半身を傾けてハンドルを切っていた。やがて樹木の柱の間から、遠くに大きな城が見え始めた。子供用の誕生日のケーキのようにピンクやグリーンに塗ってある。やがてカジノの看板が現れ、ジュリアはスピードを落として、少し前屈みになり、あたりを注意深く見回しながら駐車場に入っていった。まるで誰かを轢いてしまうことを心配しているように見えたが、あたりには人影ひとつ見当たらなかった。

「これがわたしたちのカジノよ。」

宮殿のような入り口にはズボンの折り目のくっきりした赤い制服を着た門番が二人立っていた。あなたとジュリアは肩を並べて中に入った。するとジョイのバンド
ーシストそっくりの男が前方から歩いてきて、ジュリアに向かって頷いてみ

こうの部屋からスロット・マシンのがらがらという音が聞こえてきた。歓楽客たちの背中、スロット・マシンの中を駆け降りて回るどぎつい赤や黄色の果物の絵、巨大なハンバーガー食べ放題のポスター、ドアで仕切られた小部屋、人の輪に囲まれたルーレット台。小柄な女性が、赤いじゅうたんの上を掃除機で丁寧に何度も往復している。

「あなたはギャンブルはやらないいんでしょう?」

「どうして分かるんですか?」

「スロット・マシンにもルーレットの球にも見向きもしないで、客や従業員の顔ばかり見ているから。」

「あなたはここのマネージャーをしているんですか?」

「いいえ。それと似たようなことを頼まれてやっていたこともあったけれど、ジャーナリストとして独立したいから、やめたの。」

「カジノとあなたの関係がまだよく分からないんですけれど。」

「わたしたちネイティブ・アメリカンにカジノ経営の利益が入るようになっているの。」

　聞き間違いではない。ジュリアは「わたしたちネイティブ・アメリカン」と言った。インディアンという言い方を非差別語に言い換えたのがネイティブ・アメリカンという言い方なのだと聞いていたが、それだけではないのかもしれない。北ヨーロッパ人

にしか見えないこの女性に、どうしてあなたがネイティブ・アメリカンなのですか、と訊いてみたかったが、何かとんでもない誤解をしていることが分かったら恥ずかしいと思うとなかなか言い出せない。

「博物館の方に案内するわ。」

カジノの側にもうひとつ、こちらは地味な建物が建っていた。入ると、正面に高さ二メートル、幅四メートルほどもある大きな写真が飾ってあり、五十人ほどの男女が写っている。写真の下には、大きな文字で「われらが一族」と書いてある。あなたは写真に吸い寄せられるように近づいていった。そのまま進んだら、写真の中に入りこんでしまったかもしれない。写っている人たちの顔がはっきり見えだした。頰の豊かな、目の細い、三つ編みの女は、あるモンゴル映画の主人公そっくりだった。マイルス・デイヴィスを思い出させるような顔の男も立っている。ジュリアそっくりの金髪の女性もいる。本人かもしれない。とにかく、誰も誰にも似ていない。一族の写真ではなく、どこかの国際会議の参加者を撮ったグループ写真のように見えた。あなたの斜め後ろに立っていたジュリアが嬉しそうにささやいた。

「これがわたしたちの大家族よ。いろいろな結婚があったおかげで、顔もバラエティーに富んでいるでしょう。八分の一までインディアンの血が入っていれば、自分はネイティブ・アメリカンだと自称する権利があるのよ。」

ネイティブというのはこういうことだったのか、と感慨深く、あなたは写真の個々の顔を指でたどりながら、一人ずつ確認していきたい思いだった。八分の一というのはどのくらいの量なのか。あなたは自分の曾祖母、曾祖父がどんな人だったのかなど知らない。あなたの生活には、そこまで遡って考える機会はなかった。祖父母はどんな人だったか、などと訊かれたことは一度もない。だが、ジュリアは世代から世代へその八分の一の何かを運び、自分の血管の中にその何かに八分の一の場所を与え、それに名前を与えて生きているらしい。でも、何のために、とあなたは声には出さずに自問し、立ち止まってしまう。「中へ入りましょう」とジュリアにせかされなかったら、いつまでもそこに立ちつくしていたかもしれない。

展示室の中は薄暗かった。分厚い木の葉が太陽の光を遮っているような照明仕立てだが、よく見ると木の葉は厚いビニールでできていて、いわゆる太陽の光も、実際は蛍光灯だった。カセットレコーダーからフクロウの声が聞こえてくる。人造ジャングルの中で、贅肉など少しも付いていない褐色の半裸の男たちの人形が、槍を振りかざして狩りをしている。肌は蛍光灯の光を浴びて輝き、その輝きはプラスチックでできていることを隠そうともしない。小麦色の肌の半裸の男たちは長く伸ばした黒髪を刺繍をほどこしたはちまきでまとめ、厳しい目つきで前方を睨んでいる。頭に鳥の羽飾りを付けている男もいる。中央の舞台には白い布でできたテントが張られている。その隣には焚火があって、セルロイドで炎が作ってあり、鍋がかけてあるが、鍋からは湯気など少しもあがっていない。ジョイそっくりの女が地面にすわって粉を挽いている。真っ裸の幼児が女の肩に手をかけて立っている。剝製の鹿が藪の間から人間たちの様子をうかがっている。絵本にでてくるインディアンたちはいつもこんな風だ。入り口に飾ってあった写真の中のインディアンと、このインディアンと、いったいどちらが本物のインディアンなのだろう。一方は写真、もう一方は人形。人形たちの頭上には、「自然と一体になって暮らす」というモットーがかかげてあった。幼児が一人よちよちと、吸い込まれるように人形に駆け寄っていって、頭の羽飾りをじっと見ていた。子供は鳥の羽に何か感じるところがあるのか。子供の背中を追い掛けるようにして母親らしき女性が、「ほら、これがネイティブ・アメリカンの生活よ。彼らは自然を尊重して、お互いに助け合って生きているのよ」と言った。

しばらくしてあなたがはっと我にかえると、展示室の中にはいつの間にか新しく何組か家族が入っていたが、ジュリアの姿は見えない。あなたは森の中で迷子になった都会人のようにあわてて、人形たちの舞台の間をさまよい、ジュリアを探した。いくら捜しても見つからないので仕方なく展示室を出ると、ロビーに「喫茶室」という看板が出ていた。もしやと思って覗いてみた。案の定、ジュリアがカウンターにもたれて煙草の煙を吐き出しながら、金色の飲み物の入ったグラスを傾けていた。ジュリアの顔はさっきとは微妙に変わっていた。あなたを見るとだるそうに片手を挙げてみせた。

「わるいけれど、酔ってしまったから、今日は一人でバスで帰ってね。」

ジュリアにそう言われて、あなたはむっとして、

「ジョイがきのう、彼女の一族はお酒は飲まないって言っていたんですけれど」

と刺すと、

「あたしはどうせ八分の一しか血がはいっていないから。あとはバルト海の海賊の飲み助の血よ」

と言って、すぱすぱと煙を吐いた。それから、手の中のグラスをあなたの目の前につきだし、

「飲んでみて」

とひどく真面目な顔で勧めた。あなたはおそるおそる黄金の液体を口に入れた。それは、リンゴジュースだった。

多和田葉子（たわだ・ようこ）　一九六〇（昭和三五）年〜。小説家・詩人。東京生まれ。多言語作家の一人で、ハンブルクやベルリンに長く在住し、ドイツでシャミッソー文学賞やクライスト賞を受賞した。日本では『犬婿入り』で芥川賞、『ヒナギクのお茶の場合』で泉鏡花文学賞、『容疑者の夜行列車』で伊藤整文学賞・谷崎潤一郎賞、『雲をつかむ話』で読売文学賞・芸術選奨文部科学大臣賞を受賞している。「きつねの森」を含む『アメリカ――非道の大陸』（二〇〇六年、青土社）収録作品は、二〇〇四年一二月、二〇〇五年一〇月〜二〇〇六年八月の『ユリイカ』に連載された。底本は同書を使用している。

赤ずきん

池田香代子

むかしあるところに、小さなかわいらしい女の子がいました。どんな人でも、この子に会うと、好きになってしまいます。

でも、だれがかわいがっていたといって、この子のおばあさんにはかないません。おばあさんは、かわいいかわいいこの子には、いったいなにをやったら気がすむやら、見当がつかないほどでした。

あるとき、おばあさんは、まっ赤なビロードで作ったずきんをこの子にやりました。それがまたこの子の魅力を引き立てて、それからというもの、この子もほかのずきんはかぶろうとしなかったので、もう「赤ずきん」としか呼ばれなくなりました。

ある日のこと、赤ずきんが母さんのお使いで、病気のおばあさんの家にケーキとワインを届けることになりました。

おばあさんの家は森のなか、村から三十分ぐらいはなれています。

赤ずきんが森にさしかかると、そこへ狼が出てきました。

「やあ、赤ずきんちゃん、おはよう」

「あら、おはよう、狼さん。朝っぱらからお出かけ？　どこへ行くの？」

「おばあさ……じゃなかった。赤ずきんちゃんこそどこへ行くの？」

狼は、一瞬ひやっとしました。まさかそんな質問が飛び出すとは、予定していなかったのです。

「おばあさんのおうちよ」

やれやれ。狼は内心、胸をなでおろしました。

赤ずきんは、狼がひやっとしたことなんか、これっぽっちも気づいていないようです。しごくあっけらかんとしています。

そこで、狼はたずねました。

「なにをさげているの？」

「ケーキとワイン。ケーキはね、きのうお母さんといっしょに焼いたのよ。これ、病気でぐあいの悪いおばあさんにいいの。体に力がつくのよ」

狼は、ますます安心しました。こう答えるということは、相手はやっぱりなにも気づいていない。ちっとも警戒してないんだ。ようし、ではつぎの質問といこう。おばあさんの家のありかを聞き出してやるぞ……

と思ったとたん、かがんで白いハイソックスをかっこよくなおしおえた赤ずきんが、かわいらしい目をくりくりさせながら、いいました。

「狼さん、大きなお耳してるのね！」

「えっ！」

不意をつかれた狼は、耳を疑いました。

「そ、そりゃあ、きみ、きみの声がしっかり聞こえるようにだよ」

やっとのことで答えました。答えながら、こんなところでこんなやりとりをしていいものだろうか、と猛烈なスピードで頭をはたらかせて、その是非を判断しようとしました。この展開は、もっと先に残しておかなければならないんじゃなかったっけ？

そこへ藪から棒に、赤ずきんの声がおそいかかりました。

「狼さん、大きなおめめしてるのね！」

赤ずきんは、ちょっとあごを引くと、上目づかいに狼を見て、にっこりしました。

「き、きみがしっかり見えるようにさ、き、決まってるじゃないか」

臆せず、しかしさりげなく、かわいいポーズを決める赤ずきんに、狼は目が点になってしまいました。大きなおめめどころではありません。だいいち、このシーンでこうしたやりとりをすることの是非は、まだ決着がついてないのです。なのに、早くも第二段階まで進んでしまいました。

狼は、額に冷や汗がふきだすのがわかりました。だって、この問答がいくところまでいったら、狼は赤ずきんにおそいかからなければなりません。でも、こんな森のなかで？　それはベッドのなかでのほうが、なにかと……

なのに、相手はようしゃしません。

「狼さん、大きなおててしてるのね！」

赤ずきんは小首をかしげて、からだを左右にちょっとねじりました。バスケットをもった両手はうしろにまわしていますので、ふいにブラウスが胸のかたちをまざまざと暗示することになりました。けっこう発達しています。サイズは七五ながらカップはBか、ひょっとしたらC……

ぎゅっと握った狼の大きな手は、もう汗でじっとりしています。

「それは……それは……そのう……」

「あたしをしっかりつかまえられるようにじゃないの？」

赤ずきんは、ますますからだをねじります。右、左、右、左……

狼はどぎまぎして、すぐにはことばも出てきません。

「ま、まあ、そういい方もできなくはないと思えなくもないかもしれないかもしれ……」

声が裏返っています。狼は脂汗が出てきました。頭のなかはもうごちゃごちゃです。

自分がなにをいっているのかも、わかりません。

ところが、赤ずきんはへいちゃらです。白い歯をのぞかせて、にっこり笑っています。目のまえの狼がどんなにうろたえているかなんて、まるで気にしていないようです。

「狼さん」

赤ずきんの声が、狼の耳に雷のようにひびきました。狼は生きた心地もしません。

「大きなお口してるのね！」

ほら、おいでなすった！　狼は、立っているのもやっとです。

「その口で、あたしに……」

もう、最後まで聞いている勇気なんてありません。狼は、大きな耳を大きな手でふさいで、大きな目からは大粒の涙をぼろぼろながしながら、いちもくさんに森の奥へとかけこみました。

その日の昼ごろ、狩人《かりうど》がおばあさんの家のそばを通りかかって、首をかしげました。

〈おばあさん、やけににぎやかだな。なにか変わったことでもあったのかな？　ちょっとのぞいて見てやろう〉

窓から見てみると、赤ずきんがおばあさんといっしょに、ケーキとワインで盛りあがっています。おばあさんがいいました。

「ちょっとやりすぎじゃなかった？　わたしは、そこまでは教えてないよ」

「だって、あんまりおばあさんのいったとおりなんだもの。オヤジなんて、単純でばっかみたい。あたしたちに会ったら、考えることはアレしかないのよねえ」

赤ずきんがこたえています。

窓枠に手をかけて、背伸びをしていた狩人は、思わずバランスをくずして、物音をたててしまいました。

「あら、狩人さん、いつ来たの？　ちっとも気がつかないでごめんなさい」

おばあさんがいいました。

「ほんとだ、狩人さん、こんにちは」と、赤ずきん。「あれ、どうしたの？　へんな顔して。どこかぐあいが悪いの？」

狩人は、うかぬ顔でいいました。なんでも、狼がせっぱつまった形相でやってきて、自分をつかまえてくれ、といったというのです。

「なにがあったんだか、完全に鬱《うつ》が入ってんだよなあ。たのむからつかまえてくれ、もう生きていく自信がなくなったっていうんだ。いちおう檻に入れといたんだが、すみっこにうずくまって、すすり泣いてんだよ」

するとおばあさんが、さもおかしそうに噴き出して、いいました。

「あの狼も、古い男だからねえ。うちの子に悪気はなかったんだけどねえ」

赤ずきんもいっしょになって、心から楽しそうに笑いました。

狩人には、なんのことだかわかりません。わからないながらも、ふたりの満ち足りた笑い声を聞いているうちに、なぜか狼の暗澹とした気持ちがのりうつってくるような気がしました。

おばあさんが赤ずきんにいいました。

「ね、わたしがいったとおりでしょ？　男なんてあんな程度よ」

狩人は、もの思いにしずみながら帰っていきました。木々のあいだをぬって、おばあさんと赤ずきんの高笑いが、まるで鞭《むち》のように、いつまでもいつまでも狩人の背中におそいかかるのでした。家につくころには、狩人も完全に鬱が入っていました。

年上の女に、女としての性的価値を武器とすることを教えこまれた若い女ときたら、男にはおそろしいほどです。ケーキ作りなどの料理の腕をさりげなくちらつかせることもそのテクニックの一部だということ、女性雑誌の目次を見るまでもありません。そのかさにかかった攻勢には、狼すらおぞけをふるうほどです。

今後、これまでのナンパのかけひきは通用しないでしょう。残念ですが、受け身の女に男が一方的にしかけていく典雅なギャラントリーは、完全に過去のものとなったのです。

そんなの、おもしろくもなんともないって？

はい、そうですね、おもしろくもなんともない。もはやおとぎ話はおわったのです。かくなるうえは、これに対抗できるほどにしっかりと覚悟を決めた男の出現を待つしかありません。

おや、男性のみなさんとしては、後学のために、狼が耳をふさいでしまったおかげでみんなが聞きそこなった、赤ずきんの最後のせりふが知りたいのですって？

みなさん、赤ずきんはこういったのです。

「わたしにキスしたいんじゃないの？」


池田香代子（いけだ・かよこ）　一九四八（昭和二三）年〜。ドイツ文学者・翻訳家。東京生まれ。アキフ・ピリンチ『猫たちの森』の翻訳で日独翻訳賞を受賞。著書に『子どもにはまだ早いグリム童話――淫らでアブナいメルヒェンの毒』『哲学のしずく』『世界がもし100人の村だったら』などがある。また『アルプスの少女』『おしろレストラン』『くるみ割り人形』『ばらになった王子』など、多くの童話の他に、推理小説やノンフィクションなど、多くの翻訳を手掛けている。「赤ずきん」は『魔女が語るグリム童話』（一九九八年、洋泉社）に収録された。底本は同書を使用している。

森の持つ根源的な力は人間の心の中にも生きている

――『もののけ姫』の演出を語る

宮崎駿

この扉を開けたらえらいことになると知りながら扉を開ける

――こんど『もののけ姫』を見せていただいて、やっぱり宮崎さんの作品は傑作揃いなんだけど、『風の谷のナウシカ』『となりのトトロ』『もののけ姫』が柱だなと思いました。こんなことを言うと、言われすぎていてうんざりなさるかも知れませんが、この三本は人間と自然のかかわりのあり方を究明しようというところに主題が置かれていますよね。これはたいへん現代的なテーマなんですが、そういうテーマに取り組んでみようと思われたきっかけはなんだったのでしょうか。

宮崎　『ナウシカ』とか『トトロ』を作っていたときは、いまよりはもうすこし幸せだったですね、変な言い方になりますが。映画を作るとき、子どものものを作るときでも、生態系の問題を抜きに語ってはいけない。それから自分たちの心の大事な部分に、自分たちのまわりにある植物とか水とかあるいは生き物とか、そういうものがいつもなにかを働きかけているんだから、そういうことを忘れて人間どうしの問題だけがこの世の中の問題だと考えるのはおかしいんじゃないか。そんなふうな問題意識があって『ナウシカ』も『トトロ』も作ったんですが、その後、様子がおかしくなるんですね。これは創作上のことと精神的な意味と両方あるんですが、緑は守ってあげなければ壊れてしまうもんだという危機意識から、自分たちのまわりにある植物は実にひよわで傷つきやすいものだから大切に扱わなきゃいけないというふうになってきて、人びとの認識が本当の自然の姿から離れてしまった。それが「緑にやさしい、自然にやさしい映画を作るジブリ」という、変なブランド化と同時進行しちゃったんですね。それを破りたいという意識が『もののけ姫』にはあるんです。自然と人間のかかわりというのは、もっと宿業とでもいうべき人間の存在の本質にかかわる問題を持っているわけですよ。その問題を知りながらそれには蓋をして、心地よい部分だけ見せて、もっと自然を大切にしましょうとか、木は切っちゃいけませんとか、そういうことを言っているだけでは「当社は自然にやさしい企業です」と宣伝してるのとたいして変わらないだろうと思ったんです。

——それは『ナウシカ』『トトロ』のテーマの発展といえますね。

宮崎　人間と自然のかかわりあいについていえば、『環境考古学』（マイラ・シャクリー、加藤晋平訳、雄山閣、一九八五年）とか『緑の世界史』（上下、クライブ・ポンティング、石弘之ほか訳、朝日選書、一九九四年）とか、最近すぐれた文献も出ていますけれど、自然と人間の間には抜き差しならないものがあって、生産のつもりが破壊であったり、ひとつの文明が滅亡したりというふうな失敗を、人類はくりかえしてきたんですね。それはいままで地域的に行われていたんですが、いまや地球規模になってきています。それは善いとか悪いとか言うまえに、人間が善なるものと思ってやってきたことの結果であるわけですから、それをただ悪として片づけるには問題が複雑すぎて収まりがつかない。一エンターテイメントとしてそういう素材を取り上げることについてはためらいものすごくあったけれども、ここでその問題はやっとかなきゃいけないんじゃないかと思いましてね。扉があることは分かってるんだから、その扉を入ったらえらいことになると分かっていたとしても、扉を開けて真正面から入んなきゃいけない。真正面から問題を取り上げずに、横にある草花がきれいだねといっているだけでいいのか、草花がきれいというのはもういいから真正面から入ろうと、そういう覚悟を固めて入ろう、いまその時期が来たんだと思って、『もののけ姫』にとりかかったわけです。それがエンターテイメントとして成立しうるのかなどいろんなことを含めて、戸惑いとか不安はありました。そういう力量があるのかどうかとかね。

さんざん悩みましたけど、とにかくやっちゃったんですよ。とりかえしのつかないところもありますけど、いまはもう開き直る以外にありません（笑）。

――『もののけ姫』のあのテーマに挑むということがどんな大冒険だったかは分かるような気がします。

宮崎　そういった、この時代が持ってる通奏低音みたいなかたちでずっと鳴ってる問題を、子どもたちは本能的に察知していると思うんです。自分たちは祝福されていないとか、ババを引いてるという気分があって苛立っているのに、それにたいして大人たちは明瞭な答えをひとつも与えていない。そこにある木を大事にしましょうということぐらいしかいえない。そのことは感覚的には納得できるとしても、本質的な問題になると子どもたちにはどうしても分からない。僕らはこっちに目をむけようといった以上、その問題についてはこういう明瞭な答えをもっていますとは言えないけれども、こういうふうに感じてるという映画だと作れるだろう、それでもいいから作るべきだと思ったんですよ。作ってるときは全然気付かなかったし、対象年齢もなにも考えなかったんですが、実は小学生にいちばん見てもらいたい映画だったと、完成披露試写会のあとから思うようになりました。子どもたちがこの映画をどういうふうに認めてくれるのか。ただおっかないお化けがいっぱい出てくる映画として終わるかもしれない。それでもいいから見てほしいと思ってます。よく分からなくてもいいんですよ。この世の中には分かんないことがいっぱいあるわけですから。分からなくてもちっとも恥ずかしいことはない。とにかく子どもたちにぜひ見てもらいたい映画になったなと、いまは思っています。『トトロ』とか『ナウシカ』とかを見て育った子どもたちが一定の年齢になったときに、その世界にも通じるものとして作られていますので、この映画を見てもらってそこに描かれているものについてどう感じるのか、僕はそのことが知りたいですね。

善良な人間がよかれと思ってやってることが大問題となる

――『ナウシカ』『トトロ』『もののけ姫』と時代は未来、現代、過去と遡っていくんですが、テーマの質はだんだん現代化していますよね。

宮崎　そうですか。僕は思想的にいえば『耳をすませば』と『もののけ姫』が同じ基盤に立ってると思っているんですが。

――どこがですか？

宮崎　『耳をすませば』はここまでは言える、ここから先のことについては触れないでおこうと、はっきり線を引いて作っています。そのとき触れなかったものが『もののけ姫』の中にある部分なんです。僕はコンクリートロードの中で暮らしている人間たちが、どういうように生きていくかというときに、別に新しい生き方があるわけじゃない、クラシックな生き方しかないと思っていますので、そういう生き方でいいんだという指摘をし、そういう生き方をする人にエールを送りたかったのです。そして、自分たちが生きている世界はこういう世界なんじゃないかということを示したかった。順番は逆になりましたけど、『耳をすませば』も『もののけ姫』も、そういうことで作っています。

——エボシ御前という女が、宮崎さんのおっしゃるところの難しいのは承知で扉を開けたという、テーマを具現する人物になっていますね。あの人は森を切り崩してタタラ場を作った。その点では自然を壊した悪い奴ですが、タタラ場を作って鉄を生産することで封建的なしがらみから女たちを解放し、差別された病人を人間として扱うことが出来た。その点では善行をつんだといえる。しかしまた、その鉄で鉄砲を作り、人間や動物を殺りくする。この人はいい人とも悪い人とも簡単には決められませんね。

宮崎　人間の歴史ってそういうものなんですね。戦争やったおかげで女性の職場進出がすすんだりするわけです。僕は複雑な部分は切り捨てて、善と悪だけで見ようとしても、物事の本質は摑めないと思います。そういうつもりでこの映画を作りましたから、だれを悪役にするか、だれは悪役にしないかといった区分けはしておりません。とりあえずサン（もののけ姫）とアシタカはあんまり手が汚れていない。といっても、まだ子どもで手が汚れるほどの生活をしていないというだけのことですけどね。彼女や彼もこれからそういう生活がはじまるんだし、困難が訪れることが予想されます。でも、その他大勢の人間たちはすでに手を汚してる。しかし、それぞれが理由を持っていて、手が汚れたものは排除すればケリがつくという単純な問題じゃないですから、その面倒臭い部分をも抱え込んで僕らは生きていかなきゃいけないんですね。そのうえ、自然を破壊してる人が人間的には実はいい人だったりするわけです。悪人ではない人間たちが善かれと思って勤勉にやってることが、実はたいへんな問題を起こしていたりするわけです。私利私欲で固まっていて、誰が見てもいやな奴が木を切ったり、山を削ったり、諫早湾《いさはや》を閉じ込めたりしているんだったら、善悪の判断をつけるのは楽なんですけどね（笑）。そうじゃないところに人間の抱えている問題の複雑さがあるわけですから、こんがらがってる部分をこんがらがってるまま見せることにしたんです。意識的にそうしたわけではありませんが、終わってみたらそういう映画になってたかなという気がします。

――こんがらがってるところが、こんがらがったまま提出されているところが、この映画のなによりの魅力だと思います。

宮崎　そこを小学生たちに見てほしいですね。幼稚園の子は泣くかもしれません、残酷なシーンもありますから。でも、僕は命にかかわる問題なんだから、それはどうしてもそういう問題として分かるように描きたかったんです。もう一方、血の問題もおぞましいものというふうに片づけないでほしい。もののけ姫は血に汚されるんじゃなくて、血によって清められたんだと思いたいんです。同時に生き物たちは人間に痛めつけられて、恐ろしい呪いを生み出してタタリ神になる。そういう生き物たちのやりきれなさというものも描きたかった。そういう部分を描かないと、人間と自然のかかわりについて語ることは出来ないんじゃないかという気がします。そんなことでエンターテイメントとして成立するかどうか分からないまま、突っ込んじゃったんですね。

身体中の毛穴から邪悪なものが出てくる実感がタタリ神に

——タタリ神というのは、全身からワーッとヒルみたいなのが出てきますよね。あのイメージが凄くて、いかにも宮崎さんらしいなと思ったんですが。

宮崎　あそこはこんなことやってていいのかなと思いながらやってました。タタリ神みたいなものに形を与えていいのかじゃなくて、もともと形のないものですからね。形を与えるということにスタッフはみんな、戸惑っていました。僕なんかには実感というか、体験としてあるんですけどね。そういう気分に襲われることが。自分では抑えきれなくなって、感情的なものが爆発し、身体中から毛穴という毛穴から邪悪なものがワーッと出てくる感じがすることがあるんです。

――ありますね。私も実感としてあります。それをイメージにしたわけですか。

宮崎　みんなそういう体験を持ってるのかと思ってたら、あんまり持っていないことが分かりました。若いスタッフに描いてもらったら、そういう攻撃的な部分がなくて、イカスミ・スパゲッティみたいなものになっちゃったんです（笑）。でも、ジブリ育ちの若い連中は、どれだけ手間のかかるものでもやんなきゃいけないものはやるという習慣が身についていますから、あんな面倒臭いものでも黙ってやってくれました。

――あれを動く絵にするのは面倒臭いんでしょうね。

宮崎　ものすごく面倒臭いんです。後半の乙事主《おっことぬし》のネバネバなんかも実に面倒臭かった。よくやってくれましたよ。実は、夜になったら地面から出てきて、そこらじゅうの植物を食い荒らす夜盗虫というのがいますでしょ。

――はい。

宮崎　うちの女房が毎晩、懐中電灯を片手に表に出て、その夜盗虫退治をやってるんですけど、この映画を見て、お父さんとんでもないものをつくったね、あのタタリ神は夜盗虫の大群が生えてきたみたいですよっていうんです（笑）。

――ディダラボッチというのも、すごいイメージで展開されますね。

宮崎　あれは巨人伝説に出てくるものなんです。あまりにもでかくて日本の話の中では収まりようがないんですね。佐渡と越後をまたいだとか、そういうふうにでかくなりすぎた巨人の説話が日本にはいっぱいあるんですよ。ほんとうは大太法師《だいだぼうし》というんですが、地方によって「だいだらぼっち」とか「でいらぼっち」とか呼び方が違うようです。山村で暮らしてる人間が危険な山や森にやってきて、そこで木を切り、火を焚き、鉄を作ってる不思議な人びと、しかもその人たちは目をやられたり、腕や足をなくしてる者が多かったみたいですが、そういう人びとを目撃したことから巨人伝説というのが生まれているんですね。それは実に面白い話なのにいままでの時代劇では取り込みようがなかった。それで誰も映像化していないんですが、だったらいただいてしまおうということで絵にしてみたんです。

――森の精霊のコダマというのも傑作ですね。

宮崎　森の中にああいうのが居そうだという感じは、誰でも持ってると思うんですよね。それをどう表現するかが問題でした。森の中にいるいろんなものが見えるという人がいまして、それを絵にしてもらったら、ああいうのが出来ちゃったんです。水子地蔵みたいだという人もいますし、可愛いという人もいます。僕はどうもよく分からないんですけど、けっこう作画で面白くなったところもありますね。とにかくあれはなにもしないけど、目撃者としてそこにいるという存在でしょ。自然というのは役に立つのか立たないのかという感覚で見たら、あのコダマも役に立ちませんし、自然はある意味で役に立たないものだらけですよね。だから環境の問題というのは、人間の役に立つから残そうというんじゃなくて、役に立たないから残そうというふうに僕らの考え方を転換しないと解決しないと思うんです。役に立つ立たないというものの考え方をどっかで捨てないと、つまり、役に立たないものも含めて、全部が自然なんだという感覚にならないとダメだと思いますね。別にお説教しようと思ってるんじゃないですよ。自然と人間のかかわりあいについてだいぶ商売やってきちゃったから。『トトロ』ではずいぶん稼がしてもらいましたし（笑）、このいちばん面倒臭い深刻な部分の扉を開けて、正面をまっすぐ進まないと申し訳ないと、そういう気持ちでこの映画を作ったわけです。

ジコ坊はこの世の中にいっぱいいる会社人間と思って描く

――まっすぐに進む道は、でも予想以上に大変だったみたいですね。

宮崎　ほんとに迷走に迷走をつづけました。だから全体を俯瞰して眺めることが一度も出来なかったんです。そのため、このシーンを作ったけれども、このシーンはほんとうにいるのかいらないのか、俯瞰してから判断することが出来ませんでした。とにかく絵コンテが最後まで出来上がらなくて、出来上がったのは今年（一九九七年）の正月なんですよ。それが出来上がって、スタッフ全員が、あ、これでこの映画は終わるんだと思って、ホッとしたといいます（笑）。僕が絵コンテを描いているときはみんな終わりが見えなかったんですね。ですから、絵コンテが完了したあとは、けっこうみんなスピードが上がってきて、幸運も重なって――応援が得られたんですね

――それで絶対間に合わないんじゃないかと思っていたのが、みんなが呆気にとられているうちに終わることが出来ました。泣くの喚くのという修羅場を経ることなく、ある意味で粛々と終えられたんです。四月段階ではまだ終わりは見えてなかったんですけどね。僕は髭をはやしてたんですが、これだと終わらないなと思って、髭剃ったりして。やっぱり俗人に戻ろう、そうしないと映画は出来上がらないって（笑）。そういうと冗談言ってるみたいですけど、そのときはけっこう真面目に考えて髭を剃ったんです。いまはまたはやしたくなってますけどね（笑）。

――ジコ坊という人物が私にはよく分からなかったんですが、彼はどういう存在だったのでしょうか。

宮崎　僕は彼はこの世の中でいちばんたくさんいる人間だと思ってるんですけど。いい人で質問すると親切に答えてくれる。組織の人間としてはその機能をちゃんと果

たしますしね。組織と人間のあいだで分裂して悩むかというと、損得で動いているので悩むことはない。分裂してるんだけど平気でいる。組織の命令が下りると善悪は考えず命令に従う。しょうがないけどこれは命令だからやらなきゃいけないという姿勢ですね。やることの際どさは十分に分かっているから、なるべくエボシ御前にやらせようという世知にもたけている。やってることのおぞましさは十分知っていながらそれをやるんだから、じゃあ悪人かというと、悪人とは言いきれないんです。

――彼は誰かの命令で動いてるんですか。

宮崎　師匠連の師匠たちの命令で動いているんです。やんごとなき方々もいる師匠連はなにを考えているのか。師匠連て何者かと質問するスタッフにたいしては、君は徳間グループの一員だろ。じゃあ徳間グループのトップが何を考えていて、どうやって政策を決め、どういう方針で物事をすすめているか知ってるか。そんなことは知らなくてもやっていけるだろ。だからジコ坊だってそんな雲の上のことは考えないし、解説などしないんだと答えていました。彼はまた石火矢衆という現場の組頭でもあります。

――坊さんですよね。

宮崎　日本というのは、室町期なんてのはとくにそうですけど、得体の知れない奴がいっぱいいるんですよ。彼は半俗半聖というか、ちょうど山伏みたいなもんです。

山伏というのも坊主じゃないですよね。坊主じゃないけれどもただの俗人でもないという存在。そこらへんが明瞭じゃないんです。そういう人たちがあの時代にはいっぱい輩出して、その連中はいったい何をやってるのか分からない。絵巻物を見ても、実に奇妙な格好をしてながら、大手を振って大通りを歩いてる。唐笠なんてのはそう簡単には持てるはずがないのに、連中はボロをまといながら平気で持ってる。そういう混沌とした時代ですから、だからいろんな結社があったし、いろんな組があっただろうと思うんです。唐笠連というのも石火矢衆というのもそのひとつですね。あの牛飼いというのも、映画の中ではあんまり活躍しなかったですが、あれも武装集団でただの人夫の集まりじゃないんです。命令系統があって戦わなきゃいかんときのために、ちゃんと武装している人たちなんですよ。ま、師匠連が何を考えてるかということは、だいたいそういう連中の考えていそうなことはみんな同じですから、それを説明しろといわれても、見たら分かるでしょうと言う以外ないですね。子どもたちは分からなくても、そのへんはあんまり気にならないんじゃないですか。でも、僕はジコ坊を殺す気は全然ありませんでした。こういう人を否定すると、僕らはほとんどの人間を否定しなければいけなくなる（笑）。みんなお父さんたちはこうやって生きてるんだよと、それは分裂したり心の病にかかったりする人もいるけれども、会社人間というのはほとんどがこういう人たちですよね。やばいなこれはと思いながら、組織決定だったらやるんですね。いま銀行や証券会社の不正が発覚してますけど、あれは発覚したから騒ぎになったんであって、発覚しなかったら悪いことをやってるという意識もなしに、ずっと同じことをやっていたと思います。顔つきが顔つきですから、ジコ坊はそんなに悪人には見えないと思いますけど、それなりに複雑な人間にしたつもりです。

足を踏み入れたことなき山奥の緑の地に故郷を感じる日本人

宮崎　エボシ御前も複雑にしましたし、犬神のモロもできるだけ複雑にしたつもりです。モロにはやさしさと狂暴さが矛盾することなく同居しています。その両者を対立するものと考え、片方を取り除いたり叩き直したりしなければいけないと思うのは、たいへんつまらない考えです。暴力というのは人間の否定面、病気の部分じゃなくて、人間の属性のひとつだと考えないと、人間の理解を非常に狭くしてしまいますよ。日本は戦争に負けたあと、そういう部分を否定的部分としてとらえるようになり、まっとうに育てば、暴力は持たなくてすむものだと思ってきたけれども、その人間認識がいまいろんなところでボロを出してきているんじゃないですか。

――湾岸戦争のころから大きなボロを見せてきましたね。

宮崎　あのころからもろに出ました。アシタカの立場なんかも、ある意味では湾岸戦争に出会った我々と似ています。我々はあのとき、どっちに加担するか決められなかった。フセインも頭にきたけど、アメリカ側につくのも潔しとしなかった。どっちに味方すればいいいんだとグズグズ迷っているうちに、税金だけは払わなきゃいけなくなったんです（笑）。そういうことはこれから国内においても、世界においてもいっぱい起こるだろうと思います。ユーゴスラビアの内戦のようになると、どちらにも加担のしようがなくなりますよね、別にどちらかに加担しなきゃいけないということでもないんですが。そして、アシタカはどちらにも加担できなかったけれども、自分の愛している者は救いたいと、最後はもうそれしかないと思って、ああいうラストにしたわけです。でも映画を見て、いちばん可哀そうなのはシシ神だっていう人がいましたね。

――なにも悪いことしていないのに、首を狙われるわけですから、可哀そうですよ。

宮崎　可哀そうといえば可哀そうなんですが、可哀そうという次元を越えてると思いますけどね。あそこで美しく甦ってくる緑の大地というのは、いまの日本の風景だと思っています。ああいう穏和な風景のほうが、日本人にとっては居心地がいいんです、うっそうとした森よりもね。それが自然だといってしまえばそうなんですけど、日本の古来からの自然だと思ってしまうと、日本人の精神史の変化を見誤ると思います。照葉樹林帯をなくし、おまんじゅう山の穏やかな里の風景というのを日本人は作ってきたのです。その作ってきた過程をみると、ああいう風景が決定的になったのは鎌倉から室町の時代だったと思えます。その樹林帯を圧殺していく過程で、あいた穴を埋めていったのが実は鎌倉仏教だったと僕は解釈しています。

——あのラストの緑が日本人の心の故郷だというのはよく分かります。

宮崎　日本の神様ってのは悪い神と善い神がいるというのではなくて、同じひとつの神があるときは荒ぶる神になり、あるときは穏やかな緑をもたらす神様になるというふうなんですね。日本人はそういうふうな信仰心をずっと持ってきたんですよ。しかも、現代人になったくせにまだどこかで、いまだ足を踏み入れたことのない山奥に入っていくと、深い森があって、美しい緑が茂り、清らかな水が流れている夢のような場所があるんじゃないかという、そういう感覚を持っているんですね。そして、そういう感覚を持っていることが、人間の心の正常さにつながっているような気がしています。この世界に民族というのはどのくらいあるのか知りませんけど、こういう感覚を持った民族ってのはあんまりいないんじゃないですか。それは一種の原始性かもしれませんが、人間が生きるために自然環境を保護しようという以前に、自分たちの心の大事な部分に森の持つ根源的な力みたいなものが生きている民族性でもあるんですよ。いくら規制緩和が叫ばれても、そういうものは捨てちゃいけないと思います。そういう民族の記憶ってものは、親が子どもに教えたわけでもないのに、ずいぶん多くの人の間でいまだに継承されていて、聖なるものとはそういうものだと心のどこかで思っているんですね。天上界があって、死んだら天国に連れていくとか、極楽に行けるとか、最後の審判のときにハカリにかけるとか、そんないじましい神様じゃないんですよ、我々が信じているのは。深い森の中になんのためにというのでもなく聖なるものが存在している。そこがこの世界のヘソであり、自分もいつかその清らかなところに帰りたいと思ってる。だから日本人はある年齢に達すると、みんな良寛さまに憧れるんです（笑）。そういう「貧」と「清」とを尊び、「無一物」に憧れる。でもそれは砂漠の中の無一物じゃなくて、正常な森とか清らかな水とか、そういうものに取り囲まれた無一物なんです。僕は屋久島へ行くとそういうものを感じるんですね。この水の量と木の輝き、大きな一本の木にいっぱいいろんなものが生えていて、高い梢のほうに木とは別の種類の花が咲いていたりする。親の木の命を吸いとるわけでもなく、いろんな生物がいっしょに一本の木に生きている。そういう風景を見ると、なんか突然、これはもっと早く見なきゃいけなかったものだと思い、僕らに見られるまえから、その景色はここにずっとあったんだという感動に襲われるんです。これはなんだろうと思いますね。この心の動きは近代人のものじゃないですよ。

――なるほど。そのへんがこんどの映画で宮崎さんを突き動かしてきた根っ子のようですね。その理屈では割り切れない複雑なものが『もののけ姫』にはそのまま出ていると思います。残念ながら時間が来ました。どうもお忙しいところありがとうございました。

宮崎駿（みやざき・はやお）一九四一（昭和一六）年〜。映画監督・アニメーター。東京生まれ。一九八五年にスタジオジブリを設立。「千と千尋の神隠し」はベルリン国際映画祭金熊賞・アカデミー賞長編アニメ賞、「ハウルの動く城」はヴェネツィア国際映画祭オゼッラ賞・ニューヨーク映画批評家協会最優秀アニメーション賞を受賞している。「森の持つ根源的な力は人間の心の中にも生きている」は、『シネ・フロント』一九九七年七月号に発表された。底本は『折り返し点 1997〜2008』（二〇〇八年、岩波書店）を使用している。森や山に関連する座談会に、「アニメーションとアニミズム――「森」の生命思想」がある。

3 森で迎える死と祈り

戯曲　楢山節考（三幕）

深沢七郎

登場人物

おりん　六十九歳
辰平　おりんの倅　四十五歳
玉やん　辰平の後妻　四十五歳
けさ吉　辰平の倅　十六歳
はん吉　〃　十二歳
とめ助　〃　八歳
おかや　〃　娘　三歳
松やん　けさ吉の嫁　十五歳
又やん　隣家の老人　七十歳
東造　又やんの倅　四十二歳
飛脚　玉やんの兄　四十八歳
照やん　五十歳位
亀やん　四十男
石やん　四十男
元やん　三十五、六歳

第一幕

第一景　根っこのおりんの家

場所　信州の山村
時　江戸末期。夏。

幕開く。おりんの家、粗末な農家、長い縁側と居間、正面には奥の納戸に通ずる戸、上手に古いタンスと上に仏壇があって、その上は戸棚になっている。縁側は上手の戸袋から戸が閉まるようになっている。下手にせまい土間、かまど。家の外景は下手に物置小屋とチョロチョロ川。上手に又やんの家少し見える。
家の前は下手に通り道。低い生垣と境にケヤキの根っこがある。
幕上ると根っこに、はん吉、とめ助、近所の子供二、三人腰かけたり、根っこの上に立ったりして遊んでいる。居間にけさ吉寝ころんでいる。

とめ助　俺家《おらん》のうちにゃ、雪割豆がうんとあるぞ。（自慢するように）
近所の子A　俺のうちにだって、うんとあるぞ。
近所の子B　うちにだって、うんとあるぞ。
とめ助　どこにあるか、知ってるか？
近所の子A　俺だって知ってるよ。

とめ助　俺家《おらん》のうちじゃ（指をさして云おうとする）

はん吉　とめ助、そんなことを云うものじゃねえぞ、冬になってから食うためにしまっておくのだぞ。

とめ助　兄ちゃん、冬になったら食うのだな。

近所の子等、また遊びだす。

とめ助　俺家《おらん》のうちにゃ、雪割豆がうんとあるぞ。

近所の子B　うちにだって、うんとあるぞ。

けさ吉起き上って根っこの所へ出て来る。

けさ吉　とめ助、豆は、どこへ置いとくか知ってるか？

とめ助　…………。

けさ吉　こないだまで物置においてあったが、おばあやんが、どこかへ隠してしまやァがった、どこへ隠したか？　教えれば、とめ助、お前《まん》にもやるぞ。

とめ助　俺にもくれるか？

はん吉　とめ助、教えるじゃねえぞ、冬になってから食うのだに、食ったりすればなくなってしまうぞ。

けさ吉（騙すように）黙ってろ、とめ助、どこにあるか、教えれば、食わせてやるぞ。

とめ助　本当だな、教えてやろか、お仏壇の上の戸棚の中にあるぞ。（指をさす）

はん吉　バカ。

けさ吉、家の中へとび込んで仏壇の前

に行く。戸棚に手がとどかないので踏台を持って来て戸棚の奥から大きい袋をとり出す。はん吉、とめ助、けさ吉のそばに走って行く。

けさ吉　（近所の子供達に）みんな、早く家《うち》へ帰《けえ》れ帰れ、早く帰《けえ》れ。（子供達帰って行く）

けさ吉、豆をワシ摑みにして二回、ふところに入れる。豆の袋を戸棚に入れる。

けさ吉　ほれ、（とめ助に）一粒、二粒、三粒。（数えて三粒だけやる）

はん吉　兄ちゃん、俺にもくれ。

けさ吉、一粒ずつ数えて三粒やる。

はん吉　兄ちゃんも三ツだけにしておけ。

けさ吉　コバカ、てめえ達のようなガキと、俺じゃ違うぞ。

おりん、おかやをおぶって下手から根っこの所へ帰って来る。家の中を見て、あわてて走って行く。

おりん　バカ、勿体《もってえ》ねえことを、お前《まん》だちはバカの奴だなあ。（おかやを縁側におろす）

はん吉の豆を取りかえす。とめ助の豆も取りかえす。

おりん　けさ吉、もってえねえことを、さあ、みんな元のところへしまっておけ。

けさ吉、しぶしぶふところから豆を出して戸棚の袋の中に入れる。豆、二、三粒こぼれる。とめ助すばやく拾って口の中に入れる。

おりん　お前《まん》達は大事のものを、そんなに無駄にしてしまって、もってえねえことを、冬になってからどうするだ、けさ吉、お前《まん》は年が上だから、子供だちを怒らなければダメだぞ。さあ、ふところへ入れたのは、みんな元の所へしまっておけ。

けさ吉、また豆をふところから出して戸棚の袋へ入れる。豆、一粒こぼれる。はん吉すぐ拾って口に入れる。

おりん　（はん吉の頭を叩く）バカ、てめえもけさ吉のようなバカの奴の真似をしちゃダメだぞ。（けさ吉出て行こうとする）

おりん　けさ吉、（おかやを抱き上げながら）お前《まん》、こないだも、物置から豆を出してしまったじゃねえか、それだからお仏壇の上へ隠しておいたのだぞ、それでも、まだ勝手に持ち出して、（仏壇のそばに行く）こっちへ来い。（けさ吉家の中に上る。おりん、けさ吉の肩をひっぱって仏壇の前に坐らせる）さあ、御先祖さんの前で謝れ。冬にならんのに、いたずらに豆を食ったりして、御先祖さんは、な、豆でもなんでも残しておいてくれたのだぞ、御先祖さんが、みんな、畑をこしらえてくれたり、モロコシの種《たね》でも、白萩《しらはぎ》さまの種でも、みんな御先祖さんが残しておいてくれたからだぞ、御先祖さんは、山へ行って、この家《うち》を守ってくれてるのだぞ、さあ、御先祖さんの前で謝れ、二度と、こんなバカのことをしないように。

けさ吉仏壇の前に手をついて。

けさ吉　お悪《わる》うございした。（頭を少し下げ

ただけで上に高くもち上げてお辞儀をする）

おりん　お山の方をむいても謝れ。

けさ吉、お山の方――花道の方――に向って手をついて。

けさ吉　お悪うごいした。（頭を少し下げただけで上に高くもち上げてお辞儀をする）

けさ吉のふところから豆がこぼれる。おりん、急いで拾い上げる。けさ吉のふところに手を入れて探り出す。

おりん　もってえねえこと。（二、三粒出してしまう）

けさ吉、根っこの所へ行く、ふり返って、おりんにぶつぶつ文句を云うように。

けさ吉　おばあやん、一人でばかり食うずら、（間をおいて）自分ばかり食や、いいさいいさ、歯が達者の人は、いいさいいさ。

けさ吉出て行く、おりんその後姿に。

おりん　バカ、冬になって、困るようにならなければ食ったりしないぞ。

おりん、呆然としている。思い出したように仏壇の前に行く。仏壇の中から火打石をとり出す。あたりを見廻して、左手で口を隠す。右手に火打石を持つ、（大向うより声）歯を叩く、間をおいて、再び叩く、家の外に飛脚来る。根っこの所で家の中をのぞく。

飛脚　根っこのおりんやんの家はここけえ？

おりん火打石をしまう。飛脚縁側に来る。

おりん　そうでごいすよ、あんたは？
飛脚　向う村から来やしたけど。
　　飛脚、縁側に腰かける。おりん、かしこまって坐る。
飛脚　あんたの里から頼まれて来たのだけど。
　　飛脚家の中を見廻す。
飛脚　おととい、後家になった者が出来たけど、ちょうどいい話じゃねえかと思って。
おりん　そりゃ、まあ、ご苦労さんでごいす。まあ、有難うごいす。
飛脚　年は四十五だけんど、気持はやさしい女でごいすよ。
おりん　うちの辰平も四十五で、ちょうど、いい話でごいす。まあまあ、ありがとうごいす。
飛脚　あれ、それじゃァ、同じ年で。
おりん　ご苦労さんでごいす。わしも来年になれば、早々《そうそう》に山へ行きやすから。
飛脚　…………。
おりん　これで山へ行くにも、なんの心配もなくなって、山へ行く時のムシロも三年も前から作っておきやしたから安心でごいす。（飛脚のそばに口を近づけて）山へ行く時の振る舞いも、いばれるほどでもねえけど、白萩《しらはぎ》さまもドブロクも、ちゃんと支度がしてありやすから、これで嫁が来てくれれば、わしも安心して山へ行けやす。有難うごいす。
飛脚　おばあやんはいい人だなあ。（おりんのそばに口を近づけて）山へは、ゆっくり行った方がいいさ。

おりん　（軽く）なに、早く行った方がいいさ、早く行った方が山の神様《かみさん》にほめられるさ、この家《うち》のお姑も山へ行きやした。向う村のわしのおっ母ァも山へ行きやした。先に行った人だちが待っていてくれやすものを。

飛脚　…………。

おりん　（横をむいて）山では、わしの行くのを、きっと待っていてくれやすよ、（立ち上って茶碗に湯を入れながら）それで、いつから来てくれやすか？

飛脚　おととい亭主の葬式をしたばかりだから、四十九日でもすぎたら来るようにしやァしょう。

おりん　そうでごいすけ、それじゃァ、四十九日がすぎたら、すぐに来るように云ってくれんけ。

おりん仏壇の上の戸棚から豆を一掴みとりだす。

おりん　あんた。食べながら帰っておくんなって。

飛脚　あれ、悪いねえ。

おりん　早く仕舞っておくんなって、誰かに見られると嫌だから。

飛脚　あれ、悪いねえ、（手拭に包んでふところに入れる）それじゃ、家へ持って帰って。

おりん　一人で食べねえよ、食べながら帰っておくんなって。

飛脚　家へ持って帰りやす、有難うごいす。

ふところに手をやる。

おりん　すぐに知らせに来てくれて、ご

苦労さんでごいす、あんた一人だけで食べねえよ。
飛脚　有難うごいす、家へ持って帰りやす、冬になってからいただきやす。
おりん　ご苦労さんでごいしたねえ。
飛脚　わしも安心しやしたよ。後家になって困ったことになったものだと思っていたところを、すぐに話がきまって、それに、おばあやんはいい人だし、安心しやしたよ、（立ち上って）それじゃア、四十九日がすぎたら必ず来やすから、お願いしやす。

飛脚、根っこの所まで行く、おりんあわてて。

おりん　あんたあんた、嫁に来る人の名は、なんという名だね？
飛脚　ああ、うっかりしていて、玉《たま》という奴だけんど。
おりん　玉やんというのでごいすね、そうけえそうけえ、あの、念を押すようだけんど、四十九日がすぎたらすぐに来てくれやすねえ、わしも、倅が帰って来たら話しておきやすから。

飛脚出て行く、後姿に。

おりん　待っていやすからねえ。

おりん一人になる。おかやを抱く、辰平帰って来る。根っこの所に背負籠をおいて腰かける。おりん家の中から辰平の後姿に。

おりん　おい、向う村から嫁が来ることになったぞ、おととい後家になったばかりだけんど。
辰平　そうけえ、向う村からけえ、この家にゃ向う村から二代つづいて来ることなるなあ、いくつだと?

おりん　玉やんと云ってなァ、お前《まん》と同じ四十五だぞ。

辰平　いまさら、色気はねえだから、アハハ。

おりん根っこの所にゆく。

おりん　さっき、飛脚が来てなァ、四十九日がすぎたら、すぐ来ると云っていたぞ。

おりんからおかやをとって辰平抱く。

おりん　よかったじゃねえか、嫁が来なかったら……、わしも、これで思い残すこともねえ。

下手で唄。

〽楢山祭りが三度来りゃよ
栗の種から花が咲く
おりん歌の方へ耳を傾ける。辰平の顔をのぞく、辰平アゴを突き出して聞いている。

おりん　お祭りが来るというに、今年は誰も唄い出さんので。

辰平　…………。

おりん　やっと、歌を唄いだしたよォ。お祭りの歌も今年で聞き納めだ。もう唄いだすか、もう唄いださんのかと思っていたのに、今年はいつもより、おくれたような気がするが、これで、やっと落ちついたような気がするよォ。嫁もきまったし。

〽塩屋のおとりさん運がよい
山へ行く日にゃ雪が降る
唄と共に舞台暗くなる。

太鼓の音。

〽夏はいやだよ道が悪い

むかで長虫やまかがし

唄と共に舞台明るくなる。

第二景　根っこのおりんの家

子供だち家の中にいる。おりん、おかやを抱いて縁側に腰かけている。

おりん　あさってはお祭りだ、まだ、いろいろすることがあるから、はん吉、おかやを少しおぶってくりょォ。

はん吉　白萩様は、今夜炊くのかい？　あしたの朝炊くのかい？

おりん　バカ、あさっての朝だ。

はん吉、おかやをおぶいながら唄う。

〽かやの木ぎんやんひきずり女
　姉《あね》さんかむりでネズミっ子抱いた

おりん　よせよせ、そんな歌は、そんな歌を唄ってカヤの木の家《うち》の人にでも聞こえれば悪いから、そんな歌はよせよせ。

けさ吉帰って来る。はん吉唄いだす。

〽夏はいやだよ道が悪い
　むかで長虫やまかがし

おりん根っこのところの薪をかたづけだす。

おりん　「夏はいやだよ」ということは、道が悪いからだぞ、山へ行くには、夏は道が悪いからよせということだ。

はん吉　なぜ？　夏は道がわるいずら？

おりん　そういうことになってるのだ、夏行けば、な、行く道にムカデや蛇がいて嫌だよう、「夏はいやだよ道が悪い、むかで長虫やまかがし」って、歌のとおりだ。わしも、夏、山へ行くなんか嫌だよう、わしゃ蛇は大嫌えだ、山へ行くにゃ冬行くことにきまってるだ。
けさ吉　（縁側に腰かけていて）夏、山へ行けば、なんぼでも生きていて困るからだ。
飛脚再び来る。根っこの所で。
飛脚　こないだは。
おりん　あれ、あんたはこないだ来た、向う村の、嫁を世話してくれると云って来た。
飛脚　そうでごいす、今日はほかのことで来やした。
おりん　まさか、嫁が来《こ》ねえことになったのじゃ？
飛脚　そんな話じゃねえ、あんたの妹が昨夜《ゆうべ》死んだから知らせに来たのでごいす。
おりん　あれ、向う村のわしの妹は、死んだのでごいすけ！　（呆然とする）
飛脚　ゆうべポックリ死にやした。
おりん根っこの所に出て、下手の通り道まで来る。向う村の方を眺めて。
おりん　これでわしの姉妹は、わし一人になってしまいやした。妹だけ残っていたけど、わしより十二も下だったけど、可哀想に、山へも行かずに、（手を合せて）可哀想に、山へも行かずに、運がいいというか？　悪いというか？　それでも（飛脚のそばへ行って）わしも、山へ行く日に、妹が生きていたら、わしのことを心配するけど、妹は先に死にやした、わしゃ運がいいというものでごいす。

飛脚　それで、おばあやん、わしと一緒に行きやすけ？　別れに、顔を見に。

おりん　…………。

飛脚　一緒に行くじゃ、わしと一緒に。

おりん　（考えこんで）わしゃ、すぐ山へ行くのだから、死んだ妹の顔を見て、涙を流して、向う村の人に笑われたりするのは嫌でごいす。（おりん顔を隠して涙をふく）

飛脚　そんな心配もねえさ、逢いたいでごいしょう？

おりん　妹の顔を見れば泣けるから、困りやす。笑われたりするのは嫌でごいす。（家の方をむいてうずくまる。泣く）

飛脚　そんな心配もねえさ、わしと一緒に行って、ホトケさんの顔に逢って。

おりん立ち上って、聞かない振り。

おりん　けさ吉、早く辰平を呼んでこう、裏の山の入口にいるから。

けさ吉、辰平を迎えに物置の後へ行く。

おりん　倅の辰平だけ行かせるから、わしは行かないことにするから。

飛脚、おりんの顔を眺めて涙を流す。

飛脚　そんなに、村の人達に義理を立てることもねえと思うけんど。

辰平足音を立てて来る、けさ吉おくれてくる。

辰平　向う村の叔母《おば》さんが死んだと？

辰平と飛脚顔を合わせる。

飛脚　あんたは、辰平やんで？

辰平　知らせに来てくれて、御苦労さんでごいす。

飛脚　わしは、こないだ嫁の話を持って来やしたけど。
辰平　おっ母ァ、叔母さんに別れに行かんか？
おりん　辰平だけ行けばいい、わしは家《うち》にいよう、あさってはお祭りでいろいろ用もあるから。
辰平　…………。（考え込む）
おりん　辰平だけ行けばいいさ。（ひとりごとのように云いながら前に出て向う村の方を眺める）
飛脚　こないだの話の、嫁は、わしの妹でごいすよ。
おりん　どうも、あとで、わしも気がついたけんど、後家になった人の、身内の人じゃねえかと思っていやした、やっぱり兄ちゃんだったのでごいすねえ。
辰平出かける仕度をしている。飛脚を辰平のそばに近づけて。
おりん　辰平、この人は嫁になる玉やんの兄貴だぞ、お前《まん》にも兄貴になる人だ。
辰平　御苦労さんでごいす。
飛脚と辰平外に出る。
辰平　（家の中へ）行ってくるよ。（飛脚に）おばあやんは、行きてえけど行かんのでごいす。
飛脚　そんなに、村の人達に義理を立てることもねえと思うけんど。
おりん見送って、楢山の方に向って手を合せ。
おりん　楢山さん、妹はゆうべ死にやした、わしゃ、これで一人になりやした、わしが山へ行く日に泣いてくれる妹は死んでしまいやした。有難いことでごいす、わしゃ運がいいというもんでごいす、楢山さん、わしが山へ行く日にゃ、どうか雪が降ってくれるようにお願いしやす。

拝み終って根っこの所に隣りの又やんが腰をかけているのに気がつく。おりん、又やんのそばに行く。

おりん　又やん、向う村の、わしの妹は十二も年が下だけど、ゆうべ死にやした、可哀想に山へも行けず、運がいいと云うか悪いと云うか。

又やん　運がいいと云うもんでごいす、わしのように、この年になっても山へ行けず、生き恥をさらしているより運がいいと云うもんでごいす。

おりん　又やん、本当なら、お前《まん》は去年の冬山へ行くだったのに、お前《まん》も可哀想なひとだなあ、生き恥をさらして、そんな思いまでして生きていたって、しょうがねえじゃねえか。自分の息子にまで嫌われて生きているより、惜しがられているうちに死んだ方がいいじゃねえか、いつまで生きていても同じことだ、御先祖さんも、みんな山へ行ったじゃねえか、

又やん、村の人はなんと云ってるか知っているか、お前《まん》の家じゃ山へ行く時のふるまい酒が惜しいから山へ行かんのだと云ってるぞ。

又やん　堪忍《かんにん》してくりょォ、山へ行くだけは。

おりん　バカなことを云うもんじゃねえ、

そんなことを云っては山の神様《かみさん》に申しわけねえぞ、山へ行ったお前《まん》の御先祖さんにも申しわけねえぞ。
又やん　堪忍《かんにん》してくりょォ、山へ行くだけは。
おりん　バカなことを云うもんじゃねえ、わしは来年、七十になったら早々《そうそう》山へ行くつもりだ。
又やん　あんた行ってしまうか。（泣く）
おりん　わしゃ、ずっと前から、山へ行くのを待っていた、ただ、食う物ばかり食っていて、わしのような者がいるから、わしゃ肩身がせまくて、山へ行く日を毎年毎年数えていたのに、又やん、まさかお前《まん》は、つんぼゆすりをされて山へ行くじゃねえらな？
又やん黙って少しずつ帰って行く。
おりん　（後を眺めて）又やん、この冬は山へ行ってくりょォ。
舞台次第に暗くなる。

第三景　根っこのおりんの家

太鼓と三味線で華やかに祭り唄。
〽楢山祭りが三度来りゃよ
栗の種から花が咲く
唄と共に舞台明るくなる。子供達、根っこに遊んでいる。けさ吉家の中に寝ころんで、おりん、おかやを抱いている。唄つづく。
〽塩屋のおとりさん運がよい
山へ行く日にゃ雪が降る
おりん　今日は、年に一度のお祭りで白

萩様の、白い米の飯を、みんなうんとたべたし、みんなお祭り場へ行ったらどうだい？
けさ吉　飯を食いすぎて動けねえ。
はん吉　俺も食いすぎて動けねえ、白いめしは白萩様だから、白いめしだなア。
おりん　白いら、まぶしいように白かっつら。
おりん、おかやを抱いて嬉しそうに根っこの所に出てくる。はん吉唄う。
〽かやの木ぎんやんひきずり女
おりん　よせよせそんな歌は、かやの木の家《うち》のひとにでも聞かれると悪いから、そんな歌を唄うものじゃねえぞ。
けさ吉根っこの所へ出て来る。唄う。
〽かやの木ぎんやんひきずり女
姉《あね》さんかぶりでネズミっ子抱いた
おりん　よせよせ、そんな歌を唄うものじゃねえ。
はん吉　なぜ聞えると悪いのだ？
おりん　その歌は、かやの木の家《うち》の悪口を云ってるのだぞ、けさ吉、お前《まん》にも教えておくけど、かやの木の家のぎんやんという人は、わしがこの家に嫁に来た頃は生きていた人だ、いくつになっても山へ行かなんで、八十いくつかまで生きていた人だ、いくつになっても山へ行かなんで、村の人に顔を見られるのが恥かしいから家の中にばかりいたのだ、外へ出る時には顔を隠して歩いたのだぞ、孫やヒコのお子守りばっかりしていたのだ、ネズミっ子というのは孫の、そのまた子どものことだ、だらしのねえひとだと云われて、ひきずり女だなんて云われたのだ、「姉《あね》さんかぶりでネズミっ子抱いた」というのは、村の人に顔を見られるのが嫌だから、手拭で頰かぶりをしていたのだ。

けさ吉　それじゃァ、こんな恰好かい？

けさ吉手拭で頰かぶりをしておかやを抱く、ねむらせるようにゆすりながら踊りだすように。

けさ吉　「姉さんかぶりでネズミっ子抱いた」。

おりん　よせよせ、そんな真似をするものじゃねえ。

けさ吉　「姉さんかぶりで孫ヒコ夜《や》叉子《しゃご》」と唄うひともあるぞ。

はん吉　ヤシャゴってなんだ？

おりん　夜《や》叉子《しゃご》というのはヒコの、そのまたこどものことだ、ネズミっ子のそのまた子どものことだ。

近所の子供達二、三人通る。おりんあわてて近所の子供達の顔をみる。

おりん　よかったよォ、かやの木の家の子どもがいなくて、けさ吉、そんな歌は唄わなんで、塩屋のおとりさんの歌を唄えばいいじゃねえか、「塩屋のおとりさん運がよい、山へ行く日にゃ雪が降る」って云って、雪が降るなんて歌は何遍《なんぺん》聞いてもいい歌だ。あそこの塩屋に、昔、おとりさんという人がいたが、その人が山へ行く日には雪が降ったのだ、なあ、運がいいひとじゃねえか、山へ行くのに、雪が降れば行けなくなってしまうけど、塩屋のおとりさんという人は山へ着いたら雪が降りだしたのだ、運のいい人があったものだ、（子供達を見廻して）みんな、雪が降るゆきがふるって唄えば雪が降ってくるかも知れんぞ。

はん吉　そんねに、同じ歌ばかり。

おりん　そうだ、雪が降る降ると聞いただけでもいいじゃねえか、そうすれば、わしが山へ行く日もきっと雪が降るぜ。

辰平帰って来る、けさ吉出て行く。

辰平　お山のお祭りも、今年はいつもの年より。

おりん　いつもの年より米が白かっつら、今年でわしもお祭りの仕納めだから、白萩様もまぶしいように白くついたぞ、わしが山へ行く日にゃ、まっ白い雪が降ってくれるように拝みながら、米をよくついたのだ、わしが山へ行く日にゃ、きっと雪が降るぞ。

辰平　いつもの年より、お祭りも淋しいような気がするので、お祭り場へ行っていたけど面白くもねえから帰ってきた。

おりん　そんなことを云わなんで、ドブロクでも、うんとのめば、面白く騒げるらに、お前《まん》ろくに酒も飲まなんだからだぞ、「年に一度のお山の祭り、ねじりはちまきでまんま食べろ」と云ったり「年に一度のお山の祭り、腰がぬけるよに酔っぱらえ」

って、辰平、お前《まん》も腰のぬけるほどドブロクをのんで、酔っぱらったところをわしに見せてくりょォ、今年でお祭りも見納めだから。

辰平　おっ母ァ、なにも、どうでもこの冬に山へ行かなんでもいいだよ。

おりん　バカのことを云うものじゃねえ、七十になれば山へ行くことに、きまっていることだ、辰平、お前《まん》もお供がえらいことだなァ、「お供ァらくのよでらくじゃない、肩の重さに荷のつらさ」って、お供はえらいことだ、辰平、お前《まん》もしっかりしてくりょォ、辰平、わしゃ、しっかりしているから安心してくりょォ、わしゃ、又やんのようじゃねえから。

辰平　なにも、どうでもこの冬に山へ行かなんでも。

おりん　バカのことを云うと山の神様《かみさん》に申しわけねえぞ、冗談にでもそんなことを云ってみろ、口が曲ってしまうぞ。

辰平黙って出て行く。太鼓の音。おりん、かまどに火をつける。玉やん信玄袋を持って、来る。行ったり来たりして根っこに腰をかける。おりん気になるように時々見ている。

おりん　（家の中で）どこの人だか知らんが、お祭に来たのけ？

玉やん　辰平やんのうちはここずら。

おりん出て来る。

おりん　あんたは、向う村から来たずら、玉やんじゃねえけ？

玉やん　ええ、そうで、うちの方もお祭

りだけど、こっちへ来てお祭りをするようにって、みんなが云うもんだから、今日来やした。

おりん　そうけえそうけえ、さあさあ早く入らんけえ。

二人家の中に上る。おりん膳を持ち出して。

おりん　さあ、食べておくれ、いま辰平を迎えに行って来るから。

玉やん　（飯をたべながら）うちの方の御馳走《ごっそう》を食うより、こっちへ来て食った方がいいとみんなが云うもんだから、今朝めし前で来やした。

おりん　さあさあ食べねえよ。えんりょなんいらんから。

玉やん　おばあやんがいい人だから、早く行け、早く行けとみんなが云うもんだから、わしも早く来てえと思ってねえ。

おりん　まっと早く来りゃよかったに、昨日来るかと思っていたに。

思い出したように手で歯を隠す。

おりん　なんだから、あんな根っこのところにいたでえ？　早くうちの中に入ってくればよかったに。

玉やん　ひとりで来ただもん、なんだか困ったよォ、兄やんが連れてきてくれると云ったけど、ゆうベッからおて、祭りのドブロクで酔っぱらっちゃって、おばあやんがいい人だから早く行け早く行けって、ゆうベッから、そんなことばっかり云ってねえ。

おりん　あれ、それじゃァ、わしが連れに行ってやるだったに。

玉やん　あれ、来りゃよかったに、そうすりゃア、わしがおぶってきてやったに。

玉やん胸につかえて背中に手を廻してさすっている。玉やんのうしろにまわって、おりん肩からさすりながら。

おりん　ゆっくりたべねえよ。（間をおいて）わしも正月になったら山へ行くからなあ。

玉やん　あれ、兄やんも、そんなことを云ってたけんど、ゆっくり行くように、そう云っていたでよ。

おりん　とんでもねえ、早く行くだけ山の神様《かみさん》にほめられるさ。（膳の上の皿をおきなおして）このやまべは、みんな、わしがとってきただから。

玉やん　あれ、おばあやんはやまべがとれるのけえ？

おりん　ああ、辰平なんかも、けさ吉なんかも、まるっきり下手でなあ、村の誰だって、わしほどとってくるものはいんだから、（間をおいて）わしはなア、やまべのいるとこを知っているのだぞ、誰にも云うじゃねえぞ、わしゃ山へ行く前に、このうちの誰かに教えておくつもりだったが、けさ吉に教えようかとも思ってたけど、あいつは口が軽い奴だから、うっかりしゃべってしまうかも知れんから云えねえだよ、玉やん、お前《まん》に教えておくからなあ、夜、その穴のとこへ行って手を突っこめばきっと摑めるぞ、摑むときには、やまべの腹をさするのだ、そうすりゃ、やまべは動《うご》かねえから、これがコツだ。誰にも云うじゃねえぞ、（やまべの皿をつきつけるようにして）こんなものは、みんな食っていいから、まだ乾したのが、うんとあるから。

けさ吉入って来る。

おりん　おお、けさ吉、向う村から、お前《まん》だちのおッ母ァが来たぞ、玉やん、これが、けさ吉と云って総領だ。

けさ吉　おっ母ァだって？　（玉やんを眺めて）おっ母ァなど、いらねえぞ、（文句を云うように）めしを食う奴が、そんねにいく人《にん》も、いく人《にん》もふえれば、どうなるか知ってるか？

おりん　なにを云うだ、けさ吉、いく人《にん》も、いく人《にん》もふえたじゃねえ、ここに来た、玉やんがひとりふえただけだ、なにを云うだ。

けさ吉　去年、裏山の谷底へ転げ落ちて死んだのが俺達のおっ母ァだ。嫁を貰うじゃ俺が嫁をもらえば、それでいいじゃねえか、お父っちゃんが、そんねに、いく人《にん》も、いく人《にん》ももらう必要はねえ。

おりん　（箸を投げつける。立ち上って）バカ、何を云うだ、今夜から、めしを食わせねえぞ。

けさ吉出て行く。

おりん　（玉やんに謝まるように）いく人《にん》も、いく人《にん》もだと、ねえ、バカの奴じゃねえけ、まあ、あいつがいろいろ云うけんど、我慢してくりょォ、あんなことを云うけんど、あいつは口ほど悪い奴じゃねえから。

けさ吉と松やん夫婦気どりで来る。

おりん　あれ、あんたは池の前《めえ》の松やんじゃねえけ?

けさ吉　おばあやん、俺も松やんを嫁に貰うことにするぞ、俺は、お父っちゃんのように、そんねにいく人《にん》も、いく人《にん》も貰やァしねえから安心してくりょォ。

おりん　バカ、何を云うだ、てめえが嫁を貰うだと? （再びびっくりして）何を云うだ、てめえ、まだ十六だぞ、「三十すぎてもおそくはねえぞ、一人ふえれば倍になる」と云って、倍になるというのは、それだけめしが必要《いる》ことだ、けさ吉、お前《まん》、十六だぞ、三十になるまでにゃ、まだ十年も十五年も間があるぞ、何を云うだ。

けさ吉　俺の年の数を勘定するより、おばァ、てめえの歯の数の勘定しろ、お祭り場で唄ってる歌を知らなきゃ教えてやらァ。「根っこのおりんやん納戸の隅で、鬼の歯を三十三本揃えた」って唄ってるのを知らんか、一人ふえれば倍になるどころか、おばあやんは一人で三人分もめしを食うくせに、（松やんに）おばあはなァ、三十三本の歯で、三人分もめしを食うのだぞ。

おりん立ち上って、家の中から飛び出すように出る。けさ吉、松やん逃げる。おりん根っこの所で。

おりん　何を云うだ、バカ、何を云うだ。

おりん縁側に腰かけると、はん吉、おかやをおぶって帰ってくる。おりん、おかやを抱く。黙って玉やん抱く。

おりん　玉やん、あいつは、いろいろ云うけんど、口で云うほど悪い奴じゃねえから我慢してくりょォ。

おりん髪をとかす。おりんすっかりまごまごしている。思い出したように櫛を玉やんに見せて。

おりん　わしが山へ行ったら、玉やん、この櫛は、あんたが使いねえよ、この櫛は、このうちのお姑が使った形見だよ、わしが山へ行ったら、玉やん、お前《まん》が使いねえよ。

おりん縁側から家の中に上って。

おりん　わしは、ちょっと、辰平を呼びに行って来るから、ゆっくり食いねえよ。

おりん仏壇の中から火打石をとりだす。根っこの所に行って、まごまごする。下手の通り道に立ち止って左手で口を隠して火打石で歯を叩く。まごまごしながら引き返して物置小屋に入ってゆく。(間をおいて) 血が流れる口を押えながらよろよろ出て来る。チョロチョロ川にまたがって手で口の中をゆすぐ。立ち上ると着物の前がひろがっている。家の方に行くが、手で口を押えて川にまたがって口の中をゆすぐ。はん吉来る。おりんの顔をのぞいて叫ぶ。

はん吉　おばあやん、口の中に、血が。

おりん　歯が、歯が、かけた。

おりん花道に出る。痛そうだが嬉しそうに口を押えて揚幕まで。

第四景　根っこのおりんの家

夜、縁側の戸が全部閉っている。下手の遠くで叫び声。大きくなって、「泥棒泥棒」の叫び声。上手の縁側から戸を倒してけさ吉とび出す。下手に走り去る。すぐ辰平とび出す。下手の縁側の戸が倒れておりんころがり出る。縁の下から棒をとりだす。玉やん手に棒を持って上手の方の戸から出て来る。おかやをおぶって、とめ助、はん吉と一緒。

おりん　玉やん、泥棒だぞ、ハダシで行け。

泥棒泥棒と下手で騒ぐ村人大勢、雨屋の親父をかついで上手へ通る。間をおいて、村人上手から下手へ通る。雨屋の親父だけ上手に置いて、けさ吉、辰平、おりん家中下手から帰って来る。皆、袋に分配物を持っている。

辰平　（上手の方を見て）あの松の木に雨屋の奴を縛りつけておくが、俺家《おらんち》と又やんの家が一番近くだから、見張り番をしなけりゃならんぞ。

けさ吉　大丈夫だ、あのくらい縛りつけておけば、子供でも叩き殺せるから。

東造、又やん、分配物を持って下手から来る。

東造　お父っちゃん、よく見ろ、あそこの松の木を。豆を盗んで、縛りつけられて、今夜あたり、家中の者が叩き殺されるから。

けさ吉　（横から又やんに）「お父っちゃん出て見ろ枯木や茂る、行かざあなるまいショコしょって」って云うけんど、「お父っちゃん出て見ろ枯木や茂る」じゃなくて（東造の肩を叩いて）「お父っちゃん出て見ろあの松の木を」という奴だなあ。

辰平　（けさ吉唄わないで文句のように云ったのだが）けさ吉、歌など唄ってる時じゃねえぞ、雨屋じゃ家中十二人の者が食うものをみんなとられてしまって。

けさ吉　食うものを盗めば、その家の物はみんな村中の者に分配されて、叩き殺されても仕方がねえという村のきめだ。「いやだいやだよ盗人《ぬすっと》は、亀のそっ首、つるしん棒」って云って。（首つりの真似をする）

おりん　けさ吉、歌なんか、唄ってるときじゃねえぞ。

東造　雨屋は泥棒の血統だ、家中の奴を根絶《だ》やしにしなけりゃ、夜もおちおちねむられねえ。（又やんをひっぱり寄せて）よく見ろお父っちゃん、いつまでも山へ行かず無駄めしを食って、死ぬのを待っているお父っちゃんと、豆を盗んであの松の木に縛りつけられて、殺されるのを待っている雨屋の親父とうちのお父っちゃんと、どっちが運がいいか、よく考えて見たらどうだい。

又やん　………。

東造　（辰平に）雨屋の奴等は、根絶やしにしなけりゃ。

辰平　根絶やしにすると云っても家中十二人じゃァ。

けさ吉　「いやだいやだよ盗人は、お念《ねん》

返《げえ》しは百層倍《そうべえ》」って歌の通りだ、でかい穴を掘って埋《い》けてしまえば。

からす啼く。

おりん　あれ、そんなことを云うから、からす啼きがするじゃねえけ。

東造　今夜あたり、おとぶれえが出るかも知れんぞ。

東造、又やん上手に帰って行く。家の者達めしを食いはじめる。又やんが帰ると、下手から松やん来る。根っこに腰かけて辰平気がつく。

辰平　（めしを食うのを止めて）そこにいるのは松やんじゃねえか。

皆、松やんを見る。松やん、のろのろと歩いて縁側に尻だけ延ばすように尻だけ置く。辰平、玉やん、おりん驚く。松やん尻だけのせて動かない。

けさ吉　松やん、早く上れ早く上れ。

松やん腰かける。次第に両足を上げて少しずつ上り込む。

けさ吉　松やん、めしを食わせてもらえ。

辰平だち驚いてけさ吉を見る。松やん少しずつ動いてお膳の前に坐り込んでしまう。

玉やん　（驚いて）あれ、松やんの腹はでかいけど。

辰平　まさかけさ吉の……。

おりん　（はげしく手を振って）何も云うじゃねえ。

けさ吉　ネズミっ子が生れたら、俺が裏の山へ捨《ぶちゃ》って来るからいいワ。

松やん　ああ、ふんとに頼んだぞ。

おりん、飯を盛って松やんにやる。松やん食べる。みんな食べないで見ている。

けさ吉　おばあやんは何時《いつ》山へ行くでえ？

おりん　来年になったら、すぐに行くさ。

けさ吉　早い方がいいよ、早い方が。

玉やん　おそい方がいいよ、おそい方が。

はん吉飯を食い終って根っこのところに出る。空を見て。

はん吉　雪ばんバァが舞って来た。

おりん　（立ち上って）そうか、雪ばんバァが舞って来たか、（根っこの所に出る）そうか、今年は雪の多い年かも知れんぞ、わしが山へ行く日にゃ、きっと雪が降るぞ。（にっこりする）

舞台暗くなる。

第五景　根っこのおりんの家

〽お父っちゃん出て見ろ枯木や茂る
　行かざあなるまいショコしょって

舞台明るくなる。おりんと辰平根っこのところに立っている。

おりん　山へ行った人たちを今夜呼ぶから、みんなにそう云って来てくりょォ。

辰平　なにも、今夜でなくても。

おりん　バカなことを云うものじゃねえ、あと二、三日でお正月だ、少しばかり早くても、どうせならネズミっ子の生れんうちに山へ行くのだ、早く行って来い、みんな山へ行って留守になってしまうぞ。

辰平　俺は嫌だ、来年になってからでも。

おりん　バカ、早くそう云って来い。

辰平　俺は嫌だ、来年になってからでも。

おりん　バカ、そう云って来い、云って来なきゃ、あした、わし一人で山へ行くぞ。

　おりん、辰平の身体を押す。辰平下手の通り道へ去る。

〽楢山祭りが三度来りゃよ
　　栗の種から花が咲く
唄の間におりん家の中で綿入れをぬぐ。短い着物と着かえる。足が一尺も見える。縄帯になって、帯と綿入れをたたんでタンスに仕舞う。この間に歌。

〽なんぼ寒いとって綿入れを
　　山へ行くにゃ着せられぬ
辰平帰って来る。おりんカメと大きい杓を持ち出して下手におく。おりんと辰平上手に坐る。舞台少し暗くなって村人の照やん、亀やん、石やん、元やんの四人、粗末な白い喪服で白提灯を持って集まって来る。家の中の下手に坐ってお辞儀。

照やん　お山参りはつろうござんすが御苦労さんでござんす。

　四人揃って礼。照やん杓で酒をがぶがぶ飲んで。礼。

照やん　お山へ行く作法は必らず守ってもらいやしょう。一つ、お山へ行ったらものを云わぬこと。

　亀やん酒をのんで。礼。

亀やん　お山へ行く作法は必らず守ってもらいやしょう。一つ、家を出る時は姿を見られないように出ること。

　亀やん酒をのんで黙って帰って行く。

石やん　（礼）お山へ行く作法は必らず守ってもらいやしょう。一つ、山から帰る時は必らずうしろをふり向かぬこと。

石やん酒をのんで黙って帰って行く。

元やん　（礼）お山へ行く道は裏山の裾を廻って次の山の柊《ひいらぎ》の木の下を通って裾を廻り、三つ目の山を登って行けば池がある。池を三度廻って石段から四つ目の山へ登ること。頂上に登れば谷の真向うが楢山さま。谷を右に見て次の山を左に見て進むこと。谷は廻れば二里半。途中、七曲りの道があって、そこが七谷《ななたに》というところ。七谷を越せばそこから先は楢山さまの道になる。楢山さまは道はあっても道がなく楢の木の間を上へ上へと登れば神様が待っている。

元やん酒をがぶがぶ飲んで黙って立ち上り、帰って行く。照やんカメを持って帰っ辰平を手招きして根っこの所に出る。

辰平出て来る。

照やん　辰平やん、嫌ならお山まで行かんでも七谷のところから帰ってもいいのだぞ。

辰平　…………。（不審顔）

照やん　これも、まあ、内緒で教えることになっているから、云うだけは云っておくぜ。

照やんカメを持って帰って行く。辰平縁側の戸を全部しめる。間をおいて上手の方で子供のような泣き声（又やんの泣き声）遠く聞える。次第に大きくなって東造、又やんをおぶって出て来る。東造花道を行く。おりん上手の戸をあけて顔を出す。泣き声を聞いている。おりん戸をしめる。花道から又やん馳けて来る。おりんの家の戸をかじる。おりん、上手の戸をあける。又やんうずくまって顔を隠している。東造花道から馳けて来る。又やんを眺めている。

おりん　辰平、辰平。

辰平出て来る。

辰平　どうしたんだ？

東造　縄ァ食い切って逃げ出しやァがった。

辰平　（東造に）馬鹿な奴だ。

おりん　又やん、つんぼゆすりをされるようじゃ申しわけねえぞ、「つんぼゆすりでゆすられて、縄も切れるし縁も切れる」って縄が切れるほどゆすられて、食い切ったなどと云われて、これじゃァ、歌の文句以上じゃねえか、生きているうちに縁が切れちゃァ困るら、そんなことじゃ山の神様《かみさん》にも息子にも申しわけねえぞ。

辰平　（東造に）今夜は止めなせえよ。（又やんの手を引いて）さあ帰りやしょう。

辰平、東造、又やん上手に去る。辰平すぐ戻ってきて。

辰平　バカな奴だ、又やんの倅は。

おりん　バカな奴だ又やんは、因果の奴だ。

おりん、辰平家の中に入る。戸をしめる。静かになって、下手の戸、大きい音でバタリとはずれて、おりんムシロと背板を持って立っている。上手の戸バタリとはずれて辰平身ごしらえして立っている。おりんと辰平見得。

おりん　辰平、しっかりしてくれなきゃ困るぞ。

辰平縁側から下りる。おりんのそばに行く。おりん背板を辰平の背にやる。辰平背板を背負う。

おりん　涙なんか出すようじゃ困るぞ、しっかりしてくれなきゃ。

おりん縁側から背板にのる。

おりん　辰平しっかりしろ。

辰平よろよろ歩く、根っこの所で。

おりん　辰平、しっかりしろ。

辰平、花道で。

おりん　辰平、山へ行く時の作法は。

辰平　山へ行ったらものを云わぬこと。

おりん　（うなずいて）辰平、お前《まん》にも苦労をかけるなァ、申しわけねえと思ってるから、かんにんしてくりょォ。

辰平よろめいて、家の方あとに一足さがって踏み止まる。

おりん　辰平、しっかりしろ。

おりん目をつむっている。辰平花道を楢山へ。開いている戸から玉やん出てくる。根っこの所で見つめる。上手で又やんの泣き声。玉やん家の中に隠れて覗く。東造、又やんを縛りつけて出て来る。ゆすりながら花道を行く。

第二幕　楢山

幕開く。楢山の頂上。花道の上手寄りに岩角が突き出ている。岩から上手に白骨二、三ころがっている。岩は後へ高くなって下手の遠くまで連なっている。辰平、おりんを背負って、下手の高所に立っている。歩いて岩角の手前で。

辰平　おっ母ア、楢山さまだ、（間をおいて）ものを云うことができねえ。

辰平岩角を通る。おりん手を前へと振る。正面でおりん手足を動かす。辰平、おりんを降ろす。おりんムシロの上に呆然と坐す。からす大きく啼いて。

辰平　又やんが！　（岩角の後の高い所を仰ぐ）

からすの啼き響いて岩の上に東造の上半身現われる。又やん縛られたまま上半身ひきずり出される。東造上で下むき。又やん下で上向き。二人とも上半身だけ。おりん、辰平驚いて立ち上る。義太夫絃楽に合わせて又やんの上半身東造にゆすられる。（踊り風に二、三分）絃楽止んで、再び鳴る。東造上半身をゆする。（踊り風に二、三分）東造の髪ほぐれる。この間に辰平ムシロを両手におりんに見せないようにふるえている踊り。又やん谷に落とされる。東造の姿消える。おりんムシロの上に立つ。両手を握り胸の前におく。辰平をうしろに向かせて押す。辰平よろめいて歩き出す。おりん坐る。からす啼く。辰平花道に去る。間をおいて、チラチラ雪、おりん驚愕。からす啼く。雪を見つめて手にとる。

（唄、三味線）

〽塩屋のおとりさん運がよい
　山へ行く日にゃ雪が降る

雪はげしく降っておりん立ち上る。土の上に坐ってムシロを負う。前髪、胸、膝に雪降る。おりんの念仏の声低く始まる。次第に高くなって、ツケで辰平雪をかぶって花道から馳け戻ってくる。岩角に背延びして。

辰平　おっ母ァ、雪が降ってきた。

義太夫絃楽劇しく鳴って、おりん帰れ帰れと手を振る踊り（二、三分）。曲やんで再び劇しく鳴って辰平岩角に身体をこすりつけて踠《もが》く踊り（二、三分）、曲止んで再び劇しく鳴っておりん手を振る踊り（前と同じ）（義太夫絃楽は五曲共に同じ曲）

辰平　おっ母ァ、運がいいなァ雪が降って、（間をおいて）山へ行く日に。

太鼓、三味線で唄。辰平腰をおとす。

〽楢山祭りが三度来りゃよ
　栗の種から花が咲く

唄と共に、辰平だけ残して廻り舞台。

第三幕　雪のおりんの家

第一幕と同じ、雪景色のおりんの家。雪止んでいる。人物は人形振りになっている。又やんの家との間の庭に義太夫絃楽とボンゴ、コンガの黒衣並んでいる。根っこのところにカメが置いてあって、白い喪服の照やん、亀やん、石やん、元やんの四人が辰平を出迎えている。縁側に、はん吉、とめ助、おかやの三人が人形振りに坐っている。家の中に、けさ吉、松やんの二人、人形振りで立っている。

鳴物（庭の横の義太夫絃楽、ボンゴ、コンガ）劇しく鳴って四人の村人、クワルテットに組んで辰平の出迎えから家の中に入って仏壇に焼香までの踊り。下手に去る。鳴物劇しく鳴って松やんチョロチョロ動いてタンスの引出しからおりんの黒帯をとり出す。右手に持ってサッと投げる。帯は長くたれて松やん帯しごきの踊りまで。鳴物劇しく鳴ってけさ吉チョロチョロと動いて、根っこのカメの酒をのむ。タンスの引出しからおりんの綿入れを出して、大きく振って背にかけて松やんと見得までの踊り。鳴物のどかに鳴って、はん吉、とめ助の手叩き（せっせっせの遊び風に）の踊り。鳴物劇しく鳴って物置小屋からチョロチョロと玉やん走り出る。辰平のそばに立って楢山を歎く踊り。辰平立って玉やんと楢山に馳ける道行きの見得まで。鳴物劇しく鳴って村人のクヮルテット下手より走って来る。辰平と玉やんを花道で引き戻し、辰平、玉やん楢山に向って合掌。(鳴物五曲は同じ曲。第二幕の五曲とは別)

深沢七郎(ふかざわ・しちろう) 一九一四〜八七(大正三〜昭和六二)年。小説家。山梨生まれ。姨捨山をテーマにした「楢山節考」が、中央公論新人賞に当選して文壇にデビューする。「みちのくの人形たち」で谷崎潤一郎賞を受賞。「風流夢譚」は、中央公論社社長宅が右翼に襲われる嶋中事件を引き起こした。「東北の神武たち」「楢山節考」『笛吹川』は映画化されている。「戯曲楢山節考(三幕)」は一九五八年一〇月の『婦人公論』臨時増刊号に発表された。底本は『深沢七郎集』第一巻(一九九七年、筑摩書房)を使用している。「楢山節考」の関連作品に、「舞台再訪《楢山節考》」などがある。

恐山の女たち

松永伍一

まずその風景がくせものだ。雪のように台地を蔽った火山灰の上に、黝んだ熔岩が突っ立っている。荒寥たる不毛——そんなところを新島の旧陸軍の要塞あとの枯れた松林に見たし、大隅半島のシラス地帯に見てきたが——恐山もまた朽ちはてた自然が怨霊のために揺れ動く奇怪な山であった。

恐山は日本三大霊場の一だが、うす気味わるさが有難さにそのままつながるのなら、ここはまさしくその栄光にそむくものではない。あまりに造型的にうまくいきすぎてかえって空々しくなるくらい、来世のイメージが人間の意思で造顕されているのだ。結果のみを観れば多少芝居がかってこっけいだが、そこまでもっていった永年の信仰の蓄積を私は嘲うことができない。

本尊は地蔵菩薩で、千年前の開基ときく。死者を地獄の苦しみから救おうというので信仰されたものだが、王朝時代には末法思想がさかんだったから、弥勒仏（未来仏）の出現までの救世主として民衆の願心を集めたらしく、いまもかつての対応関係のあとは、熔岩の噴き出たあちこちに立つ地蔵が、岩の破片を胸まで抱くように無名者の〈愛〉を受けているそのことで充分に示されている。その地蔵堂の側に宗派を異にした曹洞宗の円通寺があって、恐山全体を管理し、七月二十日から二十四日までの地蔵盆の縁日には、坊主不在の地蔵堂の参詣人（約五万人といわれる）をひっぱりこみ、べらぼうに稼ぐ。ここにはるばる近郷近国から集まる女たちは、汗の結晶である銭をその日ばかりは惜しげもなくふりまくが、そこに不信感など介在しないのだ。宗派はもはや問題ではなくなっている。かつて真言密教とともに天台密教の世界がひろく、むしろ民衆のあいだではそれらが不分明の状態で入りこんでいた、その混沌とした秩序のなかに立って、神や仏や生霊や死霊を混然と捉えていく方法を生活の内側で摑んでいたから、その余勢はまだ生きており、宗派にこだわらぬ寛容さを残すのである。こうした信仰が北辺の下北半島に確かな形で存在する事実は、ただ信仰の形態論で片づけることができないくらい深く人間の情念に結節している。シャーマニズムの原始性と抱きあわさったフェティシズムやアニミズムがその残影をとどめており、地獄があり賽の河原があり極楽の浜があるこの恐山は、その点から古代信仰のある種のおおらかさと幼稚性とをはらんでいるとみることもできよう。

イタコは硫黄の臭気のなかに坐っている。視覚、嗅覚すべて雰囲気を強化するから、あと聴覚に訴える何かが、必要となってイタコの登場が当然のこととして意味をもってくる。イタコは巫女の一種である。神社に仕えるカンナギと異って民俗信仰のなかで機能的に生きるシャーマンである。生霊死霊をおろし吉凶を占うこのシャーマニズムの原型を北方アジア民族に見出すことができ、その系譜（古代日本の神道が仏教、陰陽道などの擡頭によって変形を余儀なくされた問題の考察はここでのテーマではないので略するが）にあるイタコの存在が北国の一角にこのような形をとって息を保っている事実は、たとえばツングース族などのシャーマニズムとまったく触れあわないはずはあるまい。

口寄せするイタコたち

しかしこの津軽一円にいるイタコは異能の持主だからなるのでなく、盲目ゆえに祭文、呪文を習い覚え、その資格を得た人間であるから、結局はマッサージ師のそれと類似している。ある種の社会救済の意味がそこには自然のうちにこもってくると言うこともできる。

硫黄臭さと老婆たちの体臭と饐《す》えた駄菓子のにおいとで息苦しいほどの、その地蔵堂の下で、南部や津軽の難解な方言による呪文や祭文が延々とつづく。講談調とも民謡調とも浪曲調ともつかぬ発音のリズミカルな味は、私たち外部のものには内容がつかめないために神経を疲れさせるばかりだが、ここに集まってきた女たちの情念の渦は、その声色につれてたぎりはじめる。「昭和××年に死んだ仏をおろしてくれ」と頼んだ女は、イタコの読経のごとき祭文にきき耳をたて、膝に顔をすりつけるようにうずくまったまま、涙をぬぐい、その顔が次第にゆがみ、やがて嗚咽になっていく。黒いイラタカの珠数をガチャガチャ鳴らすイタコは一つ覚えのその祭文をたてへだてなく同じ調子で語るだけだが、まったく感情がその表情に顕われないので、シャーマン対人間の対話は苛酷の度を増すことになるのだ。女たちは陶酔の世界におのれをあずけつつ、イタコの口寄せを信じきってしまう。

「おら貧乏にうまれたでば、いまもなにひとつたのしみもない、なにひとつよろこびもない、なさけないことではござる。おまえさまはおらに先だたれて苦労したでば、よくもおらをうらまずによんでくれたでな、ありがたいぞ……」

「おらは極楽浄土におればば心配することはないぞ。あとにのこったタカラ（子ども）大事にそだてなば、かならず倖せはくるものぞ。七月、九月は腹の痛み多き月なれば、用心第一にいたすべし。火の用心もおこたりなく、となり近所なかよくしていきなば、この世はなんの心配もないものぞ……」

「おらはいま一人前のすがたかたちなく、おまえさまと顔向きあわせて話すことできねば、これも世の因果とあきらめて、念仏いたせば、おらのたましいはおまえさまのからだとともにくらし、おまえさまを見まもるということもできるというものだでば……あげものたくさんもろうて、おら先祖代々の着物かきあげ、よろこんで帰るや、おヤマの紅葉に急がるるや」

いずれもその一部である。まず第一は生活実感に即したリアリズムの要素をもっている。東北の貧困のなかで〈生〉を編みあげてきた人間の不幸が、まるで自己認識に追いうちをかけるような形で染みこんでくるといった性格を帯びている。この認識は女たちには避けがたいものとしてはじめからあったのだから、これをきくとき「いやだいやだ」という逃げ出そうとする志向と「しかたなかった」という諦めとを並存せしめるのである。

第二は教訓の要素を濃厚にもっている。「おらは極楽浄土におれば……」と死者に言われると、生者はそのことで肩の荷をおろし安堵する。教訓が生きる余地をもつのはその安堵の反作用としてである。安堵なき苦悩に教訓は割りこむことはできないのだ。しかもこの教訓は通俗この上もないが、その通俗性が民衆の日常感覚と相触れ、そして生活の知恵にも通じているために、自然さをもつ。

第三は生霊と死霊との一体化が説かれている。生霊に優位する死霊という相互関係は、両者が同質ではなく同体化も可能だというところで、信仰の尊さを導き出すといった仕組みになる。死者が生者の内部に宿るということは、生者が死者へのはたし得なかった〈愛〉をはたし得ることを教え、みじめさから解放されたい死者の願いが、〈愛の不毛〉をここで暗示するのだ。もしそれが死者の生者に対する復讐として出されたら、生者は救われない。愛を受けること少なく、充たされること少なかった死者以上に、生者は救いのない暗黒に立たされることになるだろう。そういうことになっては、呪文の効用は半減する。生者が充たされ救われることが、ここでは望ましいのである。

これらをイタコの口からきくとき、女たちは自分にだけとっておきの口寄せをしてくれたものと容易に錯覚することができる。たしかにここできかれる口寄せの内容は、仏教の輪廻思想に源流をおいているといえるし、「和讃」との緊密な関連もたしかにあるとおもわれる。

これはこの世のことならず、死出の山路のすそ野なる、サイの河原の物語、十にも足らぬ幼な児が、サイの河原に集まりて、峰の嵐の音すれば、父かとおもいよじのぼり、谷の流れをきくときは、母かとおもい馳せくだり、手足は血潮に染みながら……川原の石をとり集め、これにて回向《えこう》の塔をつむ、一重つんでは父のため、二重つんでは母のため、兄弟わが身と回向して、昼はひとりで遊べども、日も入りあいのそのころに、地獄の鬼が現われて、つみたる塔をおしくずす……

日本人にとって、ことに女性の感覚にはこのようなイメージの湿潤さは、身をよじられるほどの迫力で喰いこんでくるものである。イメージのなかにおのれを投入するというより、じりじりとそのなかにおのれをあずけていくときにこそ自己浄化《カタルシス》ははたされるのである。イタコは文字どおり霊媒としての役割をはたし、女たちの情念の攪乱をはかるが、その口寄せは女をしてさめざめと泣かせるときただの手段となってしまうはずだった。だからその口寄せの呪文や祭文がたとえ平板であったとしても、受け手の側ではおのれの生活の具体性がイメージとして内面に定着しさえすればよいのであった。女たちには泣かせる外部状況が豊富に身にのしかかっていたから、イタコの声色につられながら自分の歪みを歪みそのままにリアルに把握できさえすれば涙は自然に噴き出てくることになっていた。そこに自己浄化があり、すすんで過去を思い出しすすんでそれを諦めていくための自己拡散の回路があった。だからこそ、女たちは対話と同じ重さの救いを得たし、崩れおちた石をケルンのように積みあげ、おちたらまた誰かが積むという絶望的な繰返しがそこで可能だった。死児が賽の河原で小石を積んでいると信じている老いた魂にとって、それと同じ動作をするのは、死児の気持になりきろうと希うからであった。死児の手つきを真似るその一瞬に、女たちはその霊と出会うことができるのだが、他ならぬそれは自分の霊にもめぐり会える自己確認の神聖な儀式ともなり得るのだった。その意味なしに「すすんですすんで過去を思い出すことがどうしてできよう。それを諦めていく」ことがどうしてできよう。

恐山は「死者の集まる山」だというが、死者に会う目的でのぼってきた無数の女たちは、幻想のかぎりをつくして肉身のイメージを描くことによって、薄倖を呪うように死んでいった人間の心になりきることができるばかりでなく、いまも生活の重荷と苦痛とにおしひしがれている自分自身にも出会うという二つの幸福感にありつくのである。二つの枝はやはり一つの幹に集約される。

泣くことのよろこびは、とりもなおさず苦悶のはてにたどりつく充足感の謂で、それなくして現実の苦しみを解消することができぬという場合、かれらはイメージを過去から抽き出す方法を民俗信仰のなかに発見したのだ。それは地獄の様相を想定することによってその責苦から遁走し解放されようとするメタフィジカルなドラマへの痛ましい参加だったと言い直すこともできると、私は考える。

幼ない死者――賽の河原にさまよいつづけるこの無垢の魂たちは、それが無垢であればあるほど、その母たちを嘆かせ、苦しませたのだった。いまも北国の女はことに多産系が多く、青森県は日本一の出産率を誇り、逆に死亡率も岩手県についで第二位となっているが、医学知識の低さ、社会環境の整備の不完全さなどが、幼ない死者を多くつくる問題と関係づけられていいだろう。それに加えて凶作、飢饉、海難などによる死亡者の増加も、東北地方ではずっと昔から現代まで尾をひいている。農村の貧困が当然のごとく固定化してしまった地方では、生まれた子どもを自分の経済力でまかなうことのむずかしさがあり、それがただちに間引きの手段を選ばせたとはかぎらないが、人身売買のルートはひらけていくので、十歳前後まで親たちが歯を喰いしばって育てた話は腐るほどあって一々あげることはできないくらいだ。

恐山をはじめとする北辺の地蔵信仰には、古くから殺児の罪悪感がつねに含まれており、それはわが手で殺した嬰児の安否と、そうした自分が救ってもらえるかどうかを問う唯一の機会ないし形式だったとみられる。東北地方では、道ばたの地蔵が帽子をかぶったり着物をきたりしているのを見かけることができるが、それは何を示すか。もはやそこで地蔵は自分が殺した嬰児そのものとして息づいている。死児の声と生者の声との対話はどちらかといえば不純である。一方交通の感がある。つまり肉質化する対話は成立しないのだ。その対話不成立の時点で、母親は言葉を返さぬ冷たい石の地蔵に帽子をかぶせ着物をきせかけるのであり、この日常化した所作の小さな満足感から、年に一度の盆の期間中に恐山へのぼり、イタコの口を借りて死界との魂の交流をはからねばならぬのは必然だった。だからイタコの口寄せが、誰がたずねても同じ文句で事足りる事情の裏には、北国の歪んだ現実が似通った型をもってあったことを物語るだけでなく、間引きをした罪からのがれたい気持の一途さと単純さとをそれが含んでいるとも解釈できるのではないか。

誰しもわが子を殺せば罪の意識に襲われるものだが、たとえ政治の貧困と不毛とがそういう社会悪を生み出しそれに対する抵抗の要素が殺児という行為に秘められているとしても、最後にはそういう反権力的志向も信仰の形をとってそのなかで自己処理をはかる道しかなかったのである。そうすることが〈人の倫《みち》〉だという観念が、それ以前に行為者の内部にたぎっていた憎悪の情念や悪徳の重さを計量しないですむように機能していたのであって、民俗信仰の効用もまたそこにかかってくる一面をもっていた。ここで大江健三郎が「誰を方舟に残すか?」（朝日ジャーナル）で書いたつぎの事柄は私にも興味ぶかいものだったので、引用しよう。

「人間にかかわる余剰のドラマは、どのような時代の人間の社会にも存在したのだった。松永伍一氏は、下北半島の恐山の賽の河原に小石を積む農婦たちのことを、彼女たちがみな、自分の赤んぼうを、あるいは妊娠中絶によって、あるいは実際のマビキによって殺害した婦人たちであり、彼女たちは小石を積みあげて個人的な供養をおこなっているのだ、と書いていられた。ぼくもまた恐山に旅行し、あの敬虔な農婦たちを見て、鮮明な印象をうけた。出産の余剰が、このようにおとなしい羊のような殺人者たちを数多くつくりあげているのは、東北の農村も、東京もかわりないが、ただ恐山にもうでる農婦たちは、おずおずと賽の河原に小石を積むのである。

また柳田国男博士は、ある対談で、明治維新までの日本の人口が三千万という数をリミットとし、それに近くなると飢饉がおこったり戦乱がおこったりして、人口をもとへ押しかえした、と語っていられた。

かつては、余剰を制限するさまざまな制動装置が、能率よく、かつ残酷に働いていたのだ。現在もなお、そういう装置の一等巨大なものは残っているが、一般に、人間社会が余剰の傾向を深めていることは確かである。われわれの未来の方舟の均衡を平和的にたもつ方法はあるものだろうか？」「恐山の賽の河原の農婦たちの群れをすっぽり包んでいた敬虔な気分は、農婦たちみなが、それぞれ自分のことを余儀なく殺戮した人間であると覚悟しているために生じたものであった。誰もが自分を余剰だと感じている未来社会の方舟はなかなかバランスをうしなうことがないであろうし、もし定員が超過すれば、その方舟の未来のノアは、かれ自身が率先して、さかまく大洪水のただなかへ身を投じるであろう」

余剰という側面から問題を提起した大江の論旨は、私にもきわめて自然に了解できるものであった。生と死の問題を、こういう社会構造上の問題に置き換えることが可能であるとき、人間の実存の意味はよりはっきりと思想論のカテゴリーに割りこんでくるはずであり、そこからたとえば恐山信仰の母胎も、思想の次元で捉えられる充分の価値をもつのである。

しかし、ここで問題が完結するのではない。恐山信仰のもう一つの側面も、民衆の〈生〉に直接的に関わるものだ。「そのほおは涙にぬれているが、意外なくらい明るい。泣いたあとのさっぱりした感じといったものが強く感じられる」と羽仁進が書いている。ちょうど羽仁は私が恐山に行ったときそこにいたのである。「しばらく泣くと、一袋十円の色つきの菓子を、餓鬼にバラまきながら、はればれとした表情でおりてくる。それだけたくさん、彼女たちの心には泣くことがたまっていたのだろうし、それを解放するこれはまたとない機会であったのだろう。……ただ泣きたいだけ泣けるのが喜びであることも、やはり日本の今の生活の中に絶えないことなのではなかろうか」とは、もっともな見方であるが、生活の根に横たわる人間の情念のひだは深いのである。

地獄の苦痛──→極楽の安逸への道程が、恐山の構造としてはっきり定められている。その巡礼のコースは気の遠くなるような空間に設けられているが、極楽の浜を出ると天然の風呂がいくつもある。さっきまで泣いていたかとおもうと湯にひたりながら声たてて笑っている。夜になると円通寺の宿坊に集まってうたいまくる。食糧と寝具は各自持参で一泊五十円のこの宿泊所は、千人以上を平気で収容できる。ただしまったくの雑魚寝であるが、たとえ頭と足とがぶつかりあったところでとがめたりする狭量さはかれらにはない。その平和共存的気分の上にたって津軽弁の民謡がとび出し、各地の演しものを競いあわせる。嗚咽から猥雑な唄への見事な豹変ぶりは、一見意外でもあるが考えると少しも不思議ではなく、陰気さがつねにどろどろした粘っこいヴァイタリティと表裏一体をなしていること、その内発力が一種独特の猥雑な世界を必然的に形成するという農民の心情の二重構造が、恐山の民俗信仰を今日まで保ってきたことの一面を証明するものではないか。

戦時中イタコは軍の弾圧にあったという。戦死した息子の霊をおろし慟哭するなど士気をそぐのだと取締りを受けたが、それに耐えぬいたのである。イタコも口寄せをしてもらう女たちも、わが子を戦死させても平和を拒むなどということはあり得ないはずだ。女たちはわが子と出会うことを願い、弾圧にも耐えて、〈生〉の回復をはたそうとしたのである。戦争と封建性の強い家族制度の両方からの解放を求めてやまぬ女たちも、無知でもたどりつける（いや無知ゆえにたどりつける）民俗信仰に甘んじたことが、社会変革と人間変革とを同時にはたす道を閉鎖していることに、ついに気づかなかったのである。その無知をゆすぶるものがいまかれらの家や村をとりまきつつあるが、その現代文明の威力がもしその信仰に托される人間の情念の重さを抹殺することで、問題を即決しようとするならば、かれらはその文明の恩寵に浴するときの幸福感が、無知ゆえにすべてを燃やし得たときの幸福感より密度が薄いことに気づかされるかも知れない。形式は不必要になれば滅びるだろう。それでいい。しかし、社会変革と人間変革を同時にはたす道を歩むとき、民俗信仰の形式ではなくその内容としての〈生〉の論理を、深く生活のなかで組みたてることだけは忘れてはならないはずだとおもう。それは日本の女性すべてへの、きわめて今日的な忠告である。もの知りは増加したが、〈生〉の本質に触れることのない文明バカが家庭の実権をにぎりつつある現代の華やかな不毛への私の批判が、そこに含まれていると受取ってもらえばいい。恐山の女たちは、その意味で、言葉少なき負の教師でもあるのだ。

松永伍一（まつなが・ごいち）一九三〇～二〇〇八（昭和五～平成二〇）年。詩人・評論家。福岡生まれ。『日本農民詩史』（一九六七～七〇年、法政大学出版局）で毎日出版文化賞特別賞を受賞。詩集『青天井』『草の城壁』で農民を主題に据える一方、評論集『日本の子守唄』『底辺の美学』『土着の仮面劇』などで、民俗に根ざした思考を展開した。「恐山の女たち」は『底辺の美学』（一九七一年、大和書房）に収録されている。底本は『松永伍一著作集』第二巻（一九七三年、法政大学出版局）を使用した。「恐山の女たち」の関連作品に、「恐山」「恐山の秘密」「恐山の涙と笑い」などがある。

口寄せ

寺山修司

死人と話ができるなどということは、信じられなかった。

だが、恐山にはじめて登ったとき、私は巫女《いたこ》の口寄せを目の当たりに見て、

「死んだ人の口を寄せることもできるのだ」

ということを了解したのだった。

恐山の巫女たちは盲目の老婆であり、農繁期には農業をしており、閑になると霊場へやってきて、死者たちとの会話をとりついでくれた。

どんよりと曇った北国の空の下に、恐山の岩山がそびえたっている。その絶頂に行李の蓋をふせ、巫女は数珠を使いながら、呪文のようにきまり文句を唱えはじめる。

〽これはこの世のことならず、死出の山路のすそ野なる、さいの河原の物語

というやつである。

少年時代、私は口寄せしてもらって死んだ父と話した。父は、ごくありきたりのことしか話さなかったが、それでも私は満足した。巫女は、死んだ父が「乗り移った」ときから、男ことばになり、父になって私を説教したりしたが、それは声色などというものではなく、まさに「口寄せ」なのであった。人によっては、口寄せには二十四通りのパターンがあり，巫女は、相手の境遇や死者の状況によって、そのなかのどれかひとつを「演じてくれる」だけだというのだが、私は霊的なドラマツルギーもまた出会いのひとつであると思っていたので、充分に満足したのだった。

以前は五十円だった口寄せ料も、今では八百円に値上がりし、巫女たちもマスコミずれして、節まわしを工夫したり、小節をきかせたりするようになった、という人もいるが、それは、意地悪な言い方というものである。

近頃では、客の方も、死者との対話の厳粛さを忘れて、ハンフリー・ボガートの口寄せしてほしい、とか、堕胎したわが子の口寄せしてほしい、などといって、巫女を困らせているのである。

そういえば、私がはじめて恐山へ口寄せしてもらいに行った頃に不思議な事件があった。若い夫が死んだ妻の口寄せをしてもらったのだが、巫女に乗り移った妻が、

「私のほんとに好きだった男はあなたではなく、隣りの正造さんだった」

と言ったため、夫はかっとなって、死んだ妻のつもりで、盲目の巫女の首をしめて、殺してしまったのである。悲しい事件だったが、この「信じすぎた夫」は重罪の科を受けて、網走送りになってしまった。

夫は警察で「おれは、死んだ妻の首をしめただけだ」といったが、首をしめられたのは死んだ妻ではなく、巫女だったのである。

私は今、この原稿を恐山の宿で書いている。二十年ぶりに登った霊場はもうすっかり秋である。死人の友達がいないのは、いささかさびしいことだ、と私は思った。しかし、死人の友だちを必要としていることの方が、もっとさびしいことなのである。

寺山修司（てらやま・しゅうじ）　一九三五～八三（昭和一〇～五八）年。歌人・劇作家。青森生まれ。塚本邦雄・岡井隆と共に前衛短歌の旗手として活躍しながら、アングラ演劇の天井桟敷を主宰した。活動範囲は広く、詩・俳句・評論を書き、映画監督を務め、競走馬の馬主でもある。恐山は寺山の故郷・青森の下北半島にある活火山で、大祭などの際にイタコが集まり口寄せを行う。「口寄せ」は『青蛾館』一九七五年六月号に発表された。底本は『寺山修司著作集』第四巻（二〇〇九年、クインテッセンス出版）を使用している。森や山に関連する「恐山」「山姥」は、それぞれラジオドラマと詩の両方がある。

死の山、月山

森　敦

月山《がっさん》がなぜ死の山なのか、私には長い間不思議でなりませんでした。その月山の頂上に私はまだ一度も登ったことがありません。弥陀《みだ》ヶ原のある八合目までは、二度程行ったことがあります。そこまで行けば頂上をきわめたも同然と気楽に出かけたのですが、一度は強い風で、一度は突然の深い霧で、一歩も歩けない程でした。

毎年八月最後の土曜、日曜に注連寺《ちゅうれんじ》で月山祭が開かれます。ある年の祭りのときでした。列車が停まる程の台風がやってきたにもかかわらず、一人で月山に向かった娘さんがいました。私たちは大変なことになったと心配していたのですが、本人は元気に湯殿山《ゆどのさん》に下りてきました。山はどうだった、とホッとしながら訊いてみると、風もなく、山はずっと青空で、行けども行けども人がいなくて、ああやはりこの山はこんなに神々しいのかと思って登ってきたといいます。ちょうど台風の目にスポッと入っていたらしいのです。月山というのは日本海に面していて、シベリアの季節風をまともに受け、気候の変化がかくも激しい山なのです。

そもそも月山には表と裏があり、日本海側からの眺めが表になります。空港のある山形盆地は裏側にあたり、芭蕉《ばしょう》は山刀伐《なたぎ》り峠から尾花沢《おばなざわ》に下っていますから、月山の裏側を眺めながら歩を重ねたことになります。

表側からこの山並、つまり出羽《でわ》三山を仰ぎ見ると、向かって左に羽黒山《はぐろさん》、真中に月山、右手に湯殿山が並んでいます。つまりこの三つの山は弥陀の三尊であり、中央の月山が本尊にあたっています。その本尊を後ろから見るとちょうど仏さまの光背のように丸く見え、とりわけ雪に覆《おお》われているときは巨大な月が目の前に浮かぶが如しです。おそらく月山という名は、この山を裏側から見て名付けたのでしょう。

もともと出羽三山は、湯殿を奥の院とする真言の山でした。ところが江戸時代に天宥《てんゆう》という傑僧が出て、天台に改宗させようとしました。しかし注連寺や大日坊《だいにちぼう》、本道寺《ほんどうじ》、大日寺《だいにちじ》の真言四カ寺は結束して天宥に猛烈に反撥します。反撥はしたけれども武力がない。そこで信仰で立ち向かおうということになり、ミイラ、つまり即身仏の信仰が強くなるのです。

この真言地帯の入口に位置しているのが注連寺で、その村の名前を七五三掛《しめかけ》といいます。どちらも「しめ縄」のしめであり、つまり注連寺の辺りは結界になっているわけです。その注連寺へ行くためには、月山の表側を流れている赤川《あかがわ》でまず禊《みそ》ぎをして、十王《じゅうおう》峠を越えます。この赤川のあかとは仏さまの水の「閼伽《あか》」であり、十王峠とはあの世へ行く人を審判する十体の仏がいる峠のことです。そして七五三掛を過ぎていくと大網《おおあみ》という集落に出ます。「仏の慈悲は広大にして大きな網の如し」という意味なのでしょう。

このように月山には死のイメージがあちらこちらに漂っているのです。

地元の人たちは、人は死ぬとまず三山の麓の清水の森へ行くと信じています。次に金峰山へ行き、そこで死者の魂は浄化され、ついには月山へ行く。月山へ行った魂はさらに浄化され、そこで祖霊となり、春になると田の神さまとして里に下り、その年の耕作を助けてくれるというのです。今でも清水の森には小さな祠がいくつも祀《まつ》られており、そこでは森の祭りが毎年行われています。

月山は死の山であると共に、人々の営みを見守りつづける山でもあるのです。

森敦（もり・あつし）一九一二〜八九（明治四五〜平成元）年。小説家。長崎生まれ。『月山』（一九七四年、河出書房新社）で芥川賞、『われ逝くもののごとく』（一九八七年、講談社）で野間文芸賞を受賞した他に、『鳥海山』『月山抄』『十二夜　月山注連寺にて』などを刊行している。月山は妻の故郷である山形の火山で、修験者の信仰の山として知られる。「死の山、月山」は『千

葉克介写真集　みちのく四季彩』（一九八九年、ぎょうせい）に収録された。
底本は『森敦全集』第八巻（一九九四年、筑摩書房）を使用している。「死の山、月山」の関連作品に、「月山再訪」「月山その山ふところにて」「月山行」「月山祭」がある。

4　ウィーンの森、ラインの森

ウィーンの森の物語

池内紀

一八八〇年代の終り頃のことだが、ウィーン大学に一人の講師がいた。すでにかなりの老人で、週に二度、音楽理論の講義をした。あるいは、するはずであった。講義は実のところ、老人が毎回、三人の聴講生に遠慮がちに、皆さんには次回もお時間があるかどうか、この次も来ていただけるかどうか、たずねた上で決められた。老人の小さな顔はきれいに禿げあがっており、おだやかな顔の真中に小鳥のくちばしのような鼻が尖っていた。

この大学講師は対位法について講義をした。あるいは、するはずであった。しかし、大かたの時間は、三人の聴講生の前でピアノを弾いてすごした。

この大学講師とはアントン・ブルックナーである。ブルックナーの場合、「大学講師」は職業名ではなく称号であった。「長年にわたる作曲と演奏の功績にかんがみ」オーストリア＝ハンガリー帝国が与えた栄誉であった。うまいやり方にちがいない。

国は一文の出費もなしに大きな顔ができるのである。

ところでこの「大学講師」は、栄誉をたのしむよりもむしろそれに苦しんだようである。というのは、彼はいかなるたぐいの教師でもなかったからだ。三人の聴講生には、最初の時間にすでにそのことがわかったそうだ。その結果、講義に代えて四人でおしゃべりをした。

あるとき、聴講生の一人がブルックナー作曲交響曲第四番のモチーフを論じた論文を書いてきて朗読した。アントン・ブルックナーはお腹の上で両手を組んで、非常に注意ぶかく聞いていた。あきらかに緊張していた。聞き終わると、ていねいに礼を述べた。彼はいつも、自分に理解できないことには最大級の尊敬を払っていたからである。

アントン・ブルックナー

「たいそう見事に書いてくださいました」
そう言いながら正直者の老人は、自分が第四番を作曲した際、いま語られたような壮大な意図があってのことではないと、告白しないではいられないのだった。むしろ自分は次のようなことを思いながら作曲した、と彼は言った――日曜日である、お天気がいいとウィーンの人々は郊外の森に遠出をする。森の中の草地にすわり、もってきた弁当の包みをひろげる。頭上からキラキラとした木洩れ陽が落ちてくる……

「大学講師」の称号授与式にブルックナーは皇帝の拝謁をゆるされた。フランツ・ヨーゼフ皇帝が、ほかに何か希望はないかとたずねたとき、この子供のような老人は答えたそうだ。どうかハンスリックに——当代きっての音楽批評家として聞こえ、ブラームスびいきで知られていたハンスリックに——いつも自分ばかりをこきおろさないでほしいとたのんではいただけまいか、と言ったそうだ。

以上のことを私はフランツ・ブライの回想記で知った。ブライはのちに典雅な文芸批評家として活躍した人物である。当時、「三人の聴講生」の一人であった。

回想記を読みながら、このエピソードを是非とも冒頭におきたいものだと私は思った。講義に代えておしゃべりをしたブルックナー方式が気に入ったせいもあるが、むろん、それればかりでもないのである。

＊

ウィーンに着いて間もなくのころ、ある朝早く、西駅を出る鈍行に乗った。といって、べつだん、とりたてて目的があってのことではない。郊外をうろついて、ついでにその地のワインを飲んでこようというのである。

小半時もいくかいかずのうちに、私の乗った鈍行は、急行や特急列車が石のように黙殺していく小さな駅で、ながながと停車した。その間、なんの気なしに駅舎のまわりをぶらついていて、古ぼけた石造りのその建物に、稚拙な花文字が彫りこんであるのに気がついた。それは、こう読みとれた。

「アドリア海抜二九〇メートル」

もうずいぶん以前のことになるのに、今になお、はっきり覚えている。たしかに「アドリア海抜」とあった。響きのよい「アドリア」の一語は、奇妙な写本の古文字のように謎めいていた。

目を上げると、駅のすぐ前から白い砂利道がのびて、ゆるやかな丘の起伏につづいていた。さらにそのかなたにはウィーンの森が広がっていた。のんびりとした、まのぬけたその風景に、「アドリア海抜」はおよそ場ちがいな言葉であった。だが、事実である。事実を語ったものにちがいない。オーストリアは一八六六年までヴェネツィアを領有していた。アドリア海はこの国の海であった。当時のウィーンは、アルプスの峰々からハンガリーの平原までつづくオーストリア＝ハンガリー帝国の首都であり、双頭の鷲をいただいたハプスブルクの王冠は、チェコやポーランドや北イタリアをも支配していた。ウィーンは、それ自体、一つのミニ・ヨーロッパであった。騎兵隊がサーベルをふりかざして走り、フランツ・ヨーゼフが皇帝であったころのことだ。

「古き良き時代」のウィーンである。

そういえば同じ花文字ながら、もっと気取った、ピンとはねあげたカイザー髭のような飾り書体で、『皇帝都市ウィーン眺望』と記された写真集を見たことがある。写真師レオポルト・ヴァイス。一八八〇年の刊行であった。ヴァイス氏は巨大な写真機を聖シュテファン教会の塔の小部屋にかつぎ上げて撮影したらしい。見事なできばえであった。写真師が塔によじのぼったその日、ウィーンの空は鏡のように澄んでいたのだろう。カール教会の丸屋根からベルヴェデーレ宮殿の庭園の木々まで、あざやかに写しとられていた。目をこらすと蟻《あり》のように小さく、往来する馬車や、そぞろ歩きの市民たちの姿が認められた。

ほかにもその写真集には、さまざまな街頭風景がつけられていた。お下げ髪の娘や、買物籠をかかえた女や、日傘をさした貴婦人が往きかいする街角に、制服姿の竜騎兵や、花売り娘や、細身の葉巻を口にくわえた伊達《だて》男がたむろしていた。

さらにヴァイス氏の写真集には、同じ時代の「コール・ガール」を写したアルバムが収まっていた。こちらの女たちは、みながみな同じ姿勢をとっていた。それというのも、要するに脚が眼目であったからだろう。ある者は靴下どめのリボンをつけ、ある者は短靴をはき、あたたかい白パンのような脚を、脚が脚でなくなる寸前まで、誇らかに見せつけていた。からだには薄いローブをつけ、愛らしくとまどったような、

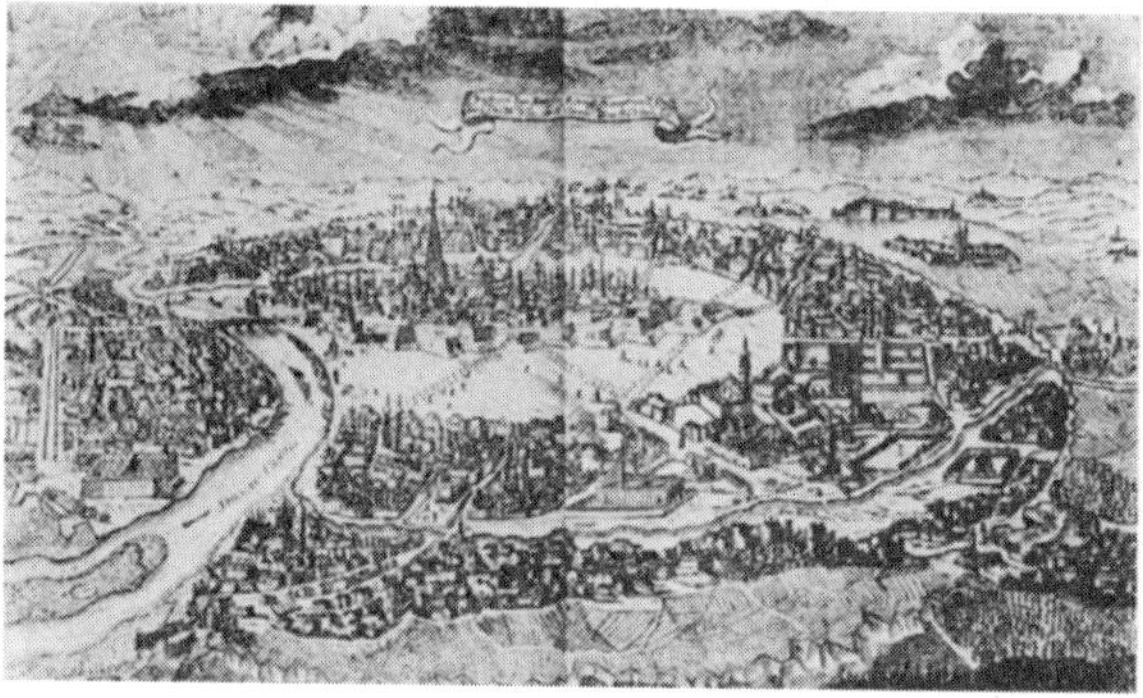

18世紀のウィーン古版画

しかし、少しばかり意地悪そうな笑《え》みを浮かべていた。彼女たちもまた、「古き良き時代」に欠かせない人物であったに相違ない。世紀末ウィーンのよき市民たちが、心ひそかに夢みた女神たちであった。

ウィーンの西方は森である。有名なウィーンの森が広がっている。シュトラウスの「ウィーンの森の物語」が生まれしよりこのかた、そこにはさまざまな「物語」がありげだが、実のところは、むやみに大きいのが唯一の特徴であるような森にすぎない。ところでウィーンの森は広大ではあれ、あくまでも森であって山ではない。壁のようにそそり立つ山ではない。しかし、あきらかにこの森は町の広がりを遮っている。斜面にそって、ゆるやかに家並が這いのぼってくるが、しだいにそれはまばらになり、やがてとだえる。あとは一面の繁みばかりだ。

いっぽう、北と東と南とはどうだろう。ゆったりとうねったドナウ川をはさんで、のっぺらぼうの平地が広がっている。何一つ、遮るものがない。都市という、ゆだんのならない男に対する気の好い娘であるかのように、まるきり無防備に横たわっている。事実、ウィーンは、もっぱら、この方面を侵してきた。北と東と南へと拡大した。

ついでのことに、オーストリアの地図を思い出していただこう。小学生用の世界地図だと、一点のシミのような小国だが、少なくとも次のことはわかるだろう。ウィーンは一つの国の首都としては、なんともぶざまな場所にある。国のいっとう右はしに、こぼれ落ちそうなぐあいに位置している。とうぜん、オーストリアの他の町々、ザルツブルクも、リンツも、インスブルックも、ブレゲンツも、さらに広い意味ではグラーツも、いずれも地図の左かた、つまりはウィーンの西方にある。

とすると、ウィーンの町の地形についてと同じことが、オーストリアの国の地形についても言えるのではなかろうか。要するに、あいだに「ウィーンの森」が広がっているのである。こちらの森は目には見えない。また、目に見えるウィーンの森と同様に、壁のようにそそり立った山ではないにせよ、しかしながら、やはりゆるやかに遮っており、ウィーンを他の町々と区別している。

ウィーンから足をのばして、リンツやザルツブルクやインスブルックやグラーツを訪れた人は、驚くはずだ。そして、いぶかしがる。多少とも不思議でならない。同じ国の町々でありながら、それぞれがそれぞれの流儀で、ウィーンとはちがった個性をもっている。はっきりきわだった顔だちを示していて、どの町も首都のミニチュアではないのである。

さらに足をのばして、こんどはウィーンの北方や東方や南方の町々、プラハやブダペストやトリエステを訪れたなら、人は再び驚くはずである。不思議でならない。別の国の町々でありながら、市中のたたずまいときたら、オペラ・ハウスのつくりからカフェの飾り窓まで、ウィーンとそっくりなのである。瓜二つと言いたいほどによく似ている。ちょうど、母親と娘たちが似ているようによく似ている。

実のところ、これはべつだん、驚くにあたらないのである。不思議でもなんでもない。今の小学生の世界地図ではシミのように小さな国だが、このオーストリアは、祖父が愛用した古い地図帳では、おそろしく大きな国であった。その昔、オーストリアは「日の沈まぬ国」のように大きく、ウィーンはそのほぼ真ん中に位置していた。これはチロルの山のリンゴの木から、シレジアのジャガイモ畑まで、ボヘミアの森からアドリア海まで支配したハプスブルク帝国の首都であった。

いましも私は、ウィーンとウィーンの北方や東方や南方の町々とが、「母親と娘たちのように」よく似ていると書いた。比喩に限るまでもなさそうである。じっさい、これは母親と娘たちであっただろう。どの町々にも目抜き通りにはハプスブルク通りづけているかのように。

があった。それはなくてはならなかった——たえず小声で、まことの支配者を叫びつづけているかのように。

人々は、プラハのカフェで一杯の珈琲《コーヒー》を飲むときも、ウィーンのカフェ・デーメルにいるかのようにして注文した。トリエステの宿で朝食をとるとき、イタリア風ではなく、ウィーン風の朝食であった。ウィーン風でなくてはならず、また人々は当然のごとくにウィーン風を期待した。この南イタリアの港町は、ハプスブルクの属国内の多くの町々の一つだったのだから。それはまさしく母と娘たちとの関係にひとしかった。

母親の庇護のもとに娘たちは成長した。母と娘とのあいだに、いささかいがなかったわけではない。また娘たちのあいだに、不和がなかったわけでもない。その種のものは、のべつあったようである。たがいに嫉妬しあい、お高くとまった姉娘を、妹たちがけむたがった。こぞって、母親の言いつけには溜息をつき、命令にはしばしば反抗し、無視したりもした。やがて成長してのちは、母親から離れた。しかし、母親似の顔だちは消えなかったし、ときおり、母親の膝で泣いた娘時代のことを思い出さないでもなかったようだ。

そういえば、ハプスブルク家そのものが、「母親と娘たち」の原理によって維持されていたと言えなくもない。ハプスブルクはフランスのブルボン家のように、あるいはバイエルンのヴィテルスバッハ家のように、権力を一人の王に集中したのではなく、一族の面々で支配権を分けあった。そして、ひたすら閨閥を固めて勢力を拡大した。ことわざに「めんどり歌えば国亡ぶ」という。女がしゃしゃり出て権勢を振るいたがったばかりに、急速に国を亡ぼし、歴史に悪名を残したものだが、ハプスブルク家では逆である。オーストリアは、めんどりが歌ったので国が栄えた。これは大砲と剣によってではなく、女と結婚とによって領土を広げた。

池内紀（いけうち・おさむ）一九四〇〜二〇一九（昭和一五〜令和元）年。ドイツ文学者・エッセイスト。兵庫生まれ。東大教授を早期退職して、精力的に翻訳とエッセイ集をまとめた。著作選集に『池内紀の仕事場』全八巻、翻訳に『カフカ小説全集』全六巻や『ウィーン世紀末文学選』、著書に『日本の森を歩く』『森の紳士録——ぼくの出会った生き物たち』『ウィーン——都市の詩学』『カフカのかなたへ』がある。「ウィーンの森の物語」は『ウィーン・都市の万華鏡』（一九八三年、音楽之友社）に収録された。底本は同書を使用している。森や山に関連する他の作品に、「姥捨——太宰治」がある。

森と湖に囲まれた国

五木寛之

フィンランドは、私にとって忘れ難い国である。フィンランド人は、自分たちの国を呼ぶ時に、〈スオミ〉と呼ぶ。フィンランドというよりは、スオミと書いた方が、私にもぴったりくる。——スオミとは、多くの湖の国、といった意味だとある本に書いてあった。正確な語源については、私は知らない。だが、スオミという発音には、どことなくあの国の持っている独特の暗さ、重さ、そして抒情の味と含羞《がんしゅう》のニュアンスがあって好ましい。

旅先で知合った女性に、アイノ・コスチアイネンという娘さんがいた。お互いにたどたどしい片言の英語で、それぞれの国のことを語り合うのは面白かった。

「ぼくらの国にはアイヌという民族がいる」

と、私が喋《しゃべ》ってからは、彼女は冗談に自分のことをアイヌ・コスチアイネンと名乗るようになった。

アメリカやフランスの女に見られない、素朴な人柄と姿態は、私に原生のすくすくとのびた白樺《しらかば》の木を連想させた。

北欧の女は全部が全部、美人ばかりだと思っている人が少なくない。だが、それこそ偏見というものだろう。北欧で本当に憎らしいほど綺麗《きれい》なのは、スウェーデンの都会の娘たちだけだと私は思う。ノルウェーでは、それこそ、アッと驚くほどの不美人に街のいたる所で会った。デンマーク美人も、いわば健康美人が多い。近代の憂愁と、悪魔的な造型の美を感じさせるのは、やはり、イングリッド・バーグマン、グレタ・ガルボ、アン・マーグレットを産出したスウェーデンの女たちだ。

フィンランド娘は、決してスウェーデンの女性ほど、美しくはない。だが、私はスオミの娘たちが好きだった。スウェーデンの美女たちは、正《まさ》に白夜のニンフたちという言葉にふさわしい美しさを持っている。これに対して、スオミの娘らは、どこか意志的で、重く、暗い瞳をしていた。それは単に造型的な問題ではなく、スオミという国の歴史的、社会的な一つの宿命（――私はこれを半島の宿命と呼んでいる）の翳《かげ》りにほかならないと思われる。

スオミの首都、ヘルシンキのことを、〈北の白都〉とか、〈バルト海の宝石〉だとか言ういい方がある。それは確かに、そのようなイメージをたたえた美しい街だ。

しかし、私が数年前の夏、レニングラードからやって来た日は、その街はひどく暗く、陰惨な感じがあった。冷たい小雨が終日降り続いて、駅にはユースホステルを追い出された渡り鳥旅行者たちが、ザックを抱えてふるえていたのを憶えている。

それは、北欧というファンタスティックな先入観とはひどく違ったものだった。

その後、スカンジナヴィア半島を回って、私はその時の第一印象が、ある意味ではスオミという国の、ある本質的な一面に触れていると思うようになった。

ひと口に北欧という。だが、スカンジナヴィア諸国の四ヵ国は、それぞれ驚くほど違った国と民族の集まりである。

ただ、お国柄が違っているというだけではない。それぞれの国のあり方は、むしろ一種の対立と抗争の関係にあるように思われた。

NATOに加盟している国、ソ連と条約を結んでいる国、そしてどちらにも属しようとしない国がそこにはあった。

スオミは、決して豊かな社会福祉国家ではない。それは、ノルウェーのように漁業や、海運業の伝統も持たず、スウェーデンのように巨大な地下資源と近代工業の基盤もない。また、デンマークのような合理的な近代農業国家でもなかった。それは無数の小さな湖沼《こしょう》と、森林からなる暗い冷たい風土であり、人びとは半年の長い暗夜を耐えて生きねばならない国だった。

スオミは、つい五十年前まで、帝政ロシアと、スウェーデン王国との二つの外国に支配されて来た国である。何百年もの間、戦火と圧制が、そして強国の兵士と権力が、ローラーをかけるように、その国の上を行ったり来たりした。

その長い冬の季節を通じて、スオミの人びとは、その暗く、どこか激しい沈黙をかたちづくっていったものらしい。

北極に近い世界で二番目の国土の厳しい自然と、痩《や》せた土地が、スオミの人びとの表情に更に深い内省と克己《こつき》のひだをきざみ込んだのだろう。私がその街で見た男や、女の顔は、他の北欧人の顔つきとは全くことなっていたように思う。

スオミとソ連の国境地帯はカレリアと呼ばれる土地である。それはスオミの人間にとって、一種の魂の故郷といえる土地らしい。そこはもともとスオミの人びとが、遠いアジアの果てから遠い旅を続けてやって来て、そこに定着し人間の生活を始めた、スオミ人の母なる土地だった。深い霧と、露呈した灰色の岩石と、無数の沼におおわれた暗い荒涼たる地帯である。

そのカレリアをめぐって、ロシアとの間に度々の争いが行なわれた。そして、第二次世界大戦にドイツと組んでソ連と戦い、それに敗れたスオミは、賠償としてカレリアの土地をソ連に割譲しなければならなかった。今でもカレリアは、スオミの人びとにとって失われた土地なのである。世界的に有名な伝承詩〈カレワラ〉は、その土地からもたらされたものだった。

六月下旬、白夜の季節に、その街では、シベリウス祭という、お祭りがあった。世界の各国からオーケストラや合唱団などが集まって来て、コンサートホールでシベリウスの作品を演奏するのである。その国の生んだ作曲家、シベリウスに寄せるスオミの人びとの愛情には、ただ音楽的な共感の範囲をこえた何かが感じられた。シベリウスの作品には、〈カレワラ〉に触発されて書かれたものが多くある。そして、彼のあの音楽に流れる情念の陰には、カレリアへの愛と、悲痛なスオミの宿命に対する重い激情が色濃く流れているのを感じ取ることが出来る。

私たちが、音楽的なスタイルや、官能として受けとめるものの背後には、どんな場合にもそんな何かがひそんでいるのだろう。その〈何か〉とはなんだろう、と、私は小雨の降る緑のシベリウス公園の遊歩道を歩きながら考えていた。

私はその時の感想を、〈霧のカレリア〉という作品の中に描いてみようと試みたことがある。小説としては、主観的な感慨が先に立って、いささかバランスを欠いた作品になったような気がしないでもない。だが、私にとっては、それは忘れ難い作品の一つだ。

オーマンディの指揮するフィラデルフィア管弦楽団の〈トゥオネラの白鳥〉や、〈フィンランディア〉は、私には、いささか明快すぎるような気がする。スオミの国土と人びとの持つ、あの重いどろどろしたコンプレックスが、爽《さわ》やかな音の流れの中からどこか脱け落ちているような気がするのだ。

シベリウスを聞くたびに、私は強国に隣接した小国の悲劇性といったようなものを感ぜずにはいられない。

音楽をそんな風に聞くのは正しくない、純粋に芸術的な感興を音として楽しむべきだ、とある友人に言われた。しかし、私は必ずしもそうとは思わない。

芸術的であることが、深く人間的であるということならば、民族の運命と音楽は、必ずどこかで生《なま》の形でつながっていると思うからである。それは、私たちの国のクラシック音楽にも、ジャズにも、グループ・サウンズにも、そして、艶歌《えんか》の嘆き節の中にもあるはずだ。最初にもどって言えば、その国の運命は、その国の娘たちの顔にも反映しているといえるだろう。

ところで、私たちの国の娘たちは、スオミの国の女たちより、美しいか、美しくないか。これから、じっくりと彼女らの顔の中に、日本の運命をさぐってみようと思うのだ。

五木寛之（いつき・ひろゆき）　一九三二（昭和七）年〜。小説家。福岡生まれ。「さらばモスクワ愚連隊」で小説現代新人賞、「蒼ざめた馬を見よ」で直木賞を受賞し、小説家として出発した。エンターテイメント性と、グローバルな視野で、多くの読者を得ている。『青春の門・筑豊編』で吉川英治文学賞を、『親鸞』では毎日出版文化賞を受賞した。「森と湖に囲まれた国」を含む「風に吹かれて」は、一九六七年四月一四日〜六八年三月二九日の『週刊読売』に連載されている。底本は『五木寛之エッセイ全集』第二巻（一九七九年、講談社）を使用した。森や山に関連する他の作品に、「山麓の家へ」「ボタ山と赤テント」がある。

森の孤独（抄）

高田博厚

この年の秋はフランスではめずらしく長かった。高い空の日が続き、際限もなく広いクラマールの森は輝きだした。ところどころにそびえ立つ樫の巨木の他は、落葉樹ばかりだから、その奥底まで明るい。そして雨が降ると、外や空は暗くて、森の中の方が明るく透明である。

この風景と共に、私は独りになった。仕事と森の中の彷徨だけである。そしてパリの友人たちも森の魅力に誘われてか、次々に訪ねてき、肖像を作っているマルティネやジャンヌ・フーロンは克明にモデルになってくれた。私の場合、肖像制作にも本人に坐ってもらうのは二、三回でよいのだが、粘土をひねくりながら、なに気なく相手と交す会話がどれほど私に役立ったかしれない。隣り町のヴァヴァンに住んでいるピエール・モナットなどはマルティネといっしょによく来たが、パリの北からも文学教授のセバスティアン・セネシャルや民衆《ポピユレール》作家のアンリ・プーライユやトリスタン・

レミーたちも訪ねてきた。なぜこの私に厚意を持っているのだろう？　自ら尋ねてみようともしなかったが、彼らは私のあばら家を見て、その孤独におどろいたようだった。しかし、このおどろきの中には、「孤独な魂」を持つ者だけに通じ合うなにものかがある。私がマルティネと親しくなったのは、毎金曜日の彼の家の訪問日《サロン》に夕食に招かれて雑談した時以上に、この一人対一人で向い合っている時の交流であったろう。私と同年輩のプーライユやレミーたちとは「お前、俺《トワ・モア》」で付き合う気楽さがすぐ生れたが、十歳以上も年長のマルティネ、ヴィルドラックたち、また「先生」のように年上のロランやアランと親密になれたのは、思想上の共感共鳴というものを超えた、「本質的なもの」を感じたからであろう。それを考えると、知名の人を知り、それに認められたからといって、得意になる了見など出るわけがなかった。私は元来社交的でなく、世間との関係にはできるだけ消極的でありたく、たとえば、尊敬する人があっても、あるいは尊敬すればするだけ、こちらから知己を求めることはしなかったが、それだけに、機会があって知り合うと、装飾物のない「人間対人間」だけの関係が生れた。このようにして私はフランスで生きており、「友人」を得たが、これはむしろ「人間の孤独さ」の反証であろう。

　森の孤独はこのようにして私の中の「自分」に反映していた。

　ある日、森からあばら家に戻って来ると、前橋の高橋元吉からの手紙が届いていた。

——僕の家の近くの、あの人通りのない利根川へ降りる、土塀の崩れた細道をおぼえているか？　秋の白い陽がさし、萩の咲きこぼれた頃を、君と二人で歩いた。僕はこうして一生田舎の町にくすぶっていて、店への行き帰りに毎日あの人気のない路を通るのだ。そして、いつかあそこで、ただ独り歩いているあの「人」に会いはしなかったかと思うのだ。思念の重さにすこし背をかがめ、しずかに歩いて、行き会っても言葉もかけず、ただ自分の魂だけを見ているあの人に……かつて会いはしなかったのか？　人生に厭気がさすとき、層々の世紀を経ていつも思うあの人間に、人生の中で、あるいは夢の中で、たしかに会ったことはなかったろうか？……君に手紙を書いているこの親密な夜、僕は「彼」のことを書いている……

私は四十数年後の今、この文を書いている。そしてここに引用した高橋の手紙の一節は原文そのままではない。一九四四年ヨーロッパでの戦争の終末時に、私はベルリンへ行き、四六年パリに戻るまで流謫《るたく》を続けていた。その間「フランスでの日々」の記憶を、「薔薇窓《ロザース》」と題付けて、フランス文で書きつづけていた。その中で、高橋がクラマールへ出した手紙を思い出して書いた。それをここに再録した。

私は日本を去る前に、高橋元吉の詩集を出したいと思った。彼は若い頃二冊詩集を出しただけで、その後は世間に見せることにはほとんど無関心でいたが、それだけに、私の方はむきになって出してやろうとした。私の紹介で高橋を知った古谷綱武も懸命になったが、知名でない高橋のものに注目するほどの出版社はなかった。手刷りで自費で出そうかと考えあぐんでいた折に、新しく出版社をはじめた「やぽんな書房」の五十沢二郎が無条件で申し出てくれた。それで高橋の第三詩集『耶律』が出、私の東京出発直前、小さな記念会を新宿の「中村屋」でやった。高橋も前橋から出て来、高村光太郎、倉田百三、谷川徹三、吉野秀雄、若い古谷綱武、藤原定、柳田知常、中原中也？　香山登一たちが出席した。その席で吉野と谷川と高村が岩手の宮沢賢治の詩を誉めていた。私はまだ賢治を知らなかった。高橋はどうだったか？　ところが、それから三十年もたって、私は日本に帰り、賢治の弟の宮沢清六と知り合った。すると、ある時彼は高橋元吉への献詞が書いてある賢治の本を私に見せた。私が日本に不在中に、賢治と元吉の間に交流があったのか？　賢治は自分の本を元吉に贈りたくて、ためらって送らないでいたのか？　直接知り合うということを超えて、「精神の交流」はある。

詩集『耶律』の中に、「ナザレの人」という短い詩がある。

森への散歩のほかに、もう一つ毎日行くところがあった。クラマールの町の表通りパリ通り《リュ》とサン・クルー通り《リュ》の角の電車停留所傍にある「クラマール小町」の家へ新聞を買いに行くのである。文房具兼本屋の店は独り娘のクレール・ルフェーヴルと母親が仕切っていて、父親は勤めに出ているらしい。小さい町のこういう店にはほとんど客は来ない。だから店番は母親か娘かで、娘ひとりの方が多かった。私ははじめてクラマールを訪ねた日から、この娘の美しさに惹かれた。顔立ばかりではないふしぎな美しさ、若い娘には珍しい、口数が少なく、そして声はアルトで、金髪《ブロンド》の陰の碧い眼が、焦点が合わないみたいに私を見ている。温かいのか冷たいのか？　私はフランスの小説の中の彼女のような女を探してみた。『赤と黒』のマティルドかな？　『狭き門』のアリサかな？　それとも、『ジャン・クリストフ』の中のザービーネかアンリエットかな？　結局彼女を通して自分の好きな女を探しているのである。

　新聞を買ってしまえば、もう他の用はない。町の本屋には自分がほしい書物などありはしないのに、本棚を探してみる。母親とはすぐ親しくなって、おしゃべりをするが、彼女とはほとんど口をきかない。しかし、時々扉を開けて町の若者たちが新聞を買いに入ってきても、通り一遍の挨拶だけですましているのに、私にはどうも態度が温かい、と自分で思った。私のあばら家は二軒長屋の一つで、隣りに若い労働者夫婦が住んでおり、四、五歳のルシアンという男の子がいた。すこし腺病質の眼の大きな児だったが、私になついた。そこで新聞買いにルシアンを連れてゆくことにした。クレールは黙って微笑した。そして身をかがめて子供の頬に接吻し、優しくあやしていた。私は本棚を漁るような身振りをしながら、それを見ていた。他に客がない時には、私を奥の部屋に通した。そこにも文房具類が列んでいるが、私が買うものは一つもない。彼女に話しかける言葉が出ない。向うも黙っている。ある日、陽が西に傾く頃、二人は奥の部屋にいた。窓際にたたずんだ彼女の金髪がちらりと光っている。自分が半歩踏み出せば、それに触れるだろう。私はなにか言おうとして、おずおず手を差し出して彼女の手に触れた。彼女は伏目になったまま、私の手を握った。表の扉が開いて客が入ってきた。彼女はあわてて表の部屋へ走り去った。父親とも間もなく仲よくなり、彼は社会や政治の話をさかんにするし、私もそうなると雄弁になった。そしてある晩、夕食後の家族の憩いに招かれた。私は独りでは気づまりなので、永瀬を連れて行き、途中で大きな花束を買ったが、大げさな気がするので、それを新聞紙に包んで持って行った。彼女は「こんなことをなさらなくてもよいのに……」と言いながら、いそいそと大きな花びんに花を生けた。談話は親爺と私だけである。彼は明らかにラディカル・ソシアリストであり、フランス人一般の標準である。クレールも時々話に加わったが、ゾラの作品が好きなことがわかった。

けれども、これがどう進むというのか？　進ませれば私は自ら「運命」を毀すことになる。「在る《ザイン》ことと在らねばならぬ《ゾルレン》」という幼稚で厄介な問題みたいだが、私自身の中に「……ねばならぬ……」という反省は全くなかった。どのように「在るまま」にあったところで、これは「初恋」みたいなもので「それだけ」であって、しかも

「だから美しい」のであろう。彼女も私のあばら家に一度もきたこともなく、いわゆる「良家の娘」だったが、時たま私をはじめて訪ねてくる人が、停留所傍の新聞店に入って、「ムッシュウ・タカタ」の住所をきくと、彼女はギャルヴァン通り何番地と教えてくれた。

　ところが、「運命」が他のものを持ってきた。翌年の春、ナンシーから不意にシュザンヌ・ブリオーがクラマールの母親の家へ戻ってきた。喉の病気で治療するのだという。年増女との「物語」はすぐ成立する。その頃私はクラマールを去って、パリのシテ・ファルギエールのアトリエに移っており、クレールの店に通うことはなくなってしまった。そして、毎日のようにシュザンヌと会い、クラマールの彼女のところへ出かけた。彼女の母コルミエ夫人の家は、クレールの店のあるサン・クルー通りから一停留所パリ寄りのセーヴル通りにある。ある日彼女の家を出、坂を降りてパリ通り《リュ》の角でパリ行の電車を待っていると、パリからクラマール行の電車が先に来た。電車の一つの窓が花が咲いたように明るい。クレールがのぞけるように顔を出して、私を見つめている。そして私と眼が合うと、華やかに微笑した。一瞬に電車は動きだした。それから、私はクラマールへ行っても、クレールの店の前は通らなかった。彼女に会うのがなんだかこわかった。しかもそれから二十年以上たっても、彼女に「再会」したかった。それから二、三年後だったか、シュザンヌと私はシテ・ファルギエールにもう一つ大きなアトリエを借りて、同棲生活をしていた。その頃知り合った若い朝吹三吉と佐野一男と私はムードンからクラマールにかけての森へ出かけた。フランスの森、あの中のコローが描いたヴィラ・ダブレーの池やサント・マリーの池を彼らに見せたかった。森へ入る前に「僕は行く勇気がないから、君たち新聞を買うような顔をして、僕の『恋人』を見てごらん」と言って、彼らが行って私のことを尋ねたら、「ムッシュウ・タカタは女の方といっしょにパリに住んでいます」と答えた。

それからまた十五年以上経ち、戦争になり戦争が終り、私は二年半のドイツ流謫からパリに戻ってきて、その頃はもう同棲していなかったシュザンヌと共に、クラマールの森の傍の墓地にある彼女の母の墓に、十一月一日の万聖節《トゥ・サン》の日にお参りした。戦争のための燃料不足で無残に切り倒された森は昔の姿ではなかった。昔、彼女と二人でよく散歩し、「女王さまの謁見場《プラース・ドオディアンス・ド・ラ・レエヌ》」と名付けた、大鳥が翼をひろげたように屹立している樫の巨木の広場《クレリエール》もなかった。そこを歩きながら、「運命が曲っていたら、僕はクラマールの文房具屋の亭主になっていたかもわからんのだよ……」と話すと、彼女はずっと以前から「クラマール小町」のことを知っていた。あの頃多少は町の噂になっていたらしく、またおしゃべりの永瀬が話したのだろう。「これから行ってみよう……」と言う。私には勇気がなかったから、彼女だけ店へ入った。私は停留所傍で待っていたが、それでも、そーっと飾り窓《ヴィトリーヌ》のところまでしのび寄った。ガラス窓を通して、電灯の灯の下に、金髪に翳ったすこし憂鬱な面持ちの「彼女」が二十年昔のままに立っていた。私は追いかけられるように、そこから逃げだした。「動かない時間」というものを痛切に感じた。

高田博厚（たかた・ひろあつ）一九〇〇〜八七（明治三三〜昭和六二）年。彫刻家・思想家・翻訳家。石川生まれ。一九三一年〜五八年にフランスに滞在して、ロマン＝ロラン、ジョルジュ・ルオーら、フランスの文化人と広い交流があった。彼らをモデルに多数の彫刻を制作している。著書に『フランスから』『パリの巷で』など、訳書にロマン・ロラン『ベートーヴェン』『ミケランジェロの生涯』などがある。「森の孤独」を含む「分水嶺」は、一九七四年一月〜七五年三月の『世界』に連載され、『分水嶺』（一九七五年、岩波書店）にまとめられた。底本は『高田博厚著作集』第二巻（一九八五年、朝日新聞社）を使用している。

森の魅惑――エルンスト

大岡信

信じられないような話だが、マックス・エルンストは自分が鷲の巣におかれた卵から生まれたと考えている。「みずから語ったマックス・エルンストの青年時代に関するいくつかのデータ」という文章の中で彼が書いているところによると、「一八九一年四月二日午前九時四十五分、マックス・エルンストははじめて感覚の世界と接触した。彼は母親が鷲の巣の中におき、七年間鷲によってはぐくまれた卵から出てきた。ケルン南方六マイルのブリュールでの出来事だった。マックスはそこで育ち、美しい子供になった。」

誕生前の記憶について、たとえばダリのような画家はもっと明瞭なイメージをもって語る。ダリがしばしば語っている子宮の内部の情景とは、次のようなものである。「大体において、それは目玉焼きに似ているが、フライパンはない。卵の黄身の部分は、私の誕生前のヴィジョンにあっては、大体普通の卵と同じだが、非常にねばっこくて、きらきら光を反映している。白身の方はまったく神々しい。というのも、虹色の色彩で満たされているからだ。すべてが柔らかくて暗い。現実について思いわずらう必要がない。それはわれわれの知る限り、最上のものだ。われわれは生まれる瞬間に、楽園を見失う。とつぜん、ものすごい光に照らされ、すべてが干上ってしまう。それは暴力だ。誕生の外傷だ。」

ダリはその絵の中で、くりかえしこの「楽園」のヴィジョンにたちかえり、偏執狂的なしつこさで「誕生の外傷」を受ける以前の、柔らかくて、ねばねばした、卵の世界を描いている。それは彼の個人的神話の世界だが、それを合理化するに当って、彼はフロイトの学問を巧妙に利用し、意表をつくやり方で、個人的神話に普遍性を与えようとした。そして実際、「偏執狂的批判的方法」と彼のよぶ方法は、解釈妄想にもとづくおよそ不合理なものとものの結びつきを、灼きつくような明瞭さで画面に定着させ、いわば永遠化させることに成功したのだった。

マックス・エルンストの場合は、ダリの場合のような、生理的イメージへの固執傾向はみられない。彼もまた、誕生の記憶に忠実に、鳥をたえず絵の中に登場させ、あまつさえ彼自身の夢の化身として、鳥類の王者ロプロプなる不思議な鳥人を創造してさえいるのだが、にもかかわらず、エルンストにあっては、個人的神話へのダリ的な固執はみられないのである。というより、彼が彼自身の内部を深く、執拗にのぞきこめばのぞきこむほど、湧き上ってくるのは、神秘に満ちたラインの森であり、原人を思わせる奇怪な生きものの群であり、また博物誌にあらわれるさまざまな動植物であり鉱物であったのだ。

森林の魅惑。これはわれわれ日本人にはあまりピンとこない種類の神秘的感情のひとつである。日本の神話や伝説で、森の妖しい魅惑と神秘を、民族感情のもっとも根源的な部分にまでさかのぼりながら形象化してみせたものがあるだろうか、と考えてみて、残念ながらそうした神話や伝説を簡単に思い出すことができない。たとえばギリシア神話でも森林の魅惑、そして恐怖を主題にした物語はちょっと思い浮かばないが、かわりに、クレタ島の迷路のような話があって、迷いこんだが最後、二度と日常生活には戻れない暗黒の世界の象徴となっている。もっとも、そういってしまえば、日本の黄泉の国だって、そうした暗黒の世界、死の世界の象徴であり、そうした世界との交感ということになれば、現代にもなお、恐山のような場所でそのなまなましい実例がみられるということにもなるのだが、しかし、それは、森林の魅惑というすぐれてゲルマン的な神秘感情とは種類を異にしている。

マクベスが敗れたのは、森が動くのを見ておのれの凶運を知ったからだが、もし彼がそれ以前に森の魔女からその暗示を受けていなかったなら、あるいは彼は動く森の秘密を理性的に見破っていたかもしれない。森への本能的な怖れが彼の心のうちにあったことが、彼の敗北を招き寄せたとみることもできないわけではないのだ。

そしてこうした森への恐怖、またそれと裏腹な、森の神秘の魅惑は、十五、六世紀ころの北方の画家、グリュネワルト、アルトドルファー、ボッシュなどのうちに強烈に生きていた。そこには、中世からルネッサンス時代にかけての苛烈な宗教戦争のかずかずが芸術家にもたらした、暗黒な現実認識の投影があったであろう。ライン川やドナウ川周辺の鬱蒼たる森は、ありとあらゆる魔性の生きものたちの棲家であり、画家はそれらの魔ものを画面に描きだすことによって、彼らの現実認識に最も具体的な形を与えることができた。グリュネワルトの有名なイーゼンハイム祭壇画に登場して、聖アントワーヌをおびやかす妖怪どもは、イタリアの画家たちの眼には決して見えなかったものであろう。またアルトドルファーのよく知られている作品「聖ジョルジュ」にしても、画面の大部分は、不気味に生い茂り、錯綜し、人間をも馬をも、また凶悪な竜をも、今にも押しつぶし、呑みこんでしまいそうな密林の描写で埋められている。聖ジョルジュの竜退治の話は、中世のロマネスク壁画や彫刻以来、おびただしく描かれているものだが、スペインにしろイタリアにしろフランスにしろ、それらの絵の中心はいうまでもなく人間と竜の戦いのシーンそのものにあって、その背景にはない。だが、アルトドルファーのこの絵は、宗教的主題を扱いながら、実はそれ以上に、背景であるべき北方の森の不気味な魔力、その異様な美しさを強調しているのである。

マックス・エルンストは、その生れ故郷からしても、またそのつくりだしてきた幻想世界の質からしても、ライン地方に生きている森林幻想の隔世遺伝的な体現者である。彼は二十世紀幻想芸術の一極点に位置する芸術家だが、彼の作品が身をひたしている源泉は、何世紀もの時空をさかのぼった遠い民族的な記憶の世界にあり、しかも彼の森林や半人半獣的な異形の群れは、さらに遠く、先史時代的な幻想をさえ、われわれのうちによびさますのである。幻想芸術の展開には、エルンスト自身によるフロッタージュ（摩擦法）やデカルコマニー（転写法）とか、ダリによる偏執狂的批判的方法といった、テクニックの面での発明が不可欠な条件だったが、それらのテクニックが適用されたのは、個人あるいは民族の記憶の中にある、いわば神話的あるいは伝説的な領域に対してであった。そこには、伝統と革新との二つの力が、対立的にではなく、むしろ相乗的に働きあう場の発見があった。

森林は、あらゆる信じられない出来事が可能になる場所である。理性や論理では考えられないような荒唐無稽なものとものの出会いが、そこでは普通の出来事になる。騎士道物語では、騎士はこのまどわしと迷路と凶暴な破壊力にみちた森の世界をさまよい、あらゆる試練を切り抜けたのちに、ようやく館に到着するというのが常道である。この館は、いわば普遍的な光明の象徴であろう。そしてそれは、森の支配力の及ばない場所、すなわち空地にたっているのである。森は奇怪な姿をした野獣やデーモンに満ちて、騎士の前進を阻もうとする。それは、宗教的な観点からすれば、永遠の生命を得るための旅の途上に横たわるジャングルであり、暗黒界であり、地獄であるとさえいえよう。その森には、太古からすでに倒れ、腐り、積み重なって、強烈な香りを発している太い幹があり、それらの死に絶えた幹の上にさらに新たな樹木が茂り、解体と再生のはてしなく続く歴史を織っている。それは不気味な静寂に満ちた別世界だが、嵐ともなれば、天地を満たす悪霊が一せいに跳梁する恐ろしい叫喚の場となる。そして森は、おそらく人類が滅亡したのちも、なお鬱蒼として茂りつづけるだろう。それは、自然が人間にかいまみさせる超自然の力の、みごとな象徴である。

エルンストは「ニンフこだま」（一九三六年）、「雨後のヨーロッパ」（一九四〇年）、「荒野のナポレオン」（一九四〇〜四一年）などの作品で、妖気と魔性を帯びた食肉種的な、生い茂る緑の植物を地上に出現させたが、一九二五年ころから三〇年代前半までの時期には、実に多くの、森と太陽あるいは月をモチーフとした作品をつくっており、主題的にも技法的にも、彼の最も充実した一時期を形成している。彼はこのシリーズでは、葉も花もない、化石のような、鉱物質の森を描いている。それは、地殻の大変動の結果生じた、不毛な、しかし夜の世界の深いひろがりの予感にみちた異様に美しい無人の風景である。そして、このシリーズで重要な役割をはたしているのが、フロッタージュの技法だった。

フロッタージュというのは、要するに、もののざらざらした凹凸の表面に紙を置き、上から鉛筆でこすって、物質の触感もろとも、あるイメージを写しとる方法である。そういってしまえば、これは多くの人がすでに遊びの中で試みてきた方法にほかならなかった。ただ、エルンストの独自性は、この方法を用いて、彼独特の幻覚的な体験を一層強め、紙の上に写しとられたイメージから、まったく別の超現実的なイメージを創造した点にあった。子供のころ高い熱を出して寝ているとき、天井の木目が動物の群れになったり大男の悪魔になったりして、恐ろしい形相で迫ってくるのにおびえた記憶を持っている人は多いだろう。エルンストは、通常の状態にいても、しばしばこうした幻覚体験におそわれた。「たしかに、幼いマックスはこれら恐ろしい幻覚から歓びをも感じとったのであり、のちには木目、雲、壁紙、粗壁などを執拗に見つめつづけることによって〈想像力〉を活動させるため、すすんでこの種の幻覚に身を委ねるようになったのである」と彼は書いているが、彼にとっては、コラージュとかフロッタージュの技法は、いわばこうして組織的に喚起される幻覚の物質化の手段にほかならなかった。木目の形とか、壁の上の汚点を執拗にみつめつづけているうちに、そこに全く別種の影像が生じるということは、いいかえれば、視覚の内部に錬金術に似た作用が生じたことにほかならない。そして、そこに現われる影像は、エルンストの場合、多くエロティックな記憶と結びついていたというが、結局、心の内奥に深くかくされている欲望が、凝視するという行為に誘いだされて表面に浮かび上り、形をなすのである。それは従来の絵画が外在するモデルによって描かれていたのに対し、〈内在するモデル〉によって絵を描くことの可能性を立証する、重要な発見だった。無意識の領域に深く測深儀を沈めようとしたシュルレアリスムにとって、エルンストのこうした発見が、きわめて貴重なものだったことはいうまでもない。それは、手さぐりの盲目的な探究に、明瞭な形を与えるものだった。

フロッタージュの技法の発見は、彼自身の書いているところによると、次のような具合になされた。

一九二五年八月十日、雨の降っている夕暮れ、海岸の旅館に滞在していた彼は、何千回となく拭きこすられて木目が浮かび上った床板をみつめているうちに、ふしぎに強迫的な、いらいらする気分にとらえられた。それは、幼いころ半睡状態で経験した、妙にエロティックな幻覚に似た強迫観念だった。彼はこの強迫観念が何を象徴しているのかさぐろうと思い、床板に紙をあてて、手当りしだいに鉛筆でこすってみた。こうして得られたいろいろなデッサンの、黒い部分と柔らかい半影の部分を凝視していた彼は、自分の視覚能力が異常に高まり、さまざまの突飛な影像が、重なり合いながら次々にあらわれ、そこから種々の幻覚が生じるのに気づいて驚いた。彼はこの発見にますます好奇心をかきたてられ、木の葉、麻袋の切れっぱし、油絵のタッチの跡、糸屑その他、手当りしだいに同じことを試みてみた。こうして、ささやかな物質の切れっぱしから、人間の顔、鳥、岩、海、地震、スフィンクス、地球の周囲の小さなテーブル、大草原、最後の女イヴ等の影像がたち現われてきた。

この試みから生まれたのが、作品集「博物誌」（一九二六年）で、エルンストにとってもシュルレアリスム絵画にとっても、最も重要な成果のひとつとなったのである。エルンストは「フロッタージュの方法は、適切な技法により精神能力の刺激感応性を強化すること以外の何ものでもない」とその論文「絵画の彼岸」（一九三六年）の中で書いたが、フロッタージュのもたらしたすばらしい意義は、それが木の葉とか糸屑とかの自然物をそのまま利用しながら、そこから得られる影像は、自然の単なる再現ではなく、むしろ自然の内部にひそんでいる〈物の怪〉ともいうべきものをよびさましてくるという点にある。われわれの身近かにころがっている、たとえば銅貨のようなものが、遠い原始の太陽や月のイメージを瞬時にして定着してしまうのである。そのとき、銅貨はその相対的な効用性から解放され、物質そのものとして、再発見されているのである。

エルンストはこのフロッタージュの技法を、やがてカンヴァスに応用し、油絵で同じことをやるようになる。この方法で一連の森と太陽（あるいは月）の絵が作られ、また「流民の群れ」とよばれる、人間と動物との中間に位するような、地霊的な、また原人的な、異形の群れが描かれるのである。さらに、いくつかの美しい廃墟に似た都市風景もこの方法で描かれた。

コラージュにせよフロッタージュにせよデカルコマニーにせよ、いずれも、通常の意味での画家の技術というものを無視し、軽蔑する性質のものである。しかしエルンストは、その数多い作品（その中には、古い印刷物、とくに木版挿絵の切抜きを自由に貼り合わせて、奇想天外なコラージュに再構成し、それらによって絵物語を新しく作りあげた「百頭女」（一九二九年）、「慈善週間」（一九三四年）などもある）のすべてを通じて、まれにみる驚異的な技術を駆使している。ただそれらの技術は、いうまでもなく、自己目的化されるのではなく、未知の視覚的領土に彼を導くための手段にすぎなかったのである。彼はまだボン大学哲学科の学生だったころ、ボン近郊の精神病患者の療養所で行なわれた実習講義に出席し、患者たちの作った絵や彫刻を見て強烈な感動を受けたことがある。そのことを後年回想して、次のように書いた。

「私はそこに天才のひらめきを見得ると思った。私は狂気の境に存在する曖昧で危険な土地を徹底的に開拓してみようと決心した。しかし私がこの無人地帯に乗出す上で役立ついくつかの〈方式〉を発見したのは、まだまだずっとのちのことだった。」（「ラインの回想」）

ここでいっている「方式」とは、いうまでもなくコラージュやフロッタージュの技法を意味しているだろうが、そうした技法は、「狂気の境に存在する曖昧で危険な土地」、この「無人地帯」に乗出すための、必要不可欠な手段にほかならなかったのである。

だが、狂気の境に存在する曖昧で危険な土地というものは、エルンストならずとも、恐らく多くの画家によって、いや精神病患者によってさえも、探検されているといわねばなるまい。問題は、そうした探検の結果、どこへ到着するか、ということである。ただ単に異様な美しさをもった作品なら、けっして稀れではない。問題は、ひとつの絵が、その背後に、どれほど多量の自然の生成力をかくしているか、どれほど深く創造の神秘にかかわりを持ち、その神秘を現実化し得ているかという点にある。「芸術は見えないものを見えるようにするのだ」というクレーの、またエルンストの思想（それこそ「見者《ヴォワイヤン》」の思想にほかならぬ）は、裏を返せば、眼に見える作品の背後に、不可視の世界の現存が感じられるようなものでなければ、芸術の名に値いしない、という思想でもあるだろう。

そうした意味で、エルンストの作品が、つねに森の魅惑に包まれていることは注目すべき事実だといわねばならない。その森は、明らかにライン地方特有の、伝説的な神秘性をひめた森であり、エルンストはその森を通じて、民族的な記憶の、深く広いみなもとに触れているのである。しかし同時に、彼の森は、フロッタージュやデカルコマニーという、きわめて普遍的で非個人的な手法、われわれの周囲のささやかな物体を媒介とするこの手法によって喚起されたものであり、それ故に、日常生活と肌を接して存在している神秘な世界というものを、この上なく直接的な仕方で、われわれに指し示しているのである。

生と死、光と闇、騒音と静寂、知性と狂気といった対立概念をまぜこぜにしてしまい、それらすべての融合の中から、あらゆる出来事や出合いが可能なひとつの世界を誕生させること、それは錬金術士の夢に似ているが、芸術家が住まねばならない世界は、いつでもそこ以外にはないであろう。

大岡信（おおおか・まこと）一九三一〜二〇一七（昭和六〜平成二九）年。詩人・評論家。静岡生まれ。古今東西に亘る広い視野の下で執筆した。菊池寛賞を受賞した『朝日新聞』連載の『折々のうた』は、多くの人々に読まれている。『蕩児の家系――日本現代詩の歩み』で藤村記念歴程賞、『紀貫之』で読売文学賞、『故郷の水へのメッセージ』で現代詩花椿賞、『地上楽園の午後』で詩歌文学館賞を受賞。「森の魅惑――エルンスト」は『世界』一九六四年一一月号に発表された。底本は『大岡信著作集』第一〇巻（一九七七年、青土社）を使用している。森や山に関連する他の作品に、「森」がある。

森の感覚

大佛次郎

パリに行って、近郊に深い森が多いのが思いがけなかった。ベルサイユにも、フォンテンブローにも、シャンチーにも、宮殿や城がある近くには必ず広大な森林があって人が自由に出入り出来た。パリの市中にもブーローニュの森がある。前世紀には馬車や乗馬を駆けさせる気取った散歩道だったのが今日でも市民の行楽の場所となっている。ボートを浮べて遊ぶ大きな池がある。休み茶屋とでも言ったカフェやレストランが樹陰にぽつんとある。そして幹線道路はきれいに舗装されているが、森は入るほど深くて、迷ったら出口に迷うほどである。レマルクの小説の「凱旋門」で、主人公の若い医師が、自分をドイツ国内でむごたらしく拷問したナチの手先にめぐり合って、殺してこのブーローニュの森に運んで死体を地に埋める。なるほど、ここならばそれも出来ると感じられるくらいに広いし、陰が深い。そして日本の公園の、向うが透いて見える森のように樹はみすぼらしくやせてない。下草も自然のままに繁り水も流れている。野のにおい、森のにおいがあふれている。シカやキツネが住んでいると聞かされても意外とは考えられない。

北欧もドイツも神話的な巨大な自然林で有名である。イギリスの小説にも、アイバンホーあたりに、盗賊が住み旅人が道に迷い易く盗賊が出没する深い森が出ている。イタリアでは人を害《あや》めて敵の追及を逃れて森に隠れ住む話が多かった。これは開化の及ばなかった過去の時代の話としても、フランスの森は、文化の爛熟《らんじゅく》した今日にも大切に保存されている。器械時代に入った現代にも鉄鋼やアルミニウムに向い合うものとして森が都市の中に大切に残されているのである。

日本には山林はあるが平地の森林は残されてない。国土が狭く、経済上の動機が強く作用したからに違いない。小動物が住む森の感覚はわれわれにない。昨日の青田が、今日は埋立てられて工場の敷地になっているときに、都市の中に森をなどと空想する人間があったら笑止とされるだけだろう。

フランスの森も、もとは王朝時代に貴族たちの狩猟地として維持されたものだったらしい。キツネやシカなど小動物にねぐらを残してやってあったのである。しかし数度の革命の後までも、これを大切に守って来たというのは、他国人でないフランス人の血やセンスの仕事である。私はアメリカにも行った。ニューヨークのスカイスクレーパーの間から郊外に出ると、人の手が入ってない雑木山が無限にひろがり春は花水木の花が咲き、カッコオが鳴いている。ニューヨークの市民で、この山の中に小屋を建てて孤独に住んでいる者がすくなくない。私を案内してくれた友人もそのひとりであった。自動車があるから道路さえ通じてあれば、彼らはどこにでも行って住み、昼はマンハッタン地区の事務所に通勤する。ここでは森は、都会の外に離れていてもよいのである。日本では、真似が出来ない。その間に資本のある者が無思慮に田園を破壊するだけである。森をわれわれの身近くに呼び戻す方法はないのだろうか？

大佛次郎（おさらぎ・じろう）　一八九七〜一九七三（明治三〇〜昭和四八）年。小説家。神奈川生まれ。映画・芝居・ラジオ・テレビになった『鞍馬天狗』や、『赤穂浪士』などの時代小説で知られる。外務省条約局の勤務経験もあり、グローバルな視野を持つ。『ドレフュス事件』や『パリ燃ゆ』は、ヨーロッパに取材した重厚な作品である。西洋の旅行体験を素材に、多くの軽妙なエッセイを残した。「森の感覚」は未刊随筆として、『大仏次郎随筆全集』第三巻（一九七四年、朝日新聞社）に収録されている。底本は同書を使用した。森や山に関連する他の作品に、「雑木山」「小坪の富士」などがある。

5

高原／別荘／ふくろう

森の中

中里恒子

Dear Aunt ——
Thank you for your letter. I shall be at Yokohama-Station at 10 o'clock this Sunday, 17th.
So long.
Mary

或日、マリアンヌからこういう絵葉書がきた。それは、私が山手のBホテルへ午餐に招んだ返事なのである。——

草木屋の月明紙の絵葉書で、ごぜんたちばなの写真が出ている古風なもので、私はマリアンヌがいつの間にかこんな趣味をもつようになったのかもうっかりしていたので、ちょっと新しい気持がした。

これを日本文字で書けば、たいへん簡単な事務的な文句であるけれど、なんだか英語で書いてあると綺麗に見える、そして、よけいなことの少しもない文句も、いかにも英語らしくてそんなことも私を少し喜ばせた。

いったいに西洋人の普通のひとの手紙というものには、あまり形容や饒舌は無いようだ。詩とか文とか作るひとのことは別である。

マリアンヌのお母さんも、極くかたい手紙を書くひとであるから、マリアンヌも多少似ているのかもしれない。

私はちっとも西洋人が好きではない。そしてまた、西洋人のお友達なども今は無い。けれど、私の小説に活かしてあるようなひとびとと、私は本当に日常のなかでも親族のひとりとして暮してきた。

ひとりはイギリス生れの義姉で、ひとりはフランス生れの姉嫁である。しかし、このフランスの姉の方はふしあわせにも永く患い、懐郷の念に駈られながら療養していたが、少し快くなってフランスへ帰り、スイスへ行ったりしていたけれど、とうとう亡くなってしまった。まだ若かった。――

このふたりの異国の姉たちの為に、多少、西洋人を知ってはいたけれど、そうでなければ、私から好んで交際するなどということはとてもなさそうである。

ちょっと随筆めいてしまったが、これは、マリアンヌを描く為のざっとした私の準備である。マリアンヌは、たいへん体格が好い。上等なゴム毬のように固く、毛糸のようにしなやかな四肢をもっている。

少女という感じのなかに、私は先ず痩せていることを第一に感じる癖があるので、実は、マリアンヌが痩せていないことは不満で仕方がないけれど、会っていると、その容姿の堂堂たること、はるかに私を圧する恨みはあっても、じきに少女の地を出して来る。マリアンヌのお母さんは相当やかましいので、マリアンヌも時間とか仕事とか約束とか、中なかきちょうめんで、決して、知らない男のひとと口をきいたり、笑顔などみせない。

いつも、つんと澄ましていて、気むずかしそうな顔をしている。

私も少女のときは傍見をして道を歩いたりしたことがないくらい澄まして、恐い眼をして大変な怒りんぼであったけれど、どうかすると、マリアンヌのなかに、少女の頃の私がうつっているような気がすることもある。叔母とよばれるより、お友達程度の気持しか私はもてないので、マリアンヌの方でもらくな気持でいるらしい。ただ、手紙とか、なにか貰うとか、御礼とかいう場合に限って、急に私を叔母らしく扱うのでおかしい。これもきっと、お母さんの躾なのであろう。

マリアンヌと約束するには、先ずお母さんへ先に申し込む、それでないと、私がさもマリアンヌを誘うように思われそうでうるさいからである。尤も、このコツは、私の兄に当るマリアンヌのお父さんから伝えられたもので、家庭に於けるマリアンヌのお母さんの全貌をもの語っているように見える。

この絵葉書も、そういう順序をふんで私のところへ宛てられたものであるけれど、かわりに私はマリアンヌのお母さんに信用があるらしいので、本当は直接にマリアンヌと約束したっていいのだけれど、少女という位置を、私は出来る限り尊重して、マリアンヌのお母さんがマリアンヌを守っている、マリアンヌも守られている、とでも云うようなそういうつつましさを愛したい為であった。

マリアンヌのお母さんは、身分とか財産とかの少しもむずかしいひとではないけれど、いかにも英国婦人らしい保守的なタイプのひとで、少し固い気持の、地味な理論家で、お洒落をしてもフランスの姉ほど垢ぬけず、きっちりしたこすちゅうむの一番似合う夫人である。

丁度、私はその頃、独りで山手の外人墓地へおまいりに行っては、碑文を蒐集していたので、ふと思いついて、マリアンヌに手伝ってもらおうと考えた。――

「どうして、お墓の文句なんか書きとるの、」

「……好きだから、」

「どこが面白いの、みんな名前と、死んだ月日と、短いお祈りの言葉ぐらいじゃないの、」

「それには動機のようなものもあるのよ、だけど……まあそんなことといいじゃあないの、」

マリアンヌは私をちらっと凝視《みつ》めて、

「そうね、ここのお墓なら、ちょっとぐらいあたしも散歩したい気持がしてよ、」

少女らしく、素直に考えてくれたので、私も気持がよかった。そして、私たちは、或冬にま近い朝、横浜駅からわざと電車に乗って、元町の通りを歩いて測候所の脇の坂から、累るいと重なる白い十字架を眺めながら墓地の表門をはいった。

墓地正面入口の鉄扉には、日本字と英字と両文でこういう断り書きがさがっていた。

墓地内無断立入ルヲ禁ズ。

写真機携帯、摸写ヲ禁ズ。

管理人

このたった二行の断り書きは、この墓地独特の表札のようで、そのために、整然とした墓地の全景を物語化してさえ思わせるほどである。私はもうこの管理人と見知り越しになっていたので、ふたりで黙って中へはいると、丁度、家の前の花壇をいじっていた管理人と会って、ちょっと挨拶をしあった。

寺男というところだろうと思えるのに、ここにはそんな暗さやみすぼらしさは少しもない。まことに明るい風つきで、一番初めての日に、私がこの管理人に断りに行ったとき、

「あのう、墓地のなかを見せて頂けますか、」

何気なくこう云うと、白髪のまじった顔を少し困ったようにして、

「さあ！　お墓ですから、お見せすると云いますのはどうも！　おまいりでしたらどうぞ、」

と私のあげ足をとりながら云うのである。私もそうだったと気がつき、中なかいいひとだと思った。……

その日はグレイのちゃんとした上衣をきて、サルビヤの花を鉢からおろしながら、

「あのう、メーソンさんのお嬢さんで御座いましたね、」

私にこうマリアンヌのことを挨拶代りに云った。

「いいえ、――」

その間にマリアンヌはこつこつと靴音をひびかせ乍《なが》ら下の道へ歩いていった。よく刈りこまれた芝生は、テリヤの背中のように滑かで、南陽《みなみび》を浴びた墓標の周りには薔薇の花が二つ三つ咲いている。

大理石の十字架には、花や天使や女神などの彫刻がほどこされ、死者をあたたむる

にふさわしい美しさだ。ペンキ塗りの、侘しげな木の十字架の周りに、秋の小菊がむらがったまま土によごれている外は、どの十字架もまっ白く屹立し、ひっそりと明るい天国の庭へ立ったような静穏な気持である。それにまあ、日当りのいいことと云ったら……墓地の下はまもなく海であった。

「ああ、これは赤ちゃんの……」

私は碑文を書きとることも忘れて、まるで懐しい私の知人でもこの土の塒に眠っているような、そんな身近いあたたかさでいっぱいになり乍ら、碑の間を歩きまわっていると、

「まあ、こんな綺麗な造花があってよ、」

とある片隅の目立たぬ場所に、マリアンヌが窮屈そうにこごんで私を呼んでいる。そこには、丁度赤ちゃんの寝姿くらいの、ベッドの形をした白い石碑の上に、石の本がひらかれて、聖書の一句が刻んである。

そして、その碑の上には、赤い籠に、白やピンクの造花が盛られて、なんだかその一廓だけ、のどかな子供部屋のように生き生きと真昼の光線を浴びていた。

墓標には、My Baby 1926. 5. 11. と、これだけの文字きり見えぬ。

マリアンヌと並んで私もそこの前でお辞儀をした。

「アンソニイのことを思い出すわ、」

アンソニイというのは、マリアンヌのすぐの弟で、日本で生れた最初の男の子であったが、生後二ヶ月ばかりで世を去ってしまった。そして、私の祖父母や父の眠る故郷の町に、ともに小さく葬られている。

「生れたときから、淋しそうな赤ちゃんだったわ……覚えてる？　私が病院へ御見舞いにいった日を――マリアはまだ六つか七つぐらいだったわ。」

「そう……そう云えば、まだ叔母さまはお下げにしていたっけ……丁度、いまのあたしぐらいだって？」

その小さな十字架の前で、私たちは、いつか、十年近い日日が古びてしまっていることを発見し始めていた。

もう幾度となく見馴れた墓碑のなかを、ふたりでただ歩いていた。お昼の時刻であろう。管理人の家の台所から、魚を焼く香いが漂っている。

「ちょっと。」

マリアンヌが顔を或る十字架にむけた。

細い大理石の碑には蔓薔薇が絡み、墓の周りは鎖のように垣が組まれた、豊かそうな品の好い設計である。

「これ、ほら、伯爵夫人のお墓よ。」

碑文には仏蘭西語で身分が記してあった。

それからまもなく、私たちは墓地を出てBホテルへ向った。

とうとう、私はその日は碑文を一つも書きとらなかった。

マリアンヌも、自分が、私のそういう仕事を手伝う為に招ばれたことを意識していないように、

「ああ、いぎりすの商船がはいってるわ、だけど、もうこの頃はお国のこと考えないのよ、」

測候所の塔にひらめく旗の向うには、船のマスト高く、英国の旗が揺れていた。

「いぎりすへお嫁にゆくって云ったのひるがえした？」

「その時がくるまで、神さまが私を立たせて下さるまで……」

マリアンヌはこういうと、その血色の好い頰をいっそう染めながら、訴えるような眼もとで私を見た。

そんなことがあってのち、私は久しい間マリアンヌと会う機会を作らなかった。

そして、夏になってしまった。いつもは、たいてい私の家の近くにある、ルネ夫人の夏別荘へあずけられる慣いであったが、今年は、家じゅうで軽井沢へゆくという知らせがあった。

ルネ夫人も、すぐ隣りあって小さな別荘を借りるということである。

マリアンヌは、母親からまだ髪にパアマネントをかけることを禁じられていて、去年の夏は、よく私の家へアイロンをかけにやって来たのだが——庭の方から、水いろのサンダルを履いて大きな麦藁帽子を冠って、リボンのついたドレスを着て、「こんにちは、」と声をかけてはいって来る。

私の家でもみんな海へでかけてしまって、いつも私が独りで昼寝をしている頃であった。

「いらっしゃい、」

そう云うと、ももいろの肉体を匂わせながら上ってきて、

「寝《やす》んでいていいの、あのね……あの、ちょっと、アイロン貸して、」

「どこかへおでかけ？」

「ルネ夫人が鎌倉へ散歩に連れてってくれるの、ルネ夫人はね、あの小さな馬車が好きなのよ、」

それから私も手伝って亜麻いろの髪にアイロンをかけ始める。

「ルネ夫人ったら、とってもうるさいの、なんでもママに報告するのよ、あたしのこと、お化粧しちゃあいけないって云うの、」

「それなのに、うちへそうお洒落にきては、私が困ってよ、」

「だって、あたしのお友達、みんなすごいのよ、もうソワレを作ったんですって、」

羨ましそうに、友達の夜会服の話をしながら、

「でもね、多分、来年からあたしも、夜のあつまりに出ていいのよ、いつかママがそう云ったわ、そしたら髪を綺麗にして……」――。

そう云ってたのしんでいた日が、もうマリアンヌに来てしまっているようである、私の久しく会わないうちに。

軽井沢から簡単な絵葉書がきた。

お友達は大勢すぎるほど来ているけれど、女中のお雪さんが馴れないので、いつも家の仕事や、弟や妹の世話を手助けしなければならないので、そんなに遊ぶ暇がないという便りであったが、そういう短い文章のなかに、よくマリアンヌの姿が出ていて、私は、一少女が、こうしてだんだんに家庭生活の順序を躾けられながら、やがて営む日の為に、あくまで心身の清浄を高めてゆく日常のありさまを尊く思った。

誰のために!! みんなそれはマリアンヌ自身のためであろう。きびしい青春の日。それは、厳しさのとける日のしあわせを、どんなに深めてゆくことだろうかしら。

そのうちに、私も一週間近くの時間を作って、独りで高原の町へ旅に出た。

マリアンヌたちの借りた家は、匈奴《ふんぬ》の森に近い或る大きな邸内の森の中にある、幾軒かの小さな夏別荘のひとつで、樹立のすぐ向うに、ルネ夫人の屋根が見える。……

撫子だの百合だの桔梗だの萩だのの秋草の生い繁った小径を、凡その見当をつけて私がたずねて行くと、清冽な水のほとりへ出た。小さな女の児が女中と玩具の船を浮べている。もの音ひとつ無い静寂な、しかし明るい森のなかには、どこか遠く音楽がきこえる。

森の樹のふれあう音をききながらじっとたたずんでいると、私は魔法の森のなかへ迷いこんだような気になった。

この一本一本の樹に、私がうっかり手を触れたなら、途端にかけられた魔法が解けて、その樹樹たちはひとりびとり美しい女や男の姿に還えることも出来そうだ。そんなことを考えながら歩いてゆくうちに、小さな家の屋根が見え始め、そして、まっ白な下着やズボンなどが、綱の上で揺れているのをみつけた。

そこがマリアンヌの住居であった。……

「あら、ほんとに来たのね、ほんとなのね、」

奥の方でこういうマリアンヌの声がした。

「ちょっと待って、今着替えてゆくわ、あたし、今日はお留守番なの、」

やがて、胸のボタンをはめ乍ら、やっと出てきた。そして、小さな声で、

「下のいたずらさん達は昼寝なのよ、」

全く、下の子供たちがいると、私も落ついて話すことも出来ないのを経験していたので、それはいいあんばいだと思った。初めて私がマリアンヌを正面からみつめると、そこには、まるで違ったマリアンヌの姿がある。そして、なんて綺麗な少女になっているのだろう、少女というよりも、もっと豊かな、もうどんなまばゆい夜会服も似合いそうな、立派な胸や背をもったひとりの女性になっているのである。

「まあ、なんだかしらないけれど、急に大人っぽくなったこと、」

「そう、あんまり見ないで！」

「だって——髪のいろがちがったわね、」

「染めたの、」

「そんな、きんいろに染まるの、」

「薬で変えられるのよ——だって、あたしの髪少し色が濃いでしょう、ママも、お国にいた頃はとても美しい金髪だったんですって、だけど日本へ住み始めてからは、だんだん毛の色が変ってしまったって……やっぱり気候や食物の関係なのね、」

「ママも染めているの、」

「いいえ、あたし、髪をカアルする為に色を変えたのよ、この色の方があたしに似合

うって云うんですもの、」

　私は、そう云えばマリアンヌの顔が、以前より複雑にみえるのに気づいた。きつい位の、はっきりした顔立のなかに、ちょっと淋しげな表情が目立って、訴えるような眼差しを、一層深く感じさせる。

　……もしかしたら、恋でもしてるのではないであろうかしら。

「みんな、何処へおでかけ？」

「浅間のふもとの方へ散歩に行ったの、」

「私ね、もう二、三日うちに帰るのよ、」

「もうここへ来ない？」

「ええ、たいてい、」

「あたしね、来年になったら働くつもりよ、」

「何かプランがあって、」

「もっと、自分を強くしたいから、そして働く以上は、本当にあたしの力を買って貰えるような……決してお嬢さん芸や、お嬢さん的の興味から働かして貰うような見栄はしなくってよ、もう、タイプも速記もじき卒業なの、働いて、いっぺん英国へゆくわ……」

「やっぱり、向うがいい、」

「そりゃあ、あたし、日本のお友達ってないけれど、あたしが混血児だって云うことにへんに好奇心をもっているらしいのですもの、とてもつまらないわ、それにあたし、日本のことあんまり知らないでしょう、自分でも外国人の気持でいる方がらくなの、だけど、今にあたしの一番苦しむのは、このことだろうと思えるの、そしたら、英国へ逃げるわ、」

マリアンヌの言葉をきいていると、私は、マリアンヌのお父さんである私の兄を責めたいような気持がする。

日本で生活する以上、なぜ妻や子を、日本の習慣のなかで生かせ得ないのであろう。

「あなたは、ちっとも日本を知らせようとしないのですよ、知られるのを恐わがっておいでではないでしょうかしら……」

私が黙って、ぼんやりお茶を飲んでいると、

「あのう、支那と戦争が始ったわね、どういうわけなの、ちっともわからない、なんだか大変みたいね……」

急にマリアンヌから話し出した。暑い町町のなかに、千人針を縫う人びとが何処にも見受けられる支那事変の余波は、この高原の町にもひびいているらしい。

「日本の新聞ぐらい読めるでしょう、そしてわかるでしょう?」

「読めるわ、この頃は日本の新聞よむのがあたしの勉強なのですもの、」

マリアンヌは日本の小学校は三年まで済ませただけで、あとはカトリックの外人の学校へはいっているのであった。

私はごく平易にだいたいの戦争の輪廓を話した。

「ママなんかなんて云ってらっしゃる、」

「ルネ夫人と時どき話をしててよ、だけど、一家の争いとか不安が、定って経済的の原因からきているように、こんどのこともその点がはっきりすれば……」

「でもきっと、今度のことで、ルネ夫人やあなたたちに、いっぺんに日本人がわかって貰えそうだわ、また、わからずにはいられませんよ、そう無関心ではすませなくってよ、」

マリアンヌはうなずいていたが、きっとした顔つきになって、

「これ、あたしの空想よ、もし、日本と英国が戦うような場合がくるとしたら、あたし、そういうことのないためにママのお国へは帰らないわ、あたし、日本につくわ、」

「そう、そんなにわかっていて、どうして、ふだんの生活に英国がすてられないの、」

マリアンヌは遠くをみつめるような哀しい眼つきをして、

「あたしにもわからないの……」

その言葉をきいたとき、私は、マリアンヌの悲しみのありかがむき出されたように思えた。

それはどんな悲しみも及ぶことの出来ない、まるで私たちの感じる悲しみと比較にならない哀愁を、生れたときから自分のなかにもってきたような、そんな運命を感じさせる日翳のようである。……

「送ってゆくわ、ユキさん、ユキさん、」

それからマリアンヌは帽子をかぶらずに、カアルした亜麻毛をリボンできゅっと結んで、唇を赤くして出てきた。

外はもう午後の日が樹樹の影をおとし、森の中の杉苔に草の匂いが立っている。向うから白いジャケットを着た西洋人の男がやって来た。丁度、森の中へかかった。ふたりの傍へくると、マリアンヌも手を振っている。向うでは、私が見えないような顔つきで、つかつかとマリアンヌのそばへ近寄って英語で喋り出した。マリアンヌも臆せずに話しあっている。私は知らん顔して杉苔をさわっていた。童女の掌ろのように柔かですべすべして、なんて静かな美しさであろう。

暫く話しあったのち、ふたりは握手して別れた。何気なく私が立ちあがったとき、丁度ふたりの挨拶が済んだところらしく、マリアンヌの上気した顔が私を見た。――少し不安そうに、そして、少しは私をとがめてでもいるかのように。

私のそばへくると、

「あのひと、お友達の兄さんなの、こないだ、みんなで自転車のりをしたの、」

私は黙って笑っていた。マリアンヌもそれっきり話さなくなって、ふたりは急に忙しげに歩き出した。森の出はずれで、マリアンヌは二、三人の金髪の少女に出会った。親しそうに話し交していたが、別れるときにはみんな手を振りあって、大きな声で言葉を投げつけながら思い思いの恰好でさっさと行ってしまう。

ふと私がマリアンヌの方をみつめると、マリアンヌも私が森の中の青年を意識し出しているのに気がついたように、少しはにかんだような眼もとで、

「もう町へはいったわ、だからあたし、ここでお別れしてよ、――」

私もなんだかこの上マリアンヌと一緒にいるのが苦しいような気さえしてきたのですぐ別れる気になった。

マリアンヌはちょっと笑みかけて、

「……では握手しましょう、」

まだ高い日光のきらめくなかで、私たちは立ちどまって手を交した。それから、マリアンヌは豊かな髪の毛を日に染めながら、木洩れ日のレエスのようにすき透る樹立の中を歩いていった。

中里恒子（なかざと・つねこ）　一九〇九～一九八七（明治四二～昭和六二）年。小説家。神奈川生まれ。横浜の山手や、避暑地の軽井沢など、モダンな都

市空間を背景とする作風で出発した。国際結婚をモティーフにした「乗合馬車」で、一九三九年に芥川賞を受賞している。一九七〇年代には『歌枕』で読売文学賞、『誰袖草』で女流文学賞を受賞した他、長年にわたる創作活動に対して日本芸術院恩賜賞が授与されている。「森の中」は『新女苑』一九三八年六月号に発表された。底本は『中里恒子全集』第二巻（一九八〇年、中央公論社）を使用している。森や山に関連する他の作品に、「緑の風」がある。

はじめてのものに

立原道造

ささやかな地異は　そのかたみに
灰を降らした　この村に　ひとしきり
灰はかなしい追憶のやうに　音立てて
樹木の梢に　家々の屋根に　降りしきつた

その夜　月は明かつたが　私はひとと
窓に凭れて語りあつた（その窓からは山の姿が見えた）
部屋の隅々に　峡谷のやうに　光と
よくひびく笑ひ声が溢れてゐた

――人の心を知ることは……人の心とは……

私は　そのひとが蛾を追ふ手つきを　あれは蛾を
把へようとするのだらうか　何かいぶかしかつた
いかな日にみねに灰の煙の立ち初めたか
火の山の物語と……また幾夜さかは　果して夢に
その夜習つたエリーザベトの物語を織つた

立原道造（たちはら・みちぞう）一九一四～一九三九（大正三～昭和一四）年。詩人。東京生まれ。戦争色が次第に濃くなる一九三〇年代に、津村信夫と並んで四季派を代表する作風を形成した。軽井沢の追分が多くの作品の舞台になっているが、その一つの理由は結核を患っていたためである。詩集として『萱草に寄す』と『暁と夕の詩』をまとめた。東京大学建築科の卒業設計は「浅間山麓に位する芸術家コロニイの建築群」で、辰野金吾賞を受賞している。『萱草に寄す』に収録された「はじめてのものに」は、『四季』一九三五年一一月号に発表された。底本は『立原道造全集』第一巻（二〇〇六年、筑摩書房）を使用している。

山小屋作りと焚き火の日々　二〇〇五年二月

佐々木幹郎

浅間山の北西約一〇キロほどの地点に、「アリス・ジャム」と名付けた山小屋がある。木で組み立てた小屋が三棟、標高一三〇〇メートルの山の斜面に建っている。群馬県吾妻郡嬬恋村。キャベツとレタスの産地として有名だ。

一番最初の小屋は、一九七二年に山の斜面を手に入れた友人たちが建てた。四・八メートル四方の二階建て。三棟のうち、もっとも古い小屋なので旧館と呼んでいる。主に食堂として利用している。「アリス・ジャム」の山小屋は、この一棟から始まったのだった。名前の由来は、この小屋を主宰する友人が「不思議の国のアリス」が好きだったこと。そしてこの山小屋に集まってきた、当時二十歳前後だった村の青年たちが「アリス・ジャム・カンパニー」というフォーク・グループを結成した。彼ら彼女らの村での職業はさまざまで、いまや五十歳を迎える年齢になっている。

わたしがこの山小屋を最初に訪ねたのは、一九八四年、アメリカのミシガン州の大学に研究員として半年間派遣され、帰国した直後の夏だった。ミシガンで毎日広々とした原野を見ていて、いきなりせせこましい東京に帰ってくると、カルチャーショックに見舞われた。関東近辺に広々とした原野のあるところはないかと友人に相談したら、嬬恋村の山小屋を紹介されたのだった。浅間山の麓のなだらかな斜面には、見わたす限り広大なキャベツ畑があり、ミシガンの農地と同じフォード製のトラクターが行き交っていた。すっかり安心して、わたしは半年間、一人で山小屋で遊んでいた。村の人からオートバイを借りて農道を走り回り、仕事らしい仕事もしないまま、毎日、山小屋の周囲の木を伐採しては領地を広げたりした。

それ以来、現在まで、月に二、三回、週末になると友人たちと声をかけあって、東京から嬬恋村まで車を走らせる。深夜に関越道から信越道に乗ると、約三時間で山小屋に着く。小屋がオープンすると、村の人たちが来てくれる。東京や群馬県以外から、遠距離を車で走ってくる人がいる。ギターを弾く人がいて、魚を焼く人がいて、酒を飲む人がいる。その誰もが自分の山小屋だと思っている。わたしが一人で山小屋に住んでいたときは、みんな誰も文句を言わなかったのだが、ほんとうは、じっと我慢してくれていたのだと思う。彼らの子どもたちも赤ちゃんの頃から山小屋の常連で、二世たちは最近、親よりもギターがうまくなってきた。

「アリス・ジャム」という名の通り、この山小屋では毎年、ジャムを作っている。六

新館ベランダより旧館（左）、書斎棟（右）を見る

月の終わりから七月にかけて浅間山麓に実るレッドカラント、グースベリー。九月から十月にかけて吾妻山（四阿山）の頂上付近で実るブルーベリー。天然のベリーを摘んでジャムにし、山小屋を利用する全員で分配するのだ。

最初の小屋が建ってから十五年後、山の斜面に二番目の小屋ができた。これも四・八メートル四方の二階建て。今度は山小屋を利用する全員がそれぞれの特技を生かして作ろうということになった。東京の木場の材木問屋からカナダ産ツゲの端切れをわけてもらい、それを煉瓦のように積み上げて壁を作った。週末ごとに山小屋に集まり、大学生たちも加わって二十人以上が働き、約一年がかりで素人による手作りの小屋が出来上がった。ベランダも階段も作った。

素人作りなので、積み上げた壁のところどころが歪んでいる。しかし、それが味となって、かえって愛着が湧く。積み上げた壁には隙間が多いので、部屋の換気はすこぶるいい。だから、夏は涼しい。昼寝にもってこいだ。冬はどうかと最初は不安だったが、ストーブを焚くと、空気の流通がうまく働いているのだろう、積雪の多い真冬でも少しも寒くはない。この小屋を新館と呼んで、宿泊用やパーティの会場にもしている。

新館が建ってから十二年後、山の斜面のもっとも低い土地に三番目の小屋ができた。これまでの二棟は二階建てだったが、この小屋だけは同じサイズの一階建てにして、

書斎棟、棚板の厚み３センチ、奥行き16センチの本棚

四方の壁はすべてカナダ杉で天井まで約五メートルの高さの本棚にした。カナダ杉の赤い木肌は、現在も気持ちのいい木の香りを新鮮に放っている。この小屋は大工さんに建ててもらった。手の届かない高い棚へは、これもカナダ杉を使った梯子で登るようにした。大きな梯子だが、本棚と同じ木材で作ると不思議と目立たない。ここはわたしの書斎で、子どもは出入り禁止。普段は大人しか入ることのできない空間にしている。

本棚は三センチの厚みの木を使い、格子状にした。棚板を厚くすると、どんな色とりどりの背表紙の本が並んでも木の存在感のほうが圧倒する。それによって部屋の統一感が保たれる、ということを、わたしはアメリカの西海岸に住む知り合いの書斎を訪ねたとき、教えられたのだった。デザイナーの彼は、棚板をペンキで緑、赤、黄色などに塗りわけていたのだが、わたしはカナダ杉の木肌の色をそのまま生かすことにした。

本棚を作るとき工夫したのは、本の大きさに応じて木の桟を使って棚板を上下に移動できるようにしたことと、本棚の奥行きを一六センチにしたことだ。奥行きをそれ以上取ると、並べた本の前に空間ができる。すると、どうしてもそこにもう一冊、本を置きたくなる。後ろに隠れた本は死んでしまい、存在していることさえ忘れてしまう。東京のわたしの住んでいるアパートでは、そういう二重架蔵の状態が続いていて、本を探すのに毎回苦労している。山小屋ではそれを避けたかった。というよりは、所蔵しているすべての本の背表紙を眺めながら暮らす生活を、一度はしてみたかったのである。奥行き一六センチあれば、たいていの本は収まる。それ以上を越える本は、棚からはみ出してもいい、ということにした。

本というのは不思議なもので、いずれ読もうと思って本棚に並べ、そのまま長く読む機会を失ったものでも、背表紙の文字を眺めているうちにインスピレーションが湧いてくる。わたしは山小屋の書斎には、晩年になってから読もうと思っている本を中心に並べることにした。旅の本が多い。それらの本の横に、シングルモルトのボトルを並べている。本とウイスキーを棚に並べ、正面に大きなスピーカーを置いて音楽を聴く。こういう快楽空間を作ってしまったから、たいていわたしは書斎に入ると、いつの間にか気持ちよく寝てしまうのである。

書斎の壁は三重構造にした。雨や雪が壁に染み込んで本を痛めないようにするためと、虫の侵入を防ぐためだ。この土地では、晩秋になるとカメムシやテントウムシの大群が冬ごもりのために、いっせいに木の壁の隙間から入ってくる。隙間の多い旧館や新館では、冬に部屋のストーブをつけたとたん、カメムシたちが目覚めて、いたるところで蠢きだし、春が来たかとばかり、空中を飛びまわるのだ。掃除機で彼らを吸い込むと、部屋中にカメムシ特有の臭気が蔓延する。シュラフのなかに奴らが一匹でも潜り込むと、朝までカメムシの臭いに悩まされる。カメムシの顔を虫眼鏡で覗き込んだことがある。奴らは実に愛らしいつぶらな眼をしているのだが、手に触れたとき残る臭いにだけはいつまでも慣れることができない。

テントウムシもタチが悪い。彼らは臭いこそ出さないが、冬の間はたいてい、窓の隅に集団で固まっている。彼らの存在に気がつかずに窓を開けると、その固まりをつぶすことになる。そのままにしておくと、テントウムシの死体の山に雪が積もって凍りつき、今度は窓が閉まらなくなるのだ。なにしろ標高一三〇〇メートルの山の冬は、氷点下の世界である。暖かい日中で零下十三度。深夜は零下二十度近くになる。

山の斜面のもっとも上部に建っている新館の窓から下を眺めると、三棟の小屋の前にそれぞれ張り出しているベランダが階段によって結びつけられ、回廊のように各棟を巡り歩くことができるようになっていることがわかる。ベランダには危険防止のための柵など設けなかった。ベランダから落ちるのは、落ちた奴が悪いのである。山小屋に遊びに来る小さな子どもたちにも、まず最初にそのことを言い聞かせる。柵がないベランダは、シンプルで美しい。冬に雪掻きをするときも障害物がないので便利だ。山小屋を利用する全員のアイディアを寄せ合い、少しずつ必要に応じて作っていった結果、周囲の風景と溶け合ってバランスが良く、すこぶる機能的である。

これらのベランダを利用して、夏になると、しばしば音楽コンサートを開く。ミュージシャンたちは旧館の前のベランダを舞台にする。観客席は上部の新館のベランダ、あるいは新館と旧館を結びつける階段、またはもっとも下部の書斎の前のベランダになる。冬は雪が積もっているので、書斎が音楽コンサートの舞台になる。書斎は小さい空間だが、膝をつきあわせて坐れば、三十人くらいは入れるのだ。

ベランダを延長した山の斜面に、焚き火をするオープン・スペースがある。ここは一夏かけて枕木を敷きつめ、平らな床にした。枕木はカナダの鉄道で使用されていたものでオーク材だ。彼の地の鉄道は広軌なので、日本の枕木よりは長い。わざわざ船で運ばれたものなのに、JR製の古い枕木よりも安価だった。

枕木を敷きつめた床の一部、二メートル四方の土を露出させたところが焚き火スペースである。そこに半分に割ったドラム缶を置いて火を起こし、春夏秋冬、バーベキューをやる。火を見ていると何時間でも飽きない。その火を囲みながら、村の飲んべえ達と一緒にシングルモルトを飲む。気の合った友人と雑談しながら、山の風にあたって飲むウイスキーほどおいしいものはない。この場所をわたしは「山小屋バー」と呼んでいる。

バーベキューをやらない雨のときも、雪のときも、わたしは焚き火をする。焚き火が無類に好きなのである。焚き火を始めたら、他の者には火に手を触れさせない。

最初に枯れ枝を小さく折ってドラム缶の底に組み上げ、火を点けてから徐々に太い木を、炎の上に組み上げていく。これはインスタレーションのようなもので、どんな形に木を組み立てるかは、その日の木の種類や枝ぶり、太さによって決める。いずれはすべてが灰になるにしても、この世から消え去る直前の木のために、みごとに燃え上がる炎の彫刻を作ってやろうといつも思う。そのために風の向きを計算し、焚き火がどちらの方向の風を欲しがっているか、じっと見つめる。

風には「風の眼」というものがある。必ずそれは燃え上がった焚き火の、木を組んだ隙間の一点だけにあるから、焚き火の炎の形と向きによって、風の眼を見つけるのだ。その一点をめがけて、団扇でゆっくりとあおぐ。そこを外して、他の方向から団扇を使うと、いくら力強くあおいでも、かえって火は弱まってしまうのだ。

「山小屋バー」の焚き火スペース

　これは焚き火との対話である、というふうに、火の前に来ると「焚き火奉行」に変貌してしまうわたしは、山小屋に遊びに来る子どもたちに、もったいぶって教えるのである。火を起こせなければ、地球上の人類は生き延びられなかったのだよ。焚き火ができなければ、おまえたちはいまも生きていけないのだよ。火で遊んじゃいけない。山に行って、早く、枯れ枝を拾っておいで。

　数年前まで、毎年のようにネパールの山岳部をトレッキングしていたときは、モンスーン期のどんなひどい豪雨のときでも小さな木を組み上げて火を起こし、食事を作るポーターたちの技術に感心し続けた。ヒマラヤの山岳部を旅するときは、深夜の寒さを耐えるためにも、狼の襲撃を避けるためにも、焚き火が必要だった。日本の子どもたちにも、少年期から焚き火のやりかたを教えるべきだとわたしは思う。しかし、山小屋に来る大人でさえ、特に都会に住む人々ほど、焚き火をどのようにやればいいのか、知らない人が多い。

　山では燃やす木にことかかない。山小屋の裏山には枯れ枝が無数に落ちている。また、間伐しなければならない立ち木がいっぱいある。チェーンソーで切り倒した木を適度な長さの丸太にしあげ、山の上から転がして落とす。わたしはもっぱら山から転げ落ちてきた丸太をマサカリで割ることにしている。それまでは丸太をそのままドラム缶に入れて、いかにうまく燃え尽きさすかに凝っていた。最近になってマサカリに目覚めたのだ。山小屋に遊びに来る信州の木工家具師オサムさんが、丸太のままだと木はいつまでも水分を保ったままですよ、と教えてくれた。彼は山小屋にあったマサカリを使って実に上手に薪にしていった。それを目にしてから、わたしもマサカリを手にするようになったのだ。慣れるにしたがって直径五〇センチくらいの丸太なら、一発で割る技術を習得した。見当をつけた箇所に力いっぱいマサカリを振りおろして、丸太がみごとに割れると、思わず叫び声をあげたくなる。えもいわれぬ幸福な一瞬だ。

佐々木幹郎（ささき・みきろう）　一九四七（昭和二二）年〜。詩人。奈良生まれ。詩集『蜂蜜採り』で高見順賞、『明日』で萩原朔太郎賞、『鏡の上を走りながら』で大岡信賞を受賞。評論集の『中原中也』でサントリー学芸賞、随筆集の『アジア海道紀行——海は都市である』で読売文学賞を受賞している。詩と音楽のコラボを試みる他、ヒマラヤやチベットなど海外を旅することも多い。詩「山小屋作りと焚き火の日々」は『雨過ぎて雲破れるところ——週末の山小屋生活』（二〇〇七年、みすず書房）に収録された。底本は同書を使用している。森や山に関連する他の作品に、「ヒマラヤからの詩の言葉」「山のろうそく」などがある。

森のふくろう

馬場あき子

都会から逃げ出して郊外へ郊外へと何度かささやかな居を移してきた。少なくとも転居直後は開発される以前の風土の名残があって、新鮮な風景に心をときめかせることが多く、その都度一つ二つは名づけて身内で呼びならわす地名が生まれる。三十代に住んだ地域のオルフェの森、四十代の視野にあった柳の小島や鴨の入江などもたちまちはるかな過去になり、いまはふくろうの森にある小丘陵に住んでいる。

最近、友人の来嶋靖生氏が『森のふくろう』という本を出したのであっと驚いたが、内容は短歌をとおして捉えた柳田国男の前近代から近代への文学的持続の意識を、『遠野物語』へ昇華してゆく詩精神とともに解明したもので、民俗的思想とのかかわりに興味深い大切な問題を含んでいた。

おきなさび飛ばず鳴かざるをちかたの森のふくろふ笑ふらむかも

という柳田の歌と冒頭において出会って、ひじょうにすぐれた一首であるのにびっくりして何度も愛誦した。「おきなさび」という初句には古風なひびきがあるが、造形的なふくろうの形体を連想させるにはふさわしく、「飛ばず鳴かざる」存在を支えて実感を保っている。しかし、この歌をすぐれた一首として成立させているのは、何といってもその下句の「森のふくろふ笑ふらむかも」である。「おきなさび」の初句と呼応したそれは、「笑ふ」主体は「ふくろふ」でありながら、そんなものではない、といわせる誘発力を潜めている。私は以前から好んでいた与謝野晶子のふくろうの歌と並べて歌合の一番を楽しんだ。

梟よ尾花の谷の月明に鳴きし昔を皆とりかへせ

これはさすがに浪漫派の巨頭の歌だけあって、晩年作だが声調に華麗な衝迫力があり、「笑ふらむかも」の自問に対して、心情の悲傷感を生命としているのが捨てがたい。それから私は、いろいろと興味を覚えてふくろうの歌を思い出そうとしたり、探したりしたがなかなか見つからず、『源氏物語』の夕顔の巻や蓬生の巻に、ひたすら荒廃感を漂わせて啼いていた暗い木立の奥の梟をやっと思い出しただけだった。殿上の歌人が歌の素材とするには少し無気味な鳥であったにちがいない。

謡曲では『白氏文集』に出典をあおいで、「松桂に鳴く梟」(錦木)とか、「梟松桂の枝に鳴きつれ、孤蘭菊の花に隠れ住む」(殺生石)などと荒寥の秋の夕景の凄さを強調する材料とされている。古典の世界ではとうてい主役のまわってこなかった鳥であることだけはたしかなようだ。

ところで、私が、近くの森の主の、世にも侘しげな啼き声を耳にしたのは、ここに転居した年の夏の頃であった。枝から枝へ渡り、森から森へ移るらしく、「ホー、ホー」という声は、夜っぴて遠近に位置を変えつつ伝わってくる。まだ家も少なく、夏の夜の闇は深く、しみじみ聞き入っていると、この声につれて思い出すことはさまざまである。

子供の頃も、裏の木立でこんな声がいつもしていたような気がする。闇が深く、さびしく、怖しいのが「夜」というものの印象であった。虚弱児であった私は、梟の声が耳につくような夜はたいてい熱に病んでいて、「みみづくのおいしやさん」という絵本を枕元においてしょんぼり寝かされていた。私の病気を診るお医者さんは、三つ揃の背広を着て、人力車に乗ってやってくる。私は健康に憧れ、重苦しい空腹を抱え、うるんだ目を上げて、いかめしい黒い鞄を下げて入ってくる医者を眺めつつ、そのすっかり見馴れた黒ぶち眼鏡にも、ちょびひげにも、何の信頼もおいていなかった。お医者さんの帰ったあと、私は枕元の絵本を広げ、ありとある森のけものの、病気という病気を全部きれいになおしてしまうみみずくの威容に、憧れに似た畏敬の念を抱いた。

病める子よきみが名附くるごろさんのしきり啼く夜ぞゴロスケホウッホウ

と詠んだのは戦後の乏しい生活の日々の宮柊二氏であるが、ふくろうや、みみずくの啼声は、静かな内省を呼びさますところが病臥の夜の子供には、まことに侘しく抒情的であったのだろう。祖母はその声を「ゴロスケホーコー（奉公）」と泣いているのだとも、「ノリツケホーシイ（糊付干）」と責めているのだとも教えてくれたが、貧しい農村ではなるほどそうも啼いたのであろう。

わがふくろうの森で、「ホー、ホー」と啼いているのは、正しくはこのふくろうの仲間のみみずくであるようだが、昔はその区別をほとんどせず「ふくろう」と呼んでいたらしい、さきの柳田国男の歌が出てくる『遠野物語』にも、「明神山の木菟の如くあまりに其耳尖らしあまりに其眼を丸くしすぎたりと責むる人あらば如何」とあるから、その歌の「ふくろう」も「みみずく」のことである。晶子の「尾花の谷の月明」に啼きつつ翔っていたのも、私はこの「ホー、ホー」という単一な、切実な啼声であってほしいと思っている。

そして、わがふくろうの森の住人は、毎夜枝移りつつ飽かず啼きつづけたが、やがて秋になり、秋が深まるままに、じつに抒情的なまろやかな声音になってきて、月明の森から森へ、いっそう切実に、一夜中啼きしきるようになった。そして冬になり、霜が降り、冷たい霙が降る頃になっても、森の奥で懸命に啼きつづける。それは当り前のことなのであるのかもしれないが、たった一羽しか生き残っていない鳥の、頻りな声の移動の範囲が目に見えるようで、私は哀れでならなかった。

現代にまるであやまちのように生き残ってしまった一羽のふくろうが棲む森に初雪が降った。ふくろうはいつにない早調子で夜半まで啼き、そして終った。死んだのかと思ったがそうでもないらしい。それから一年がすぎ、いまもやはりたった一羽、稀々にかすかな声がきこえてくる。もうずいぶん老いたのだろうなあと思う。今年も庭には菊が咲きはじめたが、森のふくろうはとても冬まではおぼつかないだろう。


ふくろうの早啼き聞こゆ小夜ふけて小雪なりける高窓の空

初雪の日につくった歌が、そのままふくろうの森の挽歌になってしまいそうである。

馬場あき子（ばば・あきこ）　一九二八（昭和三）年〜。歌人。東京生まれ。『桜花伝承』で現代短歌女流賞、『葡萄唐草』で迢空賞、『月華の節』で詩歌文学館賞、『阿古父』で読売文学賞を受賞した。『式子内親王』『和泉式部』『風姿花伝』など古典に取材した評論集も多い。民俗学の知識を生かした『鬼の研究』は知られている。「晶子みだれ髪」や「額田王」は新作能の作品である。「森のふくろう」は『文學界』一九八二年一一月号に発表されている。底本は『馬場あき子全集』第一二巻（一九九七年、三一書房）を使用した。森や山に関連する他の作品に、「月山の霧」「大江山の鬼」「木菟の森の滅び」などがある。

森を歩く

稲葉真弓

休日になると、よく自宅の周辺を散歩する。このあたりは旧東海道の品川宿に近いせいか、古い寺や戦災を免れた低い軒の家屋や路地が残っていて、あてもなく歩いていると、思いがけないものに出会ったりする。

いつも歩く路地の、少し奥まで入り込んだ時のこと。車などとても通れない、狭い土地には、小さな盆栽や植物の鉢が並べてあって、軒下一杯、植物が壁のようにひしめいていた。傍らにはじょうろや鏝《こて》や、空の植木鉢がこれもぎっしりと並んでいて、長屋の人々が、季節ごとに鉢を増やしたり土をこまめに替えたりしているのがおのずとわかる。

その路地の真ん中に、もうとうに姿を消したと思っていた古い手押しポンプが残っているのを見たとき、私は懐かしさの余り、思わず足を止めていた。

ポンプの周りは濡れていて、今もここの住人らはポンプを押し、路地に水を撒いたり鉢に水をやったりするらしかった。そしてポンプの下には、昔のままの井戸の底が鈍い水の面を見せているに違いなかった。狭い路地の真ん中に鎮座した手押しポンプは、どことなく背中を縮めている、田舎町の老人のように見えなくもなかった。

以来、商店街に行くたびにその路地を通る。いつも長屋はひっそりとしていて、夥しい鉢が冬の陽を浴び、洗濯物が鉢の上で翻ったりしている。静けさの中に、地の中を走る水の音が聞こえるようで、ふとポンプの傍らにたたずんでみたりする。ここでは時間が、ゆっくりと流れているのだ。

その場所からほんの数分歩くと、そこはもう国道である。ひきもきらず行き交う車の向こうには、最近出来た巨大なビルが二棟、てらてらとガラス窓を光らせて建っている。

ビルが建っている場所も、以前はうっそうとした森のある古い屋敷だった。毎日、屋敷の上を無数の鳥が飛び交い、塀の上からは、年を経た木々の深い緑の影が落ちていたものだ。屋敷の前を通ると、かすかに植物の放つ湿気の匂いがした。今は森の代わりに公園ができ、鳥の声も失われて、腐葉土の濃い匂いも消えている。

古い町の変貌は、新しい町の変貌よりも形の変わりようがくっきりとしていて、どこか無残さを誘う。ある日、忽然と消えたひとつの家や木々の後から、鉄の森が生え出し、森は際限なく広がっていく。新しい鉄の森は、次第に加速度がついて息もつかせぬ勢いで根をはやし、古くて穏やかな風景を塗り替えていく。古い町の古い路地もまた、たぶんいつかは同じように、無残に根こそぎならされるだろう。

　船宿のある運河のほとりにも、たくさんのマンションが建ち、夜の光が水を彩るようになった。その光景は、どこか夢のように美しい。静まり返った水辺の上にたくさんの住人の声がして、彼等の寝息があり、揺れる明かりがあるのを見るとき、私は、未来の町の姿を垣間見たような快い錯覚の中で茫然としてしまう。

　そういう都市の再生と変容の真ん中に、今、私はいるのだった。好むと好まざるとに関わらず、清潔で無駄のない新しい森の始まりに立ち会っているのだと言い替えてもいい。

　だからこそ、あの古いポンプがなつかしいのだ。あのポンプがいつまでこの町の路地でひっそりと用を成すのかを見届けるために、あるいは知り合った老婆の昔話を聞きに折り折り家を訪ねるように、休日になるたびに、路地奥の井戸の周りを覗かずにはいられない。


稲葉真弓（いなば・まゆみ）一九五〇～二〇一四（昭和二五～平成二六）年。小説家・詩人。愛知生まれ。一九七三年に「蒼い影の痛みを」が女流新人賞となり、小説家の道へ進んだ。『エンドレス・ワルツ』で女流文学賞、『声の娼婦』で平林たい子文学賞、『海松』で川端康成文学賞、『半島へ』で谷崎潤一郎賞・中日文化賞・親鸞賞を受賞。倉田悠子というペンネームで、『くりいむレモン』などのノベライズ本を、富士見書房から刊行した。「森を歩く」は一九九一年四月に『地域政策』に発表されている。底本は『少し湿った場所』(二〇一四年、幻戯書房)を使用した。森や山に関連する他の作品に、『森の時代』がある。

6　森林限界とアルピニズム

初めての登山

俵万智

北海道の山々の雄大な姿、愛らしい高山植物。それらの写真がどさっと届けられたのは、数ヶ月前のことだった。テレビ局のプロデューサーの熱いメッセージが添えられていた。リポーターとして、大雪山をぜひ歩いてほしい、とのこと。

退職のことでバタバタした毎日を送っていた頃である。北の国から吹いてきた一陣の風。写真に見入っているうちに、心の霧が晴れていくような気がした。この場所に自分を立たせてみたい、そう思い、快くひきうけることにした。

山中五泊六日。北海道の最高峰である旭岳にまず登り、北海岳、白雲岳、忠別岳、化雲岳、そしてトムラウシ山と、二千メートル前後の山々を縦走してゆくコースである。

小学生の頃、遠足で近所の山に登った記憶がある程度で、山登りの経験はまったくない。要するに、リポーターをひきうけた時点では、登山とはどういうものなのか、まるで把握していなかった。頑丈な登山靴をはいた時に、これはかなり大変そうだなと思ったが、どれくらいの大変さかは、やはり登ってみるまでわからなかった。

歩く、ひたすら歩く。登る、ひたすら登る。ごろごろの岩だらけの道。どろどろの雪どけの道。ざくざくの雪渓の上。もう一歩もあがらないと思いながら足をあげる。背中の荷物もだんだん重くなる。一体なんのためにこんなことをしているんだろう、なんでわざわざこんなつらい思いをしに、人は山へ来るのだろう、くり返しそう思った。涙が出そうになるのを必死でこらえた。

登山とは、何かを積みあげてゆく行為ではない。むしろ、自分を限りなくゼロに近づけてゆくものなのだと、この六日間をとおして思った。

人間は、自分の足で歩くところからスタートした。それから、馬車、汽車、自動車、そして飛行機。知恵と工夫を積み重ねてきた。それが文明のプラス方向である。生まれた時から車や飛行機になじんできた自分。それをいったんゼロに戻す。プラスの重みを改めて感じるとともに、はじめてゼロの強さを知った。

あるいは、昨今のグルメブームをふと思う。よりおいしいものを人間は求め、食も立派な文化の一つとなった。が、山にいると、まず人は生きるために食べるのだということを思い出す。一個のおむすびのおいしさ。一杯の水のおいしさ。歩きながら食べる袋菓子を、山では「行動食」と呼ぶ。行動食――そう、人は行動するために食べるのだった。

岩にしがみつくように登っていったとき、ひょっと顔を出す高山植物の美しさ。花を、こんなにしみじみ眺め、その美しさに励まされたこともこれまでなかったことである。もちろん、普段の生活の中でも、花があれば美しいと思う。が、そう感じる心が、山の上では一層強くなるのだ。幼児が世界を知り始めた時のように、ものに感じる心も、限りなくゼロに近づいてゆくように思われた。

俵万智（たわら・まち）　一九六二（昭和三七）年～。歌人。大阪生まれ。一九八七年に日常語やカタカナを多用した歌集『サラダ記念日』が大ベストセラーとなり、現代歌人協会賞に。「八月の朝」は角川短歌賞、『愛する源氏物語』は紫式部文学賞、『プーさんの鼻』は若山牧水賞、『牧水の恋』は宮日出版文化賞特別大賞を受賞。小説『トリアングル』は阿木燿子監督により、『TANNKA短歌』として映画化された。「初めての登山」は一九八九年八月に共同通信が配信し、『りんごの涙』（一九九二年、文春文庫）に収録された。底本は同書を使用している。森や山に関連する他の作品に、「大雪山の霧」「花さき山」がある。

山上に立つ

亀井勝一郎

樹木のあるあひだは、どんなに急坂でもまだよかつた。いよいよ頂上が近くなるにつれ、山肌はむき出しとなり、そゝり立つた巌石が眼の上と眼の下につゞいてゐる。そこまで来ると、恐ろしいやら、心細いやらで足がふるへてきた。

私はこんな凄いところへ、いきなり連れてこられるとは思つてゐなかつた。およそ二百メートルぐらゐの間は、わづかに這ひ松があるだけで、あとは断崖絶壁である。見上げると赤岳の頂上が巨大な巌石のやうにそゝり立つてゐる。絶えず霧につゝまれたが、その晴れ間には、巨大なこぶしのやうな阿弥陀岳《あみだだけ》があらはれる。その奇怪な姿は登つてゐる私をおびやかすやうである。周囲を見おろすと、脚下は数百メートル（？）とも思はれる深い谷だ。しかも私は岩と岩のあひだを這ひのぼつてゆくのである。その岩が直立してゐるので、私の身体は、半分宙に浮いてゐるやうなものだ。地球からはみ出したやうな感じだ。足をふみすべらしたら、忽ち数百メートルの谷間へおちてしまふ。

実は、こんな風に私が感じたのであつて、それほどの難所ではないのかもしれない。第一はじめての私さへ、どうやら登れるのだから、自分ひとりで恐ろしがつたのかもしれない。それに絶えず霧に襲はれるので、それがすこしでも晴れかゝつてくると、脚下の谷は一層深くみえる。そのための恐怖もあつたと思ふ。

堀内君や息子はとうに頂上に達して、上の方から私たちを呼んでゐる。私と娘と黒田君が、のそのそと這ひ上つてゆく。ともあれ頂上は近いのだし、そこへ達したら、やれやれと草の上にでも寝ころんでと思つて、勇をこして、遂に山頂に達したのは午後二時頃であつたらうか。山頂に立つたと云つても赤岳のてつぺんではなく、石室《いしむろ》に近いその一部の尾根の上である。

ところがその山頂なるものに驚いた。いかにそゝり立つた山とは言へ、頂上は相当ひろびろしてゐると思つた。ところが巌石の一角に手をかけて、空を走る白雲を眺めながら、いきなり顔を出したとたんに、反対側は忽ち断崖絶壁で向ふ側へひつくりかへつて落ちさうな感じであつた。そして、眼下にいきなりひらけたのは松原湖から小《こ》諸《もろ》の方へのつらなる平原であつた。二千数百メートルの高さから、脚下に信州の東西両側の風景がみられた。山上に立つと、さすがにほつとして、疲れさへ感じない。時々霧におそはれたが、それが晴れると、今登つてきた側のはるか彼方に、日本アルプスの連山、正面に木曾の御岳山《おんたけさん》の威容がのぞまれた。全体の風景は、薄みどりの天然色映画のやうである。淡い霧がか丶つてゐるので、平原も山林も、大湖底に沈んでゐる藻草の群のやうにみえる。

亀井勝一郎（かめい・かついちろう）　一九〇七〜六六（明治四〇〜昭和四一）年。文芸評論家。北海道生まれ。プロレタリア文学運動を経て、日本浪漫派の旗手として、『大和古寺風物誌』をまとめた。戦後に執筆した『我が精神の遍歴』では、マルクス主義・戦争・宗教の体験を通して、日本人とは何かを問いかけている。「山上に立つ」を含む「八ガ岳の魅力」は、『旅』一九五七年八月号に発表された。底本は『亀井勝一郎全集』第一三巻（一九七一年、講談社）を使用している。森や山に関連する他の作品に、「御来迎を見る」「富士山」「無常観と山岳」「山伏の夢」などがある。

氷壁

井上靖

『氷壁』は朝日新聞の昭和三十一年十一月二十四日紙面より、翌年八月二十二日紙面まで連載した小説である。朝日新聞に連載小説を書くことが決まったのは三十一年の春であったが、いかなる内容の小説を書くかということは、いよいよ新聞紙上に予告がのるというぎりぎりまで決まらなかった。

『氷壁』は二人の若い登山家の山における遭難死を取扱ったものであるが、私は新聞の連載小説を引受けた時は、山を舞台にした小説を書こうなどとは夢にも思っていなかった。

『氷壁』を書き出す前々月の九月下旬に、私は初めて穂高に登った。それまで登山の経験はなかった。一度尾瀬に行ったことはあったが、もちろん登山とは言えないリクリエーション的な山旅であるに過ぎなかった。

それが、どうしたものか、親しいジャーナリストたちといっしょに穂高に月見に行ってみようという話になり、初めて山と名のつくところへ出掛けて行くことになったのである。新宿を朝の八時の準急で発って、その日は上高地に一泊、翌日は一気に涸《から》沢《さわ》小屋まで行ってしまう予定のところ、豪雨にはばまれて、途中の徳沢小屋で泊ることを余儀なくされた。幸いに翌日は気持よい秋晴れであった。六時間かけてのんびりと涸沢小屋に着いた。私同様、一行の中に山は初めてという連中が何人か居たので、六時間かけても難行苦行であった。そしてその晩、ヒュッテで穂高観月の宴を張った。私には高山の月は暗く、陰気に、淋しく見えた。そしてその翌日前穂に登った。

この最初の穂高行きで、私はすっかり山というものの魅力の擒《とりこ》になった。梓川《あずさがわ》の流れの美しさにも眼を見張ったし、横尾の出合附近の樹林地帯を歩くたのしさも知った。しかし、これだけの僅かな経験で登山小説が書けよう筈のものではなかった。

この穂高行きから十日ほどして、私は穂高行きの仲間の一人であった安川茂雄氏から「ナイロン・ザイル事件報告書」というパンフレットを送られた。筆者は石岡繁雄氏で、穂高で遭難した弟さんがナイロン・ザイルを使っていたので、その事故の原因はナイロン・ザイルが切れたことにあるに違いないという訴えであり、遭難者の兄としての切々の情を綴ったものであった。これを読んだ時、いきなりこれを小説の形で取扱ってみたいという衝動を覚えた。ふいに、ただ一回しか登ったことのない穂高が、私の前に立ちはだかって来た。梓川も書きたかった。トウヒ、シラビ、ブナ、マカンバ、カツラ等の樹林地帯も書きたかった。

それから「ナイロン・ザイル事件」に関係した若い登山家の石原国利氏やその友人たちに会ってみた。すると、こんどは若い登山家たちの醸し出す純一な雰囲気にあてられてしまった。

かくして、私は何の自信もなかったが、新しく書く小説の題に「氷壁」という二字を選んだ。

『氷壁』を書き出して十日ほどした十二月の初めに、せめて上高地までもと思って、東京を発って、松本からくるまを走らせた。しかし坂巻温泉のところから引返さなければならなかった。くるまの周囲を烈しく雪片が舞っていた。私は小説を書きながら、ひたすら春の来るのを待った。穂高に登りたかったのである。しかし、それは五月まで待たなければならなかった。

私は雪の消えるのを待って、二度目に穂高に登った。明神池の附近で、夥《おびただ》しい数の蛙が地中から飛び出して交尾している異様な情景を眼にしたが、それはそのまま小説の中に綴った。

『氷壁』が小説として成功したかどうかは知らない。が、このお蔭で、作者の私はそれ以後山と切り離せない関係になってしまった。度々山に登るわけではないが、登山家の手記や紀行が書棚に並ぶようになってしまったのである。

一昨年（四十六年）の秋、ヒマラヤの山地に足を踏み入れ、キャラバンを組んで、四千メートルの地点まで行って、十月の満月を見たが、これも『氷壁』を書いたお蔭である。『氷壁』を書かなかったら、こうしたことはなかったろうと思う。エベレストの満月を見た時、穂高の観月の夜のことを思い出して、感深いものがあった。その間にいつか十五年の歳月が置かれていた。

井上靖（いのうえ・やすし）一九〇七〜九一（明治四〇〜平成三）年。小説家。北海道生まれ。「闘牛」で芥川賞、『天平の甍』で芸術選奨文部大臣賞、『氷壁』で日本芸術院賞、『敦煌』『楼蘭』で毎日芸術賞、『淀どの日記』で野間文芸賞、『風濤』で読売文学賞、『おろしや国酔夢譚』で日本文学大賞などを受賞。「氷壁」は『井上靖小説全集』第一三巻（一九七三年、新潮社）に、「自作解題」として発表された。底本は『井上靖エッセイ全集』第六巻（一九八三年、学習研究社）を使用している。「氷壁」の関連作品として、小説『氷壁』の他に、「「氷壁」作者の言葉」「「氷壁」について」「「氷壁」わがヒロインの歩んだ道」がある。

山岳

前田夕暮

霧がはれると山山移動しはじめる
へうへうとして私もともに移動する
何といふ倖せなんだ
おおい、空よ、俺をみてくれ

前田夕暮（まえだ・ゆうぐれ）一八八三～一九五一（明治一六～昭和二六）年。歌人。神奈川生まれ。一九一九年に奥秩父の荒川水源地帯で、父親の山林事業を引き継いだ。昭和初期には雑誌『詩歌』を拠点として、口語自由律短歌の運動を押し進め、歌集『水源地帯』をまとめている。「山岳」は『若き陸地』に収録予定だったが、未刊のまま『前田夕暮全集』第五巻（一九七三年、角川書店）に収録された。底本は同書を使用している。『深林』『原生林』などの歌集の他に、森や山に関連する他の作品に、「赤富士」「御嶽行」「山嶽家の凍死」

「八ケ嶽山麓」などがある。

南アルプスの懐

中河與一

南アルプスの南側の山々に入るのには、昔は数日を費したといふ。アプローチに時間がかかり、必ずテントが必要であり、人夫がなければならなかつたからである。

ところが此頃は軌道車やバスがついて随分と入りやすくなつた。とは言ふものの山小屋が少いから北アルプスの山々に比べると決して楽とはいへない。

この間、日本山岳会の静岡支部の主催で鹿の肉をくふ会といふのがその山麓で催されたので参加した。私は藤島敏男氏や足立源一郎氏、荻原恭一氏などと一緒にその辺に立つてゐた。

但し小屋に収容しきれないから若い人々はテントで野営しなければならないし、蒲団がないから全員シユラーフ（寝袋）と懐中電燈とを持参しなければならぬと注意してあつた。

総勢百人、その中の二十人位は女性であつたが、二台のバスに分乗して十二時半静岡駅前を出て、南アルプスの懐《ふところ》井川村に向かつた。

まづ安倍川に沿つて走ること一時間半、その辺から右折して入れば一時間余にして元禄頃から人の困難して越えて行つたといふ大日峠に出る。昔この峠は井川村へ入るための唯一の然も由緒ある峠であつたといふが、吾々はそつちへは折れず、帰る時、逆にこの峠を通ることにして、井川林道に沿つて幾つかの滝を見ながら次第に高みに登つて行つた。

道の右側には桜やみやまつつじの葉が真つ赤に染つて吾々の眼を楽しませ、時々窓にあたる小雨を通して何の山とも知れぬ山また山が重畳として無限につづいてゐた。この林道はダム工事のためと三十二年度の国体を機会に完備したものだといふ。幾度となく木材をつんだトラックが上からおりてきて吾々のバスとすれちがつた。間もなく富士見峠。そこからは右に富士がかすかに見え、左下に井川ダム、大無限、小無限の山々が見えた。

休息すること数分。今度はバスはダムの方向に向つておりて行つた。ダムは大井川をせきとめて出来たダムである。真つ青な色をした然し雨量が少ないために水位の低くなつた湖水の周囲には広い帯のやうになつて地肌が見えてゐた。吾々のバスは湖水にそつて幾度となく曲つた。

湖水の中には地面が露出して木の株が白く沢山ころがつてゐる。

吾々のバスは大きい吊橋の横を通り、トンネルを抜けて行つた。木材がロープで頭の上あたりを運ばれてゐた。

発電所を過ぎて道が少し低くなつたと思ふと、前方の河原の遠く夕靄の中に火が赤々と大きくみえ、幾つかのテントの如きものが見えるのに気づいた。

バスは坂道を河原におりてとまつた。吾々はめいめいリユツクを背負つて小石のゴロゴロしてゐる川を渡つて、その火のそばに出た。そこにはひとかかへもあるやうな巨材が幾つとなく炎々と壮大な炎をあげて燃えてゐた。

老人連中は今は住む人のない人夫小屋にリユツクをおろし、若い人々は一つのテントに五人づつの割りでリユツクをおろした。

夕暮れてくるに従つて小さい雨は次第に本降りになるらしかつた。みなはそれぞれ雨具をつけたり傘をさすと再びキヤンプ・フアイヤーの近くに出かけて行つた。

一間半四方位に四角く溝が掘られ、そこに炭火が赤々と燃えてゐる。そんな炉が五つ六つ。そこへ二尺位の長さの竹の串に鹿の肉と葱がさされて焼かれてゐる。バケツにたれが入れてある。

キヤンプ・フアイヤーのぐるりでビールを傾け、酒をくみ、おしるこをのみ、鹿の肉をたべるといふ趣向である。野趣満々としたバーベキユーの饗宴である。

まず静岡支部長の山本朋三郎氏が雨の中に立つて歓迎の辞をのべ、つづいて山岳会の会長松方三郎氏が挨拶し、五十年前この山中に入つたといふ八十歳に近い中村清太郎翁が昔の山の思ひ出を話された。

歓をつくすこと数刻。依然として雨はふりつづけてゐる。間もなく人々は自分の小屋やテントの方へ帰つて行つた。

小屋の中では大きい炉のぐるりで日高信六郎氏がアフリカの象牙海岸や、黄金海岸や、奴隷海岸の話をランプの明りの下でしてくれた。その夜はみなシユラーフの中で眠つた。

明くれば十一月十一日。雨は夜半からあがつて空はぬぐはれたやうな晴天。七時起床すると吾々はシユラーフをたたみ、リユツクを整理し、昨日の河原にでて朝食をとり、八時バスに乗つて渓流にそつて更に深く登つて行つた。

全山総てこれ紅葉。それも真紅、黄、緑、褐色といふ工合に、その配色の妙は、渓流の上に天然の美観を遺憾なくひろげ、豪華、繊細、絢爛。バスの窓から吾々をして応接のいとまなからしめた。

吾々は第一堰堤に立つて南アルプスの青薙に昨日の雨が新雪になつてゐるのをながめ、近代的設備の工事をこの深山の中に見てたのしんだ。

やがてそこを辞すると再びもとの道をバスでくだり、井川村役場のところまでおりて、そこから二隻の小艇にのつて湖水の対岸に渡つた。

十時四十分、吾々はそこから所謂大日峠なるものに登ることにした。登るに従つて青薙の向うに東《あづま》、荒川、赤石、聖《ひじり》と三千メートル級の高山が雪に光つてゐる頂上をつぎつぎにあらはし、その左に近く小無限、大無限、東尾根などの山々がつづき、下に井川湖がみえるといふ、荘厳な大パノラマを展開してきた。日本第二の高山北岳（三一九二メートル）はそこからは見えなかつた。

十二時、吾々は頂上で昼食をとり、峠を口坂本の方に向つておりだした。坂の途中に昔からあつたのにちがひない水呑み小屋なるものがとざされたままにしてあつた。その前に大きい紅葉の大木が一本あつて、これがそのあたり一帯を明るくしてゐた。吾々はそこで昔をしのんで清水をのんだ。口坂本のおり口には元禄七年と誌した古い地蔵尊が木の下にたつてゐて、往古の旅人の困難を吾々に想像させ、この峠の重要であつた時代のことを思はせた。南アルプスの懐はいま秋たけなはの風情であつた。

中河與一（なかがわ・よいち）　一八九七〜一九九四（明治三〇〜平成六）年。小説家・歌人。香川生まれ。一九二四年に川端康成・横光利一らと『文芸時代』を創刊して、新感覚派の小説家として注目された。プロレタリア文学と対立して形式主義文学論争を行っている。昭和一〇年代は日本浪漫派に接近した。

底本は『中河與一全集』第一二巻（一九六七年、角川書店）を使用している。森や山に関連する他の作品に、『森林公園』「アルプスの見える温泉」「白馬登頂」「立山に登るの記」「出羽三山の記」「ウエストン祭」「ブロッケンの妖怪」「エベレストへの思慕」「シャモニ紀行」「山の画家たち」などがある。

初登山に寄す

今西錦司

私はいまでも信じている。登山上の正統派なるものは、初登山を求める人たちを措いてまたほかにないと。しからばなにゆえ初登山を求めることが正統的なのであるか、私はむしろそれに対して説明しあるいは論議すまい。私は初登山を求めてきた。私は信ずるところを行なえばよかった。私はいつまでも現役のつもりでいた。しかし人は私を目してもはや老兵と呼ぶ。そして私にまでその過去を問われるときがきた。私はここに若き日の楽しい追憶を語って、読者を初登山の眩惑に魅了しようとはすこしも望んでいない。私は一人の登山者が、初登山を求めて辿った一つの径路を、ありのままに発表することによって、初登山なるものに対する批判の材料を提供したいと思うのである。

私が山に登りはじめたころには、初登山という言葉は、少なくとも今日ほどに登山界を風靡してはいなかった。私はまず父の羈絆《きはん》を脱して私の力で比叡山に登った。それから京都の周囲の山を求めて歩いた。そのころ同じ興味を持った友だちの間で、他の者に先きんじてある山に登るということが、そのころの私たちにとって、ある一つの大きな魅力であった。頂上へ来てブッシュの中に三角標石を発見したとき、仲間の登ったしるしのないときにはヤレヤレよかったという気がした。仲間が四散した後も、私は登り残した山を一人でこくめいに拾って登った。友だちより早く登ったという満足を差し引いて、標石を見いだしたときの喜びに変わりはなかった。

日本アルプスまではじめて出かけたとき、それらの山にはすでにあまりにも多くの登山家が登っていた。京都の山は低かったけれどもそこは静かで、そこには仲間以外にいわゆる登山家なるものは見たくても見いだされなかったのだ。私は新たに登山家なるもののなかに数えられ、登山を目的とする山に登るようになったが、やがて登山道を通って幾組かのパーティーと前後して頂上を踏むだけでは満足できなくなった。私はどうしても人の通らぬところ、だれも行ったことのないところへ行こうと願った。金作沢を下って黒部を横断し、あるいは御前沢を登ったりしたのはそのためである。

俄然アルピニズムとかいうものが台頭した。雪の山、岩の山、初登山は若きアルピニストの合言葉となった。私はためらった。しかし変装せねばならなくなった。草鞋《わらじ》はトリコニーをうった重々しい靴に、スキー、クランポン。仲間は再び集まった、こんどは結束して、それが新装した山岳部で。KEIO、WASEDA、それらにさきんじて初登山へ、私の山に再び人間的な影が濃くなっていた。ヤングのマウンテンクラフト、ニーベルのクレッテルン、一生懸命だ。技術に自信ができてやっとかちえた仲間の最初のスキー初登山が北岳、間ノ岳、仙丈岳。初登攀がその夏の剣源治郎尾根、そのときのクライムの印象をちょっと書こう。

なにしろそのころの馬力だけはすばらしいものであった。立山川からはいって別山乗越に月の沈むのを見て、剣沢の小屋へ着いたのが午前二時、まだ梅雨が抜け切らぬ七月の初めで、小屋の中はおおかた雪がはいっていて、その夜は雪の上にねた。最初のうちは偵察を兼ねて、平蔵から源治郎第二峰の、頂上寄りのコルに登ってそれから頂上に達し、雨のあがったある日、こんどは源治郎の二峰を極めて再び頂上に登った。ケルンを積んだこともアプザイレンをしたことも覚えているが、なんだかこの日の初登攀の感激というものよりも、久恋いの剣の頂上を踏んだ前日のほうが喜びは大きかった。それにまだ私の登ってみない、八ツ峰の乱杭歯がいかにも手ごわそうに見えて仕方がない。八ツ峰ならきっと、もっとむずかしいのにちがいない、だから源治郎なんかだれも登らないのだと、初登攀をしてむしろ卑下しているくらいだ。しかしその翌日登ってみれば八ツ峰もなんの苦もなくスラスラと登れてしまう。どうしたのだろう、あんなに物々しく書いてあるのにというような気がする。ザイルなんかとうとう使わずだ。三ノ窓のチンネならよかろうというので、またの年に行ってみたが、やはり心に描いていたような初登攀の感激は出てこない。別に競争相手や見物があって見ているわけでもなし、登ってしまえばそう他人にさきんじたいどかなんとかいった気持ちは消えうせてしまって、そこには親しい山々の姿と、そしてそれに眺め入っている私たちとがあるだけだ。なんの変わったこともない。

それでも初登山は私に呼びかける。私は幻滅し、またそれを更新するべく日本アルプスにスキー初登山の残った山々を求め、バリエーションルートを探して歩いた。私は次第にスポーツとしての登山を愛するようになった。私の戦いには到頂の不安や四辺の寂寥が絶えず必要であっても、もはやＫＥＩＯやＷＡＳＥＤＡを敵手に見立てることはなくなった。テクニックとそれに対する自信とが増して、去年はとうてい登れそうに見えなかった岩壁が、今年はなんの苦もなく登れたということに、クラッグスマンとしての私は満足するべきである。が、私は初登山を求める者であった。私はそのために疑わねばならなかった。八ツ峰の一つ一つの峰を、モンブランに対するエイギュイユに見立てようとしても、科学的な近代人の頭にこんな幼稚な錯覚が拒否されるのは当然なのだ。源治郎、あんなものは剣の枝尾根に突出した単なる岩の塊りにすぎない。初登山は人類史上に一度あり、しかしてただ一度にかぎるのだ。陸地測量部の登っておいた山に登山家としての初登山をしたり、あるいはバリエーションによる初登山だの、スキーによる初登山だのと、どうしてそういくつもの初登山が存在するのか。

私は日本アルプスに別かれをつげて樺太へ渡って行った。そこには陸地測量部さえまだ登っていない多くの山が残っていることを知っていたからだ。初登山！　久しく憧れていた正真正銘の初登山が私にまで恵まれようとした。私の見いだした山は明らかにその山脈中の最高峰であり、しかもその山頂には三角標が立っていなかった。けれどもある出来事がついに私からその登頂の機会を奪ってしまったのだ。私はその山の正確な高さを知らないが、千三百メートルより高く、千四百メートルより低いことは確かだ。そして岩も激しくなく雪渓もなく、たかだか這松《はいまつ》のヤブクグリがある程度だろう。それは日露国境の近くに聳《そび》える無名の山で、そんなところまで登山に出かけたパーティーはいままでないにきまっている。けれどもそこはまたけっして人類に未知の境界ではない。山は低くてやさしい。登っていないというのは記録にないだけで、たとえかれらに必要はないにしろ、有史このかた土地の猟師がなにかの機会に頂上に登らなかったとも断言できないではないか。バージンピークという証明はけっしてできていないし、またできない。それは初登山をなしえなかったものの弁解にすぎぬであろうか。

初登山という言葉は、いわゆるスポーツアルピニズムとともに輸入されたものであるということを、私はおそまきながらも知ることができた。だれにでも単なる忍耐と体力とによって登りえられるような山に初登山の意味はない。近代的な登山技術が獲得されるまでは人類を寄せつけなかった山、その山へ登るときこそわれわれの戦いであり、その頂きまで登ったときこそまったき勝利である。マッターホーンのウィンパーは、たとえ競争相手がなかった場合を想像しても、その功績においてすこしも変わらぬ勝利者であった。アルプスを征服した人たちが、コーカサス、アンデス、ヒマラヤと次第にその技術の獲得とともに領域を拡大し、その高度を高めて行ったことは正しい過程であった。たとえ、高さは劣るとも北のほうへ行けば、ノルウェーやスピッツベルゲンにやはり氷の山、岩の山を見いだしえたのである。描いては消した私の初登山の夢も、これを日本の山に求めていたところに根本的な誤謬が潜んでいたのだ。二千メートルや二千メートルのいわゆるヤブ山の初登山もなければ、夏なら女学生や小学生さえ登りうる雪線以下の山にスキーではじめて登ったからといって、それでバージンピークの感激をものにしようというのは、あまり虫のよすぎた話だった。

私の山の揺籃である京都の北山、それは千メートルに満たぬヤブ山だ。いまでこそ近畿の山の中に数えられて書籍にものり、訪れる人の数もふえたが、それでも東京付近の山が文献攻めにあっているところから察すると、まだいたって静かなものだ。日本から離れないかぎりにおいて初登山の望みを失なってしまった私は、そこで地図にものらないような小さな峠道を求めて歩く。私は隠遁する気か。初登山の意味はなくともトレーニングの場所をなにゆえ日本アルプスに求めないのか、しかし私にはキャンプでラジオを聴いたり、衆人環視の中にアクロバチークを演じたりする気がないだけではなく、もう登山を目的としての日本アルプスに刺激がなくなったようだ。ある人は日本の登山界がゆきづまっているという。ゲレンデの不足が私をゆきづまらせてしまったと私はいおう。

ある日小さな低い山に登ってきた。単に私がまだその山に登ったことがないという理由だけから。五万分ノ一から切り抜いたらそれこそマッチ箱か、せいぜいバットの箱にでもはいってしまいそうな山だ。私のテクニックは児戯に等しい山登りを嘲笑した。私は金がなくてヒマラヤに行けぬ自らを憐んだ。それでも結局登らぬよりはましなのだ。宿命的な、あまりに宿命的な私だろうか。初登山よ許せ、私の登ってみたい山は日本だけでも数え切れぬほどあるのだから、そういつも日本アルプスへトレーニングにばかり行っていては時間が惜しい。高山とかヤブ山とかいって区別していては惜しい。ピークハンチング、それには理窟もなにもあったものじゃない。私の性癖なんだから、それは私がスポーツ的な登山をはじめる前からちゃんと持ち合わせていたものなんだから。友だちも競争相手もだれもおらなくてもそれだけはいつでも実行されるんだから。

それでも私は信じている。登山上の正統派なるものは初登山を求める人たちを措いてまたほかにないと。しかしそれはかつてありしように私にまで絶対的のものではなくなった。その登山とはいわゆるスポーツアルピニズムであり、その対象たるべき山は雪線を抽んでた、地理学上の高山型に該当する山でなければならぬ。山という以上はシベリアの端の、地球の皺《しわ》のような波状の起伏もまた山であり、それに登ることもまた登山である。私は初登山に値せずとも、またそうした人跡まれなる未開の地に未知の山々を求めて歩きたい。またもしヒマラヤをめざして、そのトレーニングのために毎冬々々講中のように穂高や富士に御百度を踏む人たちの行為のみを正統的登山と名づくべきならば、かくいう私はもはやいわゆるアルピニストではなくてワンダラーであり、よくいったところでエキスプロラーであるにすぎぬ。なるほど人は私を呼んで老兵だという。私は初登山の夢を見ていたのにすぎなかったのだろうか。

今西錦司（いまにし・きんじ）　一九〇二～九二（明治三五～平成四）年。生態学者・文化人類学者。京都生まれ。渓流の水生昆虫の生態研究が示すように、生態学者としての仕事と、登山家であることは、密接に結びついている。大興安嶺探検隊長や京都大学白頭山遠征隊隊長を務めた。「初登山に寄す」は、『山岳省察』（一九四〇年、弘文堂）に収録されている。底本は『今西錦司全集』第一巻（一九七四年、講談社）を使用した。山との関りをテーマにする本に、『初登山――今西錦司初期山岳著作集』『今西錦司――そこに山がある』『山の随筆』『山と探検』がある。

机上登山

吉屋信子

わたくしもともかく山という名のところに登った経験がある。

それは女学校の夏休暇の催しの富士登山、およそ七、八十名のたいぜいだった。吉田口の大きな旅館に泊って、わいわい騒いで登山の用意の茣蓙《ござ》と金剛杖を買ったとき、その混雑でどうしたはずみかわたくしは金剛杖の代金を払うのを忘れて出立して途中で気が付いてはっとし、こんなことの祟りを山の神さまから受けて怪我をしたらと胸がドキドキしたが……幸い無事下山できた。

それから——これもずっとむかしの夏、浅間山登山。これは当時のある婦人雑誌の編集部主催のものだった。つぎに人に誘われて椿咲くころの冬の大島へ渡り、御神火燃ゆる三原山へ登りかけると、どうしたのか粉雪がしきりと降って寒くてさむくて、とうとう焚火をしてそれにあたたまるという騒ぎで、そのとき、わたしは山の気候の変化で遭難するとはこんな気分かと、それをちょっぴり味わったつもりだった。

こう書くと、富士、浅間、三原山なんか登山ともいえるかいフフ……と笑われるだろうが、どうして私はそのあとに、なんと北アルプスの白馬岳にちゃんと登ったのだからそうばかにしたものでもない。

これも、もちろん最近ではなく、戦前の思えば今よりははるかに若かりし日のできごころみたいなものであるが……同行は私と友だちを三人に、もう一人その友だちの旦那さまが保護指導者として加わり、その四人が大町から登った。私はリュックサックなど勇しく背に負うて、スラックスに登山靴、それにピッケルというのを生れて始めて持って、ともあれ日本アルプスを踏破する？　という嬉しさに胸がわくわくだった。

ただし、途中から山案内の強力さんがわたしたち婦人のリュックサックを引っさらって、じぶんの背にしょってしまったから、身軽で大雪渓をスリルを感じて愉しく渡り、クレバスを怖々《こわごわ》のぞいたりして頂上の山小屋に泊った。そして色褪せし赤毛布にてくるまってたいぜいの登山者とごろ寝。毛布にノミやシラミがいそうで気味わるく、夜の外厠のなんだか怖しかったこと……登山ってたいへんなものだなあと肝に銘じてしまい、四ツ谷口へおりたときには足がフラフラだった。

なにもそれにこりたわけではないが、それ以来山に行く機会もなく、やがてあの戦争であたら白馬岳記念のあのリュックサックは、闇米や野菜の買出用に使われ古びてしまった。

さて、その後にわたくしは下手なゴルフに登山もハイキングも代用させて、登山はもっぱら机の上ですますことにした。

わたくしの机上登山用に買い込むのは内外の山の遭難記録のたぐいである。どんな悲劇の小説を読むより、若者の純な心を宿したいのちを非情にうばった登山の記述こそ、わたくしをゆすぶり深い感動を与えるからである。

その怖しき山がそこにあるから敢えて登らずにはいられぬ山の魅力に私は燈下の机上で身ぶるいする。

あるとき、古本屋で見つけたかつての京都三高生の遭難追悼録（山彦）というのを持って帰って開くと、なんとそれは文藝春秋社の上林吾郎氏のお兄さんの追悼録だったのにびっくりした。

こうして私の書架にはこういう本がいつのまにか集められている。そのおかげでわたくしはがらにもなく、じぶんの作品に山の遭難を挿入することがある。たったいちど登った白馬岳の記憶から想像の翅をひろげる机上登山の安全な方法によって申しわけないけれど……。

長篇（花）もその一つで、カラー映画化のとき、じぶんの書いた遭難の場面で原作者がひそかに涙したとはおはずかしい告白である。

吉屋信子（よしや・のぶこ）　一八九六〜一九七三（明治二九〜昭和四八）年。小説家。新潟生まれ。少女雑誌に少女小説を書いて多くのファンを獲得した。代表作に『花物語』『屋根裏の二処女』『良人の貞操』などがある。一九三〇年代には『花物語』の中の「釣鐘草」や「福寿草」などの作品が、次々と映画化されて、人気を増幅していった。戦後は『鬼火』で日本女流文学者賞を受賞。「机上登山」は『ハイカー』一九六〇年一一月号に発表されている。底本は『吉屋信子全集』第一二巻（一九七六年、朝日新聞社）を使用した。

富士のいろいろ

堀口大學

富士山の五合目、お庭、奥庭あたりのお中道は、僕にとっては故旧の地、四十一年十月十三日、濱谷浩撮影隊の車に、家族づれで便乗、詩嚢ならぬ一升びんをひっ提げて登行、快晴無風、抜けそうに澄んだ青空のもと、地上二千五百メートルの高爽に、紅葉をくぐり、淡雪を踏み、半日、半仙の遊を楽しんだ。

「あれを見ろ　あれを見ろ」
孝霊四年　驚きの民草の声以来
今日までの長い年月《としつき》
気高《けだか》さの限りのものと
美しい極みのものと
画家たちが

詩人《うたびと》たちが
富士を描き　歌いつづけた
万葉集の赤人は
白砂の富士の高根のあの雪を
神さびた壮麗と見た
業平朝臣《あそん》はこの山に
まだらの雪を見たいと願い
西行は風になびいて消えて行く
けむりに人生の無常をさとり
詩仙石川丈山は　さかさまに
天に白扇懸ると詠じ
俳聖芭蕉は雲霧《くもきり》の
百面相を楽しんだ
限りなく憂いの雲を吐く山と
晶子が富士を憐れめば
ご夫君鉄幹先生は
裾野を渡る白雲《はくうん》の

千里の長さを愛された
恍惚と不安の詩人太宰には
月見草こそ富士山に似合うと見えた
白抜《しろぬき》は雪舟の富士
広重は朝の赤富士
竜三郎はひん曲げた
曾宮は一念三千の
念々の精魂の富士
マグナムのHamayaのカメラは
お中道　雪晴れの五合目に
秋をとらえた　生きたまま……

堀口大學（ほりぐち・だいがく）一八九二～一九八一（明治二五～昭和五六）年。詩人・翻訳家。東京生まれ。父が外交官だったので、二〇代をベルギー・スペイン・ルーマニアなどで過ごし、国際的な視野を形成した。翻訳で日本の詩壇に大きな影響を与えたのは、半世紀にわたるフランス詩のアンソロジー『月下の一群』である。詩集『夕の虹』で読売文学賞を受賞。「富士のいろいろ」は『月かげの虹』（一九七一年、筑摩書房）に収録された。底本は『堀口大学全集』第一巻（一九八二年、小澤書店）を使用している。富士山を題材とした他の作品に、「水車富士」「日本新頌」「富士山」「富士三連譜」などがある。

7　アルプスの少女と山ふところ

アルプスの少女

石川淳

小屋は岩の上に立つてゐて、岩の下は切りおろしたやうな深い谷である。澄みわたつた空に、あざやかにそびえたアルプスの山山、つらなる嶺にのこつた雪が硬く日の光に堪へた。かなたの牧場のはうから、草のにほひ、花のにほひがただよつて来る。鳥の音までがきこえて来る。春であつた。

たれかが山をのぼつて来ても、小屋はすぐには見えない。小屋のまへに、大きいモミの木が三本、これは遠くからの目じるしであつた。そのモミの木の幹にもたれて、少女がひとり立つてゐた。少女はそこに爪立つてたれかを待つてゐるやうな、いや、ついそこから駆けおりて行かうとするやうな、気合のこもつた姿勢であつた。

少女の顔を一目見れば、たれでもそれがクララだといふことを知つてゐる。まぢかに見たことはなくても、知らないものはない。といふのは、この少女の身の上ばなしはとうに筆まめの作者が絵本に仕立てて売りひろめたので、今はほとんど世界ぢゆうのこどもがこれをそらんじてゐるからである。その絵本をまだ見てゐないといふおとなでも、うはさぐらゐは聞いてゐるだらう。うはさも聞かないといふひとでも、さういへばどこかで聞いたやうな気がするだらう。一般に、うはさとは、さういふ作用をするものである。クララはもとドイツのフランクフルトの裕福な家の生れであつた。そして、うまれてこのかた、ずつと車のついた椅子にかけたきり、つい去年この山の小屋にはこばれて来たときまで、ただの一度も椅子から立つてうごくといふことをしたことはなかつた。ときどき、たれかがうしろから椅子を押して車をうごかしてくれる。それは生きた人間がうごくといふことではない。あたへられた椅子の上の位置に於て見えたかぎりのものがクララの見た世界の全体であつた。クララにしても足はもつてゐたのだが、それは生れつきみづから立つてうごくといふことを知らないやうな足であつた。しかるに、その足がある日突然この山のやはらかい草の上に、したしく地を踏んで立つた。これひとへに友だちのハイジのおかげである。ここの小屋に住んでゐたアルムぢいさんの姪娘のハイジが、心をこめて、手をつくして、いかなる名医もさじを投げたところのクララの足を立たせるやうにはげまし助けてくれたおかげである。車のついた不吉な椅子は永遠に谷底深く沈められた。奇蹟であつた。たちまち、どこで聞きつけたか、世界ぢゆうの新聞記者がカメラマンをつれてわーつとここに押しかけて来た。当座は大さわぎであつた。クララはいくたび写真にとられたか判らない。ちなみに、そのとき、ハイジこそ奇蹟をおこなつた主演の名優として、カメラに狙はれて、のぼせるほど撮影されたのだが、どういふわけか、できあがつた写真を見ると、どれにもハイジのすがたは全然うつつてゐないで、そのすがたのあるべき場所に一輪の小さいまつしろな花が咲いてゐた。どちらかといへばこのことのはうが奇蹟のやうである。しかし、新聞記者はみな人間の足のうごきのはうに注意をうばはれてゐて、花なんぞを目にとめるやうなやつはひとりもゐなかつた。

そのハイジはけふも朝はやく弁当をこしらへて、山羊飼のペーテル少年とともにいそいそと牧場に出かけて行つて、今はこの場にゐない。小屋の中はがらんとしてゐる。そして、軒のかげには粗末な木の椅子が一つ置き捨てられてゐる。ちやうど七日まへの朝まで、例に依つて、その椅子にはアルムぢいさんがかけてゐた。雪にうづもれた長い冬がやうやくあけて、その朝いちめんにかがやく金色の光の中に、ぢいさんはうつらうつらしてゐたやうであつたが、いつか影うすれて、そよ風に透きとほるかと見るまに、ふつと消えた。あとの椅子の上に、雪のかけらかなにかが溶けたやうに、ほんのてのひらにも満たないほどの水のしづくが残つただけであつた。これも不思議といへば不思議だが、山の自然の中にそだつたハイジだのペーテルだのはさういふ現象にはふだん馴れつこになつてゐる。このふたりの友だちが気にしないやうなことを、クララが気にするわけもない。それに、わるいことに、この水のしづくの消え残りに立ちあつたのは、たまたま麓の村からのぼつて来た牧師であつた。牧師のうそつきの舌にかかつては、いかに不思議といつても、たれにも信用されるはずがなかつた。

「ああ。」

ためいきである。クララのためいきであつた。このたのしい季節に、人間の、しかもこどものためいきは不釣合にきこえた。けさ、クララはどうも悲しげなやうすに見えた。この山のくらしがクララの気に入らないといふ法はない。いや、反対に、それはすつかり気に入つてゐた。やさしいハイジも、ペーテルも、牧場も、山羊も、すべて申し分なかつた。冬のあひだの、雪に閉ざされた小屋の中ですら、煖炉の火までが完全にたのしかつた。げんに、クララは今ハイジのあとから、一足おくれて、花の咲いた牧場に行くことになつてゐる。麦藁帽子をかぶつて、手にさげた小さい籠の中に弁当も用意してある。さきに出たハイジはどうしたのかとおもつて、きつと待ちかねてゐるだらう。それでも、クララの目は、牧場とは反対側の、麓の村のはうに、村よりもずつと遠くの、見さだめがたい汽車の線路のはうにむけられてゐた。目がいふことをきかない。いや、いふことをきかないのは目ではなくて足であつた。今はみづから立つことを知り、うごくことを知つた足である。麓におりて行つて、遠くの駅から汽車に乗れば、汽車はそこからまたはるかに遠いところに、フランクフルトの町に、その他の見知らぬうつくしい町、めづらしい土地に走つて行くだらう。おもへば、クララは山の下の世界に生れた身でありながら、その世界の土を、フランクフルトの土ですら、ついぞ一度もみづから足をもつて踏みたしかめたことはなかつた。まだ知らない土の味。足はどうしてもぢつとしてゐられないといふ態度で、せつかちに、鳥の羽ばたくやうに、小さい靴をばたばた鳴らした。

「ハイジにさよならもいはないで別れるのは、とても悲しいわ。それでも、逢つてさよならをいへば、もつと悲しいにちがひない。いつそ行くのをやめにして、いつまでもこの山の上にとどまつてゐようかしら。」

「いや、とんでもない、さうはさせない。」

足がおこつてものをいつたやうであつた。クララはいそいで手紙を書きのこして、足にまかせて、もう夢中で山の道をくだつて行つた。そして、麓の村から郵便局の赤い馬車に乗せてもらつて、遠くの駅に行つて汽車に乗つた。汽車はすぐ走りはじめた。やがて日がくれて、クララが腰掛の上にねむりこんでゐるうちに、真夜中ごろ、汽車はどことも知れぬ土地の駅にとまつた。

そのとき、突然どかーんとものすごい音がした。汽車も駅も吹つ飛ぶかとおもはれたほどの、いや、世界ぢゆうの家も町も、人間のたましひまで一打にたたきつぶしてしまふやうな、すさまじい音であつた。いくさであつた。たちまち、ケダモノのわめき、大砲のとどろき、飛行機のうなり声がくろぐろと人間の世界をおほつた。

それからクララがどのやうなひどい目に逢つたか。ケダモノでない人間ならば、ひとのはなしを聞くまでもなく、たれでも身にしみて知つてゐるはずである。真夜中はいつまでもつづいた。フランクフルトはどの方角か、さういふ町がこの地上にあるのかどうかも判らなくなつた。山のはうにかへる道もすでに絶たれた。クララは闇の中をあてもなく、火をくぐり抜けて、歯をむき出した番兵にどなられたり、目つきのよくない役人におどされたりしながら、あちこちさまよつた。地はのべつに炸裂して、足が一ところに立ちどまることを許さなかつた。足は傷だらけになつて、力つきて、もういやだ、もうごめんだ、もうたくさんだとあへぎあへぎ、それでもそばから追ひたてられて、なほあるきつづけなくてはならなかつた。さすがの足も、存分におもひ知らされたやうであつた。ある日、たちまち闇がひらけて、あたりが明るくなつた。いくさはひとまづをはつた。

クララは焼跡に腰をおろして、久しぶりで、つかれた足を休めた。その足に、しびれるほど爰元《ここもと》の世界の土の味がしみてゐた。するど、そこにひとりの若い兵士がふらふらと近づいて来た。たぶん兵士であつたのだらう。銃もなく、剣もなく、上著までうしなはれてゐたが、そのやぶれた靴は兵士の靴のやうであつた。あたまから泥にまみれて、顔かたちははつきり見わけられなかつた。兵士はうめいた。

「水はないか。水を一杯くれないか。」

クララはあはれにおもつて、欠けたコップに小川の水を掬つて来て、兵士にあたへた。とたんに、ひたと顔を見あはせて、

「あ、クララ。」

「あ、ペーテル。」

山羊飼のペーテル少年はいくさがはじまるとすぐに兵隊に狩り出された。ペーテルはもちろんいくさなんぞよりも山羊とあそぶはうが大好きであつたので、絶対にいやだとがんばつたが、政府は例の暴力をふるつてこれを山から引きずりおろした。ずゐぶん弱虫の兵士であつたにちがひないと察せられた。その証拠に、ペーテルの手は泥でまつくろになつてゐたが、いいあんばいに血にはよごれてゐなかつた。

「はやく山にかへりたいな。」

「あたしもいつしよにつれて行つて。」

「ハイジが待つてゐるだらう。」

「ハイジは無事でゐるかしら。」

「だいじよぶだよ。いくさのあひだも、ときどきたよりをくれた。」

「ペーテルはハイジが好きね。」

「山羊よりも好きなくらゐだよ。」

「あたしは。」

「そりや、きみだつて、ハイジとおなじぐらゐ好きだよ。」

「男の子つて、だれでもみんな好きになつちやふのねえ。」

　クララもいくさで苦労したせゐか、だいぶませた口をきくやうになつた。

　ふたりはおそろしく遠い道をてくてくあるいて、途中でときどき荷馬車のはしにぶらさがつたり、貨物列車の隅に押しこめられたりして、やうやく山の麓の村までたどりついた。村は見ちがへるやうにきたなくなり、どの家もまづしくなつてゐたが、さいはひ傷を負つたものはひとりもゐなかつた。いや、たつたひとり、牧師が教会の塔の上でいくさを高見の見物してゐるうちに、ながれダマの音におどろいて、長年うそをついたばちか、まつさかさまに塔から落ちて、頸の骨を折つたといふ。

　クララとペーテルとは今は胸をときめかして、ついぞわすれたことのない山の道にかかつた。山はふたたび春であつた。晴れた空も、いただきに残つた雪も、花のにほひ鳥のさえづりも、これは旧にかはらなかつた。しばらくのぼると、かなたの高い岩の上に、モミの木が三本、元のけしきのままに立つてゐるのが見えて来た。その木のかげに、白く、小さく、ちらちら舞ふかと見えたのは、たしかにハイジのやうであつた。

「おーい、ハイジ。」

「ハイジ。」

ふたりはいつしよにさけんで、息をきつて道を駆けのぼつた。そして、モミの木のまへまで来ると、そこにはハイジのすがたは見えず、ただモミの葉にきらめくしづくの、葉から枝へと、玉のやうに跳ねて、あ、小屋の軒へ、軒から谷へ、たちまち空に飛びあがつて、日の光に映えてかがやき、一聯の五色の玉、嶺の雪にかけわたして、高く虹をあらはした。

「あつ。」

クララも、ペーテルも、われをわすれて、その虹の色に見とれて立ちすくんだ。やがて、ペーテルは急に力が抜けたといふやうすで、そこに置き捨てられてゐた粗末な木の椅子の上にすとんと落ちこんだ。それはかつてアルムぢいさんがいつも日向ぼつこに腰かけてゐた椅子であつた。クララはやつとわれにかへつた。ふとかたはらを見ると、椅子の上に、や、アルムぢいさん……いや、やつぱりペーテルであつた。ただし、一度に三十も五十も年をとつた風態の、影あはく、つい日の光に溶けてしまひでもするやうなペーテルがそこにゐた。

「あぶない、ペーテル、はやく立つて。」

「え。」

「あたしたちはここにぢつとしてゐてはいけないわ。すぐに立つて、また行かなくちや。」

「どこへ。」

「もう一度、山の下の、あの遠くの町のはうへ。」

さういつて、クララもまた目がくらくらとしてよろめいたが、モミの木の幹にしつかりつかまつて、力をふりしぼつてさけんだ。

「もう一度、あたしたちの手で山の下の世界に、むかしよりもみごとな、あの虹のやうにうつくしい町をつくらなくちや。」

クララの小さい靴はやぶれて、ぱつくり口をあけて、その口からのぞき出たはだかの足に、ひからびた焼跡の砂が白く光つた。

石川淳（いしかわ・じゅん）　一八九九～一九八七（明治三二～昭和六二）年。小説家。東京生まれ。「普賢」で芥川賞を受賞して新人としての地歩を固めた。フランスの象徴主義やアンドレ・ジッドの影響を受け、方法意識が際立つ文学者である。敗戦後は無頼派の一人と目された。『紫苑物語』で芸術選奨を受賞した他、多年にわたる文学の業績に対して日本芸術院賞や朝日賞が授与されている。古典文学への造詣も深く、『江戸文学掌記』は読売文学賞を受賞した。「アルプスの少女」は『文藝』一九五二年一一月特別号に発表されている。底本は『石川淳全集』第五巻（一九八九年、筑摩書房）を使用した。

アルプスへの憧れ

深田久弥

ハンス・カロッサの従軍記である『ルーマニア日記』の中に、彼がアルプスの壮麗に驚く一章がある。彼が眼の前の地上の悲劇に心を痛めている時、ふと見上げたアルプスのあまりな偉大さに、豁然《かつぜん》としてある悟りを感じる、という風な文章であった。その見事な一節をここに引用したいが、今手許に本のないのが残念だ。どんなに人間を意地悪く見ようとするリアリスト達にも、それを一片の感傷として見過ごせないほどの、真摯《しんし》な誠実さがその文章に籠もっていた。

アルプスが人に与える感動を、僕は幾つかの文章で読んできている。ゲーテ、ニーチェ、バイロン、――その稟質《ひんしつ》の全く違うと思われる人まで、アルプスに対すると全く同じような感動を表現する。これらの大詩人や大思想家をそれほど一様に感動させる力を持つアルプスとは、どんな景色だろうか。

横光利一氏が昨年欧州へ旅行された時、チロルの山の中から続けさまに、アルプスの絵葉書の便りを幾つも下さった。アルプスの風景がどんなに横光氏を感激させたか、その便りがいずれも最上級の言葉で綴られ、また氏が帰朝されてからの話でも察せられた。

アルプスへの僕の思慕は随分久しく、書物や写真で、主な山はあらかた登っている。本当の山の感激はそんなことでは得られないであろうが、しかしそれでもさまざまな空想を働かせて、僕には楽しいのである。

アルプスの本としては、辻村伊助氏の『スウィス日記』が長い間の僕の伴侶であった。科学者でありながら清純な詩人の魂をも持っているこの著者の、誇張のない平明な記述は、幾度読み返しても倦かない。こういう本はまことに得難い。

案内記風の本ならたくさんある。もし僕が実際アルプスへ登るとなれば、何よりもこの案内記風の本が必要なのであろうが、しかし遠く東洋の島に居てアルプスの風貌を偲《しの》ぶには、僕の空想をそそってくれるような文章に欠けた案内記は、あまりに物足りない。

＊

最近、尾崎喜八氏の苦心によって訳されたジャヴェルの『一登山家の思ひ出』――これほど楽しい山の本を近頃読んだことがない。ジャヴェルは「無学の登山家、為《な》す無き山岳会員」として、いわゆる正統派登山家に対して自らを謙譲している。「夏、秋、或は冬、たつた一人、自分流儀で、真に平然と、又常に何かしら新らしい喜悦を感じながら」彼の愛するダン・デュ・ミディの山や谷をさまよっている。

いったい、登山家に正統派なんてものがあるものだろうか。ジャヴェルは自ら謙遜した言葉遣いの中にも、こういう事大主義な正統派に対して「此れに反対する何物かゞ私の衷《うち》で立ち上る」激しい情熱を示している。我々の山を愛する気持からあまり遠くかけ離れたようにみえる、いわゆる正統派の記録的登山に対してあきたらない人々に、ジャヴェルのこの気持は、まず何より親しさを感じさせる。

と言ってジャヴェルは決して、近頃わが国に流行するいわゆる低山主義とやらの感傷家ではない。山に登って危険に身を曝した時の、または困窮に遭遇した時の、または高山の山小屋に一人寝た時の、あるいは辛苦を通り越して絶頂に立った時の、――あらゆる登山家の経験する心情を、これほど心にくいまで適確に言い表した文章も稀である。おそらく、いかなるスポーツ的正統派登山家も、膝を打って思いあたる箇所がいたる頁に見当たるであろう。

＊

最もしばしば見るアルプスの絵葉書――レマン湖畔の古城を前景に入れてダン・デ

ユ・ミディを遠望した景色——あんまりしばしばお目にかかるので、何か通俗的な感じさえ抱いていたが、ジャヴェルのこの本を読んで、むしろそのダン・デュ・ミディの山ふところこそ、アルプスの中でも最も忘れられている所であることを知った。ジャヴェルのよく眼の行き届いた優しい中にも毅然とした所のある文章を、スウィスのベデカーを頼りにして読み耽りながら、僕は近頃にない山の興奮を覚えた。

昨年ウイムパーの『アルプス登攀記』が岩波文庫で出た時、僕はあまり面白かったので、あるいはこれは我々山好きの者だけに面白いのではないかと危惧しながら、ちっとも山を知らない友人たちに勧めたところ、誰も彼も皆非常に興がって読んだ。だから僕はこのジャヴェルの本も、山を知らない人達にも推薦する自信がある。訳は凝り性の尾崎氏だけあって名訳、装幀は高雅——これが一部の山岳愛好家だけにしか知られないようでは、あまりに惜しい本である。

深田久弥（ふかだ・きゅうや）　一九〇三〜七一（明治三六〜昭和四六）年。小説家・山岳紀行家。石川生まれ。一九六八年に日本山岳会の副会長になる。『日本百名山』で読売文学賞を受賞。『わが山山』『山岳展望』『山頂山麓』など、山岳紀行の本を数多く刊行している。戦後は海外でも登山や探査旅行を行い、『ヒマラヤ——山と人』『ヒマラヤ登攀史——八千メートルの山々』や、『シルクロードの旅』『中央アジア探検史』をまとめた。「アルプスへの憧れ」は一九三七年一〇月四日の『帝国大学新聞』に発表している。底本は『深田久彌・山の文学全集』第二巻（一九七四年、朝日新聞社）を使用した。

スヰス行

横光利一

　山岳の美はドイツとオーストリアの国境、ミッテンワルドから、チロルへかけて第一と思つたが、シンプロンを越え、スヰスに這入り、モントルウまで来ると、上には上があるものだと、ただ茫然と山山を眺めるばかりである。日本にゐたとき眼にしたスヰスの風景は、すべてモントルウの風景だ。雪を冠つたモンブランの峻嶺がレマン湖に映り、シロンの古城を取り包んだ清澄な湖面は、幾度か写真で見たのを記憶する。

　しかし、今眼前にこの風景に接するとき、写真はたうていその実景を映さずと思つた。夏も冷えびえとして一波も立てぬ水面は、深い谷間の底辺となり、すつくとそこに直立した山貌の厳しさは、拭き磨かれた、壮大な機械を見るかのやうだ。その底で二人の娘がテニスをしてゐる。白い球が静かに木霊を繰り返す。見てゐて世にこれほど贅を極めた遊びはあるまいと思ふ。傍にシロンの古城が立つてゐる。私は少年のときから、幸福といふものを夢想する度に、スヰスの湖辺が頭に浮び、シロンの城の水辺が偶像となつて現れたものである。

今私のこの昔日の幸福の一端の中に浸入し得たものは、白いボールの音である。瞬間、たしかに私は幸福を見たと思つた。このかすめ去つた感覚の一片こそ、永遠に通じるただ一条の道にちがひない。地上の変化無限といへども、モントルウの風景の粛然たる静止こそ、絶頂を極めた森森乎とした静止である。山頂の茜ほのかに染まつた雪の高さを眼で追ひつつロザンヌに来る。ホテルの観台から見る湖上には月がのぼつてゐる。月といふものは、いつ見ても同じである。日本の秋草にのぼる月の美しさが身にしみ渡り、早く日本に帰りたいと、郷愁そぞろに起つて窓を閉める。夏の終りの出羽の山山越後の山が、稲の中から浮き上つてゐる風景が何物にも代へ難く懐しい。

日本に帰るには先づパリーへと、翌日ジユネーヴまで戻る。ここは琵琶湖の入海の部分を公園にしたと同じである。モントルウの風光を見た眼には、さらに何の感興も起らない。ただホテルの応援の各国に勝つたところは、さすがにスヰスだと感心しただけだ。翌日雷雨の中をパリーへ帰る。罷業は跡方もなく鎮つて、街街は近づいて来た巴里祭の準備に賑やかだ。これがすめば私はベルリンへ発ち、日本の夏の終りに間に合ひたいと、今は心急ぐばかりである。私にとつては日本ほど楽しいところはない。

横光利一（よこみつ・りいち）　一八九八〜一九四七（明治三一〜昭和二二）

年。小説家。福島生まれ。関東大震災後の新感覚派を代表する小説家としてデビュー。昭和期に入ると長篇小説『上海』を執筆し、さらにヨーロッパの「意識の流れ」の文学の影響下に「機械」や「時間」を発表した。一九三六年のベルリン・オリンピックを機に渡欧し、『欧洲紀行』をまとめる。「スヰス行」はこの本に収録されたエッセイで、初出は一九三六年八月一一日の『東京日日新聞』である。底本は『横光利一全集』第一三巻（一九八二年、河出書房新社）を使用している。

エーデルワイス

串田孫一

一九二九年頃のことである。私が山へ行き出して二三年目、部屋はいつも馬油と亜麻仁油の匂いでひどかつたし、山の写真を壁にいつぱい画鋲でとめ、気ちがいだつた。それは殆んどすべての、山につかれた者が一度は通過する一つの状態だが、この私の部屋を始めて訪ねる者はそれを見て驚き、そのたびに私の方は、特殊な世界を知っているもののように一種の悦びを味つた。

その訪問者の一人で、ほかの人に比べると全く驚きの色を見せず、丸善かどこかでクリスマスに買つてもらつて壁につるしてあつたスウィスのカレンダーをばらばらと見て出て行つた女性があつた。外交官のお嬢さんで私よりはずつと歳の上の人だつたが、名前は覚えていない。その時から名前なんか知らなかつたのかも知れないが、その人が、二三日してから、私に贈りものを小包にして届けてくれた。黒い平たいボール箱をあけると、エーデルワイスが出て来た。手紙なんかは何も入つていなかつたし、その小包にも名前が書いてなかつた様な気がする。

私は勿論有頂天になつたし、それをすぐ額に入れて飾るのもいやで、机の抽斗に入れて大切にしていた。台紙の二箇所をエの字形に切り込み、そこへ、暖かそうに自分自身をほんのりと細かい毛で包んだエーデルワイスがはさんであつて、いかにも無雑作だつたが、真黒なボール箱が非常に気のきいている感じだつた。

その人は、外交官の家族としてスウィスに四五年いたことがあつたらしいが、始めて会つて何ということもない少年の僕にそんな贈りものをしてから、今度は一人でスウィスへ立つて行つたということを父からちらつと聞いた。どうしてなんでしよう？と僕が訊ねると、スウィスを知つていた父は、その山の美しさを話してくれて、その人がひとりで再びスウィスへ行つたわけは話してくれなかつた。それでも僕はあんまり不満ではなかつた。

僕は暫らくしてからエーデルワイスを真白い額ぶちに入れ、硝子をとおして毎日眺めるようになつた。そして数年後、大学へ入つて山を一度やめることにした時には白い額も何となく黄ばみ、久し振りに壁からはずしてしげしげと見ると、硝子とその花の間に小さな虫が歩いているのを見つけた。花は何ともなつていなかつたが、茎と葉が大分虫に喰われていた。それでも僕は、もうどうでもいいような気持で、放つておいた。この花を僕にくれた人は多分スウィス人の奥さんになつて、大して仕合せな生活もしていないというような、勝手な想像もした。
そのエーデルワイスを僕は、僕にくれた人と同じように無雑作に、山の好きな、友だちの弟にあげた。その少年もずいぶん悦んでいたそうだが、一度も会わないうちに、戦争のころ死んだ。

串田孫一（くしだ・まごいち）一九一五〜二〇〇五（大正四〜平成一七）年。哲学者・詩人。東京生まれ。中学時代から登山を始め、大学時代には山岳関係の雑誌に寄稿している。パスカルやモンテーニュの研究者だが、勤務先の東京外国語大学では山岳部長も務めた。山の月刊芸術誌『アルプ』に、編集責任者として携わっている。おのずから山岳に関連する著書は数多く、『雑木林のモーツァルト』『山のパンセ』『山の絵日記』『夕映えの山頂』『若き日の山』などがある。「エーデルワイス」は『串田孫一随想集』第四巻（一九五八年、筑摩書房）に収録された。底本は同書を使用している。

編者エッセイ　森のなかで迷っているのは誰なのか

和田博文

1　ヨーロッパの森、日本の森

ウィーンからプラハまで、車を走らせると六時間かかる。それでもその中間のチェスキー・クルムロフに行きたくて、多くの人が列車を使わずに、車で移動する。湾曲するヴルタヴァ川沿いに、城や教会を中心に佇む小さな街は、中世の面影を残している。観光客を惹きつけるのは、街並みの美しさだけではない。ウィーンのセセッション館で、グスタフ・クリムトのフレスコ画「ベートーヴェン・フリーズ」を見た人は、チェスキー・クルムロフまで足を延ばしたくなるだろう。一九世紀末から二〇世紀初頭のウィーン分離派を牽引したクリムトから、画家のエゴン・シーレは大きな影響を受けた。この町の旧市街には、シーレのアートセンターがある。

プラハまで行くと、同時代のアール・ヌーヴォーを代表するアルフォンス・ミュシャの美術館や、『変身』の小説家フランツ・カフカの生家がある。期待に胸を膨らませて再び車上の人となった私は、やがて車窓の風景に惹かれて、シャッターを何回も切っている自分に気がついた。平地やなだらかな丘陵に、森が点在していて、次々と姿を現す。そこで暮らす人々にとっては、何の変哲もない見慣れた風景だろう。しかし日本から訪れると、自らの感覚を奥深いところで、揺さぶられるような気がしてくる。この土地では、森と山は同義語ではない。山に入らなければ、森林浴の機会はほとんどないという、日本では普通の感覚が、ここでは裏切られる。

もっとも次々と現れるということを除けば、私たちは同じ体験を、ヨーロッパの中心的な都市でもしている。たとえばパリ。パリの西側には、ブーローニュの森が広がる。パリで長く暮らした藤田嗣治は『巴里の横顔』（一九二九年一二月、実業之日本社）に、「森は一寸日本にゐては、想像もつかない」が、「芝公園の百倍」くらいあると書いている。中世の時代に王族の狩猟場だった森の面積は八六三ヘクタールで、盗賊や密猟者が潜む危険な場所でもあった。それが一九世紀のジョルジュ・オスマンの都市改造によって、市民の憩いの場に変わる。「一番愉快なのは、朝早く、霧の下りてゐる時分に、馬にのつて、森を散歩する」ことだと藤田は語った。長期滞在者だからこその体験だろう。

もちろん短期滞在者や旅行者も、森を楽しむことはできる。パリの東側に位置するヴァンセンヌの森は、さらに広い九九五ヘクタール。ここも元々は王の狩猟地だった。

中世に建てられた城が、森にあるのはそのためである。湖ではボートも楽しめて、市民の休息の場所になっている。横光利一『欧洲紀行』（一九三七年四月、創元社）に、こんな一節がある。「広い森の中は人でいつぱいだ。人のゐない奥深くへ這入つて休まうとすると、雑木の中には、あちらにもこちらにも男女の二人づれが横になつてゐる」。このときに横光を案内したのは、パリで美術を研究していた青年時代の岡本太郎。恋人たちの森に迷い込んだ男連れは、楽しいというより気まずかったらしい。

ブーローニュの森も、ヴァンセンヌの森も、多少の起伏はあるが、平地が続く。ロンドンの場合はどうだろうか。パリと異なり、ロンドンには中心部に広い公園がある。ハイド・パークと並ぶ、最大の公園はリージェンツ・パーク。ここも一七世紀は王室の狩猟場で、ほぼ平地である。一九九四年にロンドンに一年間滞在したときは、リージェンツ・パークのすぐ北にフラットを借りていた。公園の入口から五分ほど歩くと、首の傾いだ大木がある。その木陰でランチを食べ、八歳の娘とよくボール遊びをした。園内には樹齢数百年と思われる大木があちこちに見られる。ただ林・芝生・池は人工的に管理されていて、森の野性味からは遠い。リスの姿は目立つが、鹿が走るわけではない。

ロンドンで森といえば、北部のハムステッド・ヒースだろう。三二〇ヘクタールの緑溢れるエリアで、野鳥の囀りが聞こえてくる。ブーローニュの森に隣接するパリのパッシー地区と同じように、ハムステッドも高級住宅街として知られる。詩人のジョン・キーツやラビンドラナート・タゴール、小説家のD・H・ロレンスやキャサリン・マンスフィールド、画家のジョン・コンスタブルなど、多くの文化人が居を構えていた。タゴール宅やロレンス宅のすぐそばに、一九三〇年から住み始めたのは、岡本太郎の両親、漫画家の岡本一平と、帰国後に小説家になる岡本かの子である。二人が暮らした家の二階の窓からは、池で泳ぐ白鳥が見えただろう。このエリアは丘陵という言葉がふさわしい。

ベルリンを初めて訪れた人は、都市の中心部に森があると驚く。国立オペラ座とベルリン・フンボルト大学の間を、幅六〇メートルの目抜き通り、ウンター・デン・リンデンが走っている。この通りの西端はブランデンブルク門で、その先にティーア・ガルテン（動物の庭）という名前の、二一〇ヘクタールの森が広がる。中世の時代は王族が狩猟に使う森だったが、一九世紀に整備されて、市民の散策地になった。一九二七年に留学した哲学者の和辻哲郎は、しばしばここを訪れている。「七時に講義がすんでから、ウンテルデン・リンデンを通ってティアガルテンに出、若葉の中を散歩して、日本人会のあるところまで歩いた。五十分ほどかかった」（『故国の妻へ』一九六五年一月、角川書店）というのは、同年五月三日の妻宛書簡の一節である。

ティーア・ガルテンは平地だが、ドイツには山間部の森もある。最も有名なのは、フランスとの国境に近い南西部に広がる、シュヴァルツヴァルト（黒い森）と呼ばれる森林地帯だろう。ドイツ最古の大学を擁するハイデルベルクは、黒い森の一部ではなく、より北方に位置する、ネッカー河畔の中世の街である。この街の印象から、山の景観を除外することはできない。一九二二年八月にハイデルベルクを訪れた哲学者の阿部次郎は、五ヵ月間をここで過ごした。最初の日に新大橋の上から眺めた光景は、『游欧雑記――独逸の巻』（一九三三年二月、改造社）の「三、山腹の家」で、次のように描かれている。「両岸の山は、猶丘陵と云ふにはあまりに高い厳かさを以て夜の空に浮き出してゐる」と。日本人なら慣れ親しんだ光景だろう。

日本の国土面積に占める森林面積の割合、すなわち森林率は、約六六パーセントに達している。世界の中でもフィンランドやスウェーデンと共に突出した数値である。しかし人口は北欧に比べて、はるかに多い。おのずから平地部の都市化が進み、神社の境内を中心とする鎮守の森を除くと、森を目にすることは稀になった。森林生態学者の只木良也は『森の文化史』（一九八一年四月、講談社現代新書）で、「いまやわが国の平地部には森林はほとんど残っていない。森林と山はますます同義語化してしまった」と述べている。平地部だけではない。「太古のままの姿」を残す原生林は、「日本にはもはや存在しないとさえいわれている」と、只木は指摘している。

稲葉真弓「森を歩く」（本書二九九頁）は、都市空間で失われた森を幻視している。

国道の向こうの巨大なビルは、かつて森があった場所に建てられた。ビルを見ていると、古い屋敷の上を飛び交っていた鳥や、樹齢を重ねた木の緑が蘇ってくる。視覚だけではない。腐葉土の濃い匂いも、記憶の奥底から呼び戻される。ただこのエッセイが印象的なのは、失われた森を幻視しているからだけではない。ビルを「新しい鉄の森」と捉え、それが「根をはやし」ていると、稲葉は記した。すべての思想は、移ろう時の中で編まれる。人は常に古い物語を反芻しながら、「新しい森の始まり」に立ち会うのである。

2　西洋人が発見した避暑地――軽井沢

画家でエッセイストの宮迫千鶴に、「海と山と空のローカル・パラダイス」(『人生の午後を生きる』二〇〇九年一〇月、筑摩書房)というエッセイがある。宮迫はアトリエと書斎という、二つの仕事場を持っていた。前者からは海を眺められて、後者の窓外には雑木林が広がっている。宮迫の夫は画家の谷川晃一で、同じアトリエを一緒に使っていた。しかし手狭になってきたので、別の小さい別荘を購入して、「プロバンスの田舎家風」のアトリエに改造する。「書斎のある母屋からアトリエまでは少し歩いて行かねばならないのだが、その道の途中では休火山の大室山がくっきりと見える」。大室山は伊東にある標高五八〇メートルの休火山で、富士箱根伊豆国立公園の一部である。

ベルリンのティーアガルテンや、パリのブーローニュの森、ロンドンのハムステッド・ヒースに相当する、都市中心部の、あるいは都心に隣接する、広い森は東京にない。日本語で深山の対義語に、里山という言葉がある。村の集落に近い雑木林などを指す言葉だが、かつては暖房用の薪や木炭を調達し、山菜やキノコを手に入れる場所だった。しかし近代になって都市への人口集中が起きると、郊外住宅が開発され、都市周辺の里山は姿を消していく。経済的な余裕があり、ニュータウンの緑に満足できない人々は、別荘を求めるようになった。別荘地に定住する人々も出てくる。近代は里山を衰えさせると同時に、西洋的な避暑地を発見していくのである。

ヨーロッパや北米の避暑地に似た場所として、西洋人が見出したのは軽井沢である。宣教師のアレクサンダー・クロフト・ショーが、軽井沢に最初の別荘を建てたのは一八八八（明治二一）年。この年の九月に碓氷馬車鉄道が、横川駅と軽井沢駅を結んでいる。一二月になると信越本線が、上田駅から軽井沢駅まで延伸した。イギリス留学体験がある海軍軍人の八田裕二郎が、日本人として初めて別荘を建設するのはその五年後である。「軽井沢別荘と避暑客増殖表」（泉寅夫編『軽井沢町誌』一九三六年八月、泉寅夫）で確認すると、軽井沢の別荘が一〇〇棟を超えるのは一九〇六年。一九一二年には避暑客が二〇〇〇人に達した。その内訳は、外国人が一〇九六人、日本人は一〇七八人で、ほぼ同数である。それ以降は日本人数が伸びていく。避暑客が七〇〇〇人を超えるのは一九二六年。外国人は一三二八人であまり変化はないが、日本人が五九二一人と大幅に増加した。

渡邊義雄撮影・板垣鷹穂編輯・市浦健解説の「高原の町」（『フォトタイムス』一九三五年八月）は、避暑地の生活をスナップした記事である。午前中に高原を駆け回る乗馬、自転車でピクニックに出かける母娘、池やプールでの水泳、自動車を走らせるドライブ、昼下がりのベランダでの編物、林の木陰に吊るされたハンモック、バッグを肩にゴルフ・コースを回る男性、ホテルで週末に行われるディナー・ダンス……そこには多くの西洋人の姿が写っている。一九一六年に日本人と外国人は共に、財団法人軽井沢避暑団を設立した。この団体は *KARUIZAWA SUMMER RESIDENTS' ASSOCIATION HANDBOOK 1930* のような英文ハンドブックを発行して、外国人のために避暑生活の便宜を図っている。

亀屋ホテル（万平ホテル）、軽井沢ホテル、三笠ホテルなども、一九世紀末から二〇世紀初頭に竣工した。キリスト教の教会が建設され、テニスコートが整えられ、サナトリウム（避暑団診療所）が開設される。交通機関の発達に伴い、軽井沢のエリアは拡大した。一八九三年に碓氷馬車鉄道が、鉄道の碓氷線に変わると、駅の周辺が栄えて、新軽井沢と呼ばれるようになる。従来の軽井沢は旧軽井沢と称された。一九一〇年代〜二〇年代にさらに交通の便が良くなると、沿線の開発が進み、北軽井沢・中軽井沢・南軽井沢に別荘地が広がる。ただ標高一〇〇〇メートル前後の軽井沢の景観の中心が、標高二五六八メートルの浅間山であることに変わりはなかった。

立原道造「はじめてのものに」（本書二七九頁）の第一連は、「ささやかな地異はそのかたみに／灰を降らした」と始まる。「かたみ」（しるし）として、村に灰を降らせた「地異」（地上の異変）が、火山活動であることは、第四連の「火の山の物語」という言葉からも明らかである。この年の八月から一〇月に、浅間山は噴火を繰り返し、降灰が観測された。一九三七年三月に立原は、卒業設計「「浅間山麓に位する芸術家コロニーの建築群」付言」（『立原道造全集』第四巻、二〇〇九年三月、筑摩書房）を東京帝国大学に提出し、辰野金吾賞（銅牌）を受賞する。この付言の冒頭に立原は、「本計画は　浅間山麓に　夢みた　ひとつの建築的幻想である。優れた芸術家が集まつて　そこにひとつのコロニイを作り、この世の凡てのわづらひから高く遠く生活する」と記している。

立原の「夢」は実現しなかったが、一九二八年に大学村が北軽井沢に誕生する。英文学者・野上豊一郎の「大学村の最初の十年」（山川真吉編『北軽井沢大学村』一九三八年八月、山川真吉）によると、法政大学学長の松室致が、所有する浅間山の裾野の土地を、避暑地として分譲しようと思いついたのが、大学村の始まりだった。当初は法政大学の教職員だけを対象にしていたが、やがて構想が広がり、大学関係者以外の人々も含めた避暑地に変わっていく。豊一郎の妻で、小説家の野上弥生子は、ここで夏を過ごした。劇作家で小説家の岸田国士も別荘を建てている。立原が「この世の凡てのわづらひから高く遠く」と書いたように、避暑地は日常から離れた場所である。里山のように、生活と山が密接に結び付いているわけではない。大学村も同じだろう。浅間山と一定の距離を保ちながら、快適な山の恵みを享受する——それが避暑地の本質である。

3　アルピニズムと森林限界

森と山は同義語なのだろうか。確かに平地部の森が失われることにより、森は山岳地域でしか見られなくなった。しかし森と山は同一ではない。それは高木が分布できない高度、すなわち森林限界が存在するからである。日本列島は南北に長いので、緯度に幅があり、気候は大きく異なる。本州の中部の場合、標高二五〇〇メートルを超えると、高木は姿を消していく。高山帯は平均気温が低く、昼と夜の温度差が大きい。強風や紫外線、痩せた土壌などの、悪条件に耐えられる高山植物だけが生育できる。日本アルプスの飛驒山脈（北アルプス）と赤石山脈（南アルプス）には、三〇〇〇メートル級の高峰が連なる。木曾山脈（中央アルプス）はそこまで高くないが、二五〇〇メートル以上の山がいくつもある。頂上近くになると、森は存在しない。

もちろん高峰の頂上を目指すなら、森を通過しなければならない。森林限界に到達するまで、山と森は一体化している。頂上からの視界の大部分を占めるのも森だろう。また山好きな人がすべて、頂上を目指すわけではない。水原秋桜子が「志賀高原の月」(『旅馴れて』一九五七年二月、ダヴィッド社)に記したのは、展望台までの吟行の旅である。「やがて正面に峙《そばだ》つ志賀山の肩に、薄黄色の月が出た。予期以上の収穫なのでみな声をあげて喜ぶ。Tさんは立ち止って右手の一峰を指し、そこには山葡萄が多くて、その実の熟する頃には猿の群れが来ると教えてくれた。この辺まで登ると左右の林は殆ど白樺ばかりで、右手の谿《たに》にはその白樺を透して下小池というのが光って見える」。月・山葡萄・猿・白樺――その組み合わせは、森の光景に他ならない。

高峰の頂上を目指すアルピニズムは、ヨーロッパで一八世紀末に始まった。スイスの自然科学者オラス＝ベネディクト・ド・ソシュールが組織した隊が、一七八六年にアルプスの最高峰モンブラン(標高四八一一メートル)の初登頂に成功したのである。そのためにソシュールは、近代登山の創始者と目されている。日本でアルピニズムが成立するのは、それから一世紀以上後のことになる。一八八八(明治二一)年にイギリス人の宣教師、ウォルター・ウェストンが初めて日本を訪れ、槍ケ岳や赤石岳に登った。その体験記が、*Mountaineering and Exploration in the Japanese Alps*(日本アルプスの登山と探検）という題で、一八九六年にロンドンで出版されている。

小島烏水はこの本について、「ウヱストンを繞《めぐ》りて」（『アルピニストの手記』一九三六年八月、書物展望社）で、次のように回想している。一九〇二年に一緒に槍ケ岳に登った岡野金次郎が、この洋書を見つけて驚き、小島宅に駆け込んできた。岡野が横浜の山手に住んでいたウェストンを訪ねると、応接間は山の写真で埋め尽くされている。自分たちが槍ケ岳に初登頂したと思っていた小島は、一〇年以上前に登頂していたウェストンの出現に感激して、文通するようになったと。イギリスでは The Alpine Club という、世界で最も古い山岳会が、一八五七年に結成されている。日本でも山岳会を作ったらどうかと、ウェストンは二人にアドバイスした。

日本で山岳会が創立されるのは一九〇五（明治三八）年一〇月一四日。「山岳会設立の主旨書」（高頭式編『日本山嶽志』一九〇六年二月、博文館）で小島は、「欧州アルプスの如きは、科学、文学、芸術、諸方面研究の中心点となり、最高級となり、詩人バイロン、ワーズワース等も之を踏破し、チンダル、フンボルト等、其他の諸碩《せき》学、又之を登攀し、今より四十九年前に、アルプス倶楽部なるもの丶設立を見るに至り」と述べている。ソシュールにとってアルプスは、地質学を研究するうえで重要な場所だった。山岳会を創立した七人の多くは、日本博物学同志会の会員で、登山と植物採集は切り離すことができない。小島自身も登山家の仕事と文学者の仕事が重なっている。

一九七〇年代に日本山岳会の会長を務める今西錦司の場合も、登山・探検と、生態学者としての仕事は不可分である。山岳会創立前後から、アルピニズムは日本でブームとなり、一九一〇年代前半までに、日本のほとんどの高峰が征服された。「初登山に寄す」（本書三三二頁）で今西が、「日本アルプスまではじめて出かけたとき、それらの山にはすでにあまりにも多くの登山家が登っていた」と書くのはそのためである。「陸地測量部の登っておいた山に登山家としての初登山をしたり、あるいはバリエーションによる初登山だの、スキーによる初登山だのと、どうしてそういくつもの初登山が存在するのか」と自問自答しながら、今西は一九八〇年代前半に、日本の一五〇〇登山を達成している。

登山好きの文学者は少なくない。『深田久彌・山の文学全集』全一二巻（一九七四〜七五年、朝日新聞社）を残した深田は、その代表的な一人である。深田の本で最も有名になったのは『日本百名山』（一九六四年七月、新潮社）だろう。同書の「後記」によると、深田は一〇〇の山を選定する際に、品格・歴史・個性という、三つの基準を設けている。また一五〇〇メートル以上を付加的な条件とした。『日本百名山』その後」（『日本の名山』一九七一年一月、毎日新聞社）で補うと、この本は毎年増刷を重ねて、今でも読者から手紙が届くという。「百名山」は著者である深田個人の手を離れて、登るべき一〇〇の山という、登山愛好家の目標になった。

登るべき山は、国内だけに存在するのではない。ヒマラヤ登山の気運は、一九五〇年代以降に高まってくる。一九六五年に京都府山岳連盟のカラコルム遠征隊に医師として参加した北杜夫は、長編小説『白きたおやかな峰』（一九六六年一一月、新潮社）を執筆した。「ヒマラヤのヒョウタンツギ」（『鉄腕アトムクラブ』一九六五年一一月）で北は、医師の目で見たカラコルムの麓を描いている。貧しい村は無医村である。登山隊が来たという噂が流れて、あちこちの村の病人が、薬をもらいに訪れる。目薬をさしてあげると喜んで、ジャガイモやサクランボを持ってきてくれる。重い病気を患う父のために、遠い村から裸足で歩いてきた少年との交流が、エッセイには記されている。

カラコルム遠征隊は悪天候のために、ディラン山（標高七二六六メートル）の初登頂に失敗した。成功失敗を問わず、高峰への登山は、死と隣り合わせである。山岳会創立三〇周年を迎えた一九三五年七月の『山岳』に、「遭難報告」が載っている。前年一〇月に御嶽で第三高等学校山岳部の俵と馬場（名不記載）が行方不明となり、新雪で状況が悪化したため発見できなかった。翌月には鹿島槍ヶ岳で同じ第三高等学校山岳部の内藤況三が、凍傷に冒され死去している。年が明けて五月になると、山岳ガイドの佐伯宗作が、立山地獄谷の雪穴で亡くなった。亜硫酸ガス中毒と見られている。

同月に一ノ倉沢では、東京慈恵医大山岳部の山口敏彦と福田一雄の行方が分からなくなる。クレヴァスに落ちた可能性が高い。しかし雪崩の危険があるため、クレヴァスを捜索できなかった。

井上靖『氷壁』（一九五七年一〇月、新潮社）がモデルにしたのは、二年前の一月に前穂高岳東壁で起きた遭難死である。「「氷壁」について」（同書の栞）に井上は、「この作品を書く動機は、親しい友達数人と穂高の涸沢へ月見に行き、穂高の美しさに打たれたことと、もう一つは、東京へ帰つてからその時の一行の一人である三笠書房の編輯長で登山家である長越茂雄君から、北アルプス前穂高岳で発生した遭難事件の話を聞いたこと」と記している。使用開始後間もない、ナイロン製クライミングロープの切断が、滑落の原因だったため、この遭難は社会的な事件になる。登山の装備は時代と共に進化する。しかし困難な登山に死の危険が付随するのは、いつの時代でも変わらない。

4　森で成立する生と死の物語

生と死の物語は、アルピニズムが目指す頂上の近くだけで成立するのではない。森林限界よりも下のエリア、つまり森は、多くの物語の舞台になってきた。神道には仏像やキリスト像のような、人型の崇拝対象はない。鳥居をくぐってしばらく歩くと、やがて社殿が見えてくる。その背後には、神体山が聳えている。それは富士山のような高峰とは限らない。頂上まで森に覆われた山にも、神々は宿る。奈良の春日大社の場合、神体山は標高五〇〇メートルに達しない春日山である。山が神聖視され、九世紀の半ばから、樹木の伐採や狩猟は禁じられてきた。その結果、二五〇ヘクタールの原生林が残り、現在は春日山原始林として、ユネスコの世界遺産に指定されている。

阿倍仲麻呂が中国で詠んだと伝えられる、「天の原ふりさけ見れば春日なる三笠の山にいでし月かも」という歌は、「古今和歌集」巻九の巻頭に収められた。広々とした大空を、遠くはるかに見渡すと、月が出ている。春日の三笠山に出た月と同じだなあと、仲麻呂は感慨に耽った。奈良時代の七一七年に、彼は遣唐留学生として唐に渡る。遣唐使は出発前に春日山で、神に祈る慣例があったという。仲麻呂は長安の大学で学問を学び、唐の朝廷に仕官して、一六年後の七三三年に帰国しようとする。しかし唐の朝廷が許可しない。ようやく帰国の途につけたのは、その二〇年後だった。船出のときに作ったのが、望郷の思い溢れるこの歌だと言われている。船は嵐に遭遇して、仲麻呂は結局帰国できず、異郷で死を迎えることになる。

袈裟《けさ》・篠懸《すずかけ》（法衣）・頭襟《ときん》という姿で、錫杖《しゃくじょう》とほら貝を持ち、霊山といわれる山中で修行するのは山伏である。現世（生）と他界（死）の境域に、自身を近づけることで、山伏は山の力を自らの内部に取り込もうとする。湯殿山・羽黒山と共に、出羽三山と呼ばれる月山は、修験者が訪れる修行の地として有名である。標高一九八四メートルの頂上には、月山神社が鎮座している。

森敦は「月山――死と生と」（『月刊グラフ山形』一九七六年八月）で、月山は「死者の行くあの世の山」と見なされてきたが、死と生の両方のイメージを持つと述べている。冬になると月山は、シベリア寒気団がもたらす豪雪と強風に見舞われ、すべての「生あるものを拒む」かのような様相を呈する。暗い空は分厚い雲に覆われて、雪は二〇メートルも降り積もる。しかし「あの世の山」であるが故の恵みを、月山はもたらしてくれる。春になると雪が融け始め、最上川・赤川の水流になる。それは「庄内平野のこの世における豊饒のすべて」を生み出していく。注連寺に一年間滞在したとき、森は月山への畏怖と親しみを感じながら暮らしていたという。

生と死、此岸と彼岸が、山では隣り合わせになる。おのずから二つの世界を結ぶ通路も存在する。恐山のイタコの口寄せはその一例である。八峰から成るエリアの総称が恐山。日本三大霊場の一つに数えられる恐山菩提寺は、宇曾利山湖の湖畔に建っている。恐山大祭が催される七月になると、盲目で高齢のイタコが境内に集まってくる。イタコは死者の霊を自分に憑依させ、その言葉を語る口寄せを行う。活火山の恐山には、亜硫酸ガスがたちこめている。視覚的にも嗅覚的にも、彼岸を感じさせる。寺山修司は少年時代にイタコを介して、亡くなった父と話した。寺山の「口寄せ」（本書二〇九頁）によると、口寄せには二四通りのパターンがあるという。依頼者の境遇や死者の状況を尋ねて、イタコはそのうちの一つを演じる。彼岸が身近な場所で、イタコの言葉を耳にするうちに、依頼者の心的世界で、自分と死者をめぐる物語が作動し始める。

姨捨て＝棄老伝説も、森で成立する物語の一つである。姥捨てといえば、深沢七郎の「楢山節考」（『中央公論』一九五六年一一月）がすぐに思い浮かぶ。棄老伝説自体は古くから存在し、一〇世紀の「大和物語」をはじめとして、「更級日記」や「今昔物語集」にも見られる。「大和物語」一五六段の「姥捨」は、「信濃の国に更級といふ所に、男すみけり」と始まる。若い頃から男は、伯母に世話をしてもらった。ところが妻は腰の曲がった姑を憎み、深い山奥に捨ててくるように言う。男は伯母を背負い、山の峰に置き去りにした。しかし月を見ているうちに悲しくなり、再び山に行って連れ戻す。「それよりのちなむ、をばすて山といひける」と、作品には書かれている。

その後に「をばすて山」と呼ばれるようになった山は、どの山なのだろうか。篠ノ井線姨捨駅で降りた堀辰雄は、「平安朝の頃の姨捨山といふのは、実は私のさまよひ歩いてゐる低い山ではなく、その山のもう一つ向う側に半ば隠れながら山頂だけ見せてゐる現在の冠着山《かむりき》だつた」と、「姨捨記」（『文學界』一九四一年八月）に書いている。冠着山は長野県にある、標高一二五二メートルの山である。姨捨駅から冠着山はほとんど見えないが、この駅は月見の名所として知られている。高浜虚子は月見に誘われて、この駅の周辺で吟行をしたことがある。「姨捨紀行」（『ホトトギス』一九四五年一一月）によると、敗戦直後の九月に二〇人ほどが集まった。月見のスポットの姨石附近で虚子が詠んだ句は、「更級や姨捨山の月ぞこれ」。

ただし深沢七郎が冠着山を舞台に、「楢山節考」を書いたわけではない。深沢は「舞台再訪《楢山節考》」（『朝日新聞』一九六九年一一月二七日）で、「楢山節考」の舞台は信州と思われているが、「小説の人情や地形」は山梨県の大黒坂をモデルにしたと述べている。そのためにこの作品の言葉は甲州弁になった。しかしモデルがどこの場所であろうと、「楢山節考」は深沢の姥捨て物語である。「死んでも戒名もいらない、花も線香もいらない」という深沢の思想が、作品には底流している。

山を登るときだけでなく、下るときも、森は目の前に広がっている。道に迷うと、森はさまよう場所になる。「杏子は深い谷底に一人で坐っていた」という印象的な一行から、古井由吉「杏子」（『文芸』一九七〇年八月）は始まる。「深い谷底」とはどのようなスポットなのだろうか。作中の「彼」は、K岳の頂上から尾根を下り、O沢の谷底まで来たときに、杏子の姿を認める。左手のN沢は、ときどき遭難が起きる場所だった。遭難者の一人は迷って滝から落ち、O谷をふらついているときに保護される。「無意識」のまま過ごした二日の間に、いったい何があったのか。外傷はほとんどないのに、駆けつけた実の兄が、すぐ弟と見分けられないほど、彼の「顔つき」は変っていた。

谷の名称は固有名詞でなく、アルファベットになっている。古井は「杳子のいる谷」(『中日新聞』一九七一年二月二四日)で、杳子が坐っていた谷は、「どこの谷でもない。私の行ったことのあるあちこちの谷の印象から、作り上げた」と述べている。古井が谷底で抱いた感覚は、「杳子」の世界の始発点になった。「長い下り道をたどってようやく谷底に降り立ったとき、沢音がまるでいままで息をひそめていたように、私の上にいきなり降りかぶってきて、私の感覚を、まわりの光景とのつながりから微妙な具合に切り離してしまった」と、古井はその感覚を振り返る。「失調」の感覚は、杳子が坐る谷の光景を作り出した。杳子という名前の「杳」の字は、暗く奥深いという意味である。森を隠喩として捉えるなら、そこは最初から迷うべき場所なのかもしれない。誰もがいつからなのかは分からないが、暗くて深い森の中をさまよい続けている。森には人の数だけ物語が存在する。

猫の文学館Ⅰ　和田博文編

寺田寅彦、内田百閒、太宰治、向田邦子……いつの時代も、作家たちは猫が大好きだった。猫の気まぐれに振り回されている猫好きに捧げる47篇‼

猫の文学館Ⅱ　和田博文編

夏目漱石、吉行淳之介、星新一、武田花……思わずぞくっとして、ひっそり涙したくなる35篇を収録。猫好きに放つ猫好きによるアンソロジー。

月の文学館　和田博文編

稲垣足穂のムーン・ライダース、中井英夫の月蝕領主の狂気、川上弘美が思い浮かべる「柔らかい月」……選りすぐり43編の月の文学アンソロジー。

星の文学館　和田博文編

稲垣足穂も、三浦しをんも、澁澤龍彦も、私たちはみな心に星を抱いている。あなたの星はこの本にありますか？　輝く35編の星の文学アンソロジー。

トラウマ文学館　頭木弘樹編

大好評の『絶望図書館』第2弾！　もう思い出したくもないという読書体験が誰にもあるはず。洋の東西、ジャンルを問わずそんなトラウマ作品を結集！

名短篇、ここにあり　北村薫　宮部みゆき編

読み巧者の二人の議論沸騰し、選びぬかれたお薦め小説12篇。となりの宇宙人／冷たい仕事／隠し芸の男／少女架刑／あしたの夕刊／網／誤訳ほか。

名短篇、さらにあり　北村薫　宮部みゆき編

小説って、やっぱり面白い。人間の愚かさ、不気味さ、人情が詰まった奇妙な12篇。華燭／骨／雲の小径／押入の中の鏡花先生／不動図／鬼火／家霊ほか。

とっておき名短篇　北村薫　宮部みゆき編

「しかし、よく書いたよね、こんなものを……」北村薫を唸らせた、とっておきの名短篇。愛の暴走族／運命の恋人／絢爛の椅子／悪魔／異形ほか。

名短篇ほりだしもの　北村薫　宮部みゆき編

「過呼吸になりそうなほど怖かった！」宮部みゆきを震わせた、ほりだしものの名短篇。だめに向かって／三人のウルトラマダム／少年／穴の底ほか。

読まずにいられぬ名短篇　北村薫　宮部みゆき編

松本清張のミステリを倉本聰が時代劇に⁉　あの作家の知られざる逸品からオチの読めない怪作まで厳選の18作。北村・宮部の解説対談付き。

教えたくなる名短篇 北村薫・宮部みゆき編

宮部みゆきを驚嘆させた、時代に埋もれた名作家・長谷川修の世界とは? 人生の悲喜こもごもが詰まった珠玉の13作。北村・宮部の解説対談付き。

60年代日本SFベスト集成 筒井康隆編

「日本SF初期傑作集」とでも副題をつけるべき作品集である(編者)。二十世紀日本文学のひとつの里程標となる歴史的アンソロジー。(大森望)

リテラリーゴシック・イン・ジャパン 高原英理編

世界の残酷さと人間の暗黒面を不穏に、鮮烈に表現する「文学的ゴシック」。古典的傑作から現在第一線で活躍する作家まで、多彩な顔触れで案内する。

ファイン/キュート 素敵かわいい作品選 高原英理編

文学で表現される「かわいさ」は、いつだって、どこかファイン。古今の文学から、あなたを必ず「きゅん」とさせる作品を厳選したアンソロジー。

小川洋子と読む 内田百閒アンソロジー 内田百閒 小川洋子編

「旅愁」「冥途」「旅順入城式」「サラサーテの盤」……今も不思議な光を放つ内田百閒の小説・随筆24篇を、百閒をこよなく愛する作家・小川洋子と共に。

尾崎翠集成(上) 尾崎翠 中野翠編

鮮烈な作品を残し、若き日に音信を絶った謎の作家・尾崎翠。この巻には代表作「第七官界彷徨」をはじめ初期短篇、詩、書簡、座談を収める。

尾崎翠集成(下) 尾崎翠 中野翠編

時間とともに新たな輝きを加えてゆく尾崎翠の文学世界。下巻には『アップルパイの午後』などの戯曲、映画評、初期の少女小説を収録する。

向田邦子ベスト・エッセイ 向田邦子 向田和子編

いまも人々に読み継がれている向田邦子。その随筆の中から、家族、食、生き物、こだわりの品、旅、仕事、私…、といったテーマで選ぶ。(角田光代)

森毅 ベスト・エッセイ 森毅 池内紀編

まちがったって、完璧じゃなくたって、人生は楽しい。稀代の数学者が放った教育・社会・歴史他様々なジャンルに亘るエッセイを厳選収録!

夜の読書 湯川豊

本は「人類の知的活動の痕跡」であり、読書は時空間を往還する精神の運動である。書評と読書についてのエッセイによる、その豊かな世界への道案内。

ちくま文庫

森《もり》の文学館《ぶんがくかん》　緑《みどり》の記憶《きおく》の物語《ものがたり》

二〇二〇年七月十日　第一刷発行

編　者　和田博文（わだ・ひろふみ）

発行者　喜入冬子

発行所　株式会社　筑摩書房
東京都台東区蔵前二―五―三　〒一一一―八七五五
電話番号　〇三―五六八七―二六〇一（代表）

装幀者　安野光雅

印刷所　明和印刷株式会社

製本所　株式会社積信堂

ISBN978-4-480-43685-6 C0193